时 习 文 库

梦溪笔谈选

〔宋〕沈括 著

吴洪泽 译注

齊鲁書社

·济南·

图书在版编目（CIP）数据

梦溪笔谈选 / (宋) 沈括著 ; 吴洪泽译注. -- 济南 : 齐鲁书社, 2025. 5. -- ISBN 978-7-5333-5141-0

Ⅰ. Z429.441

中国国家版本馆CIP数据核字第2025QN1943号

出 品 人：王　路
项目统筹：张　丽
责任编辑：张　涵
装帧设计：亓旭欣

梦溪笔谈选

MENGXI BITAN XUAN

〔宋〕沈括　著　吴洪泽　译注

主管单位	山东出版传媒股份有限公司
出版发行	齊魯書社
社　　址	济南市市中区舜耕路517号
邮　　编	250003
网　　址	www.qlss.cn
电子邮箱	qilupress@126.com
营销中心	（0531）82098521　82098519　82098517
印　　刷	山东临沂新华印刷物流集团有限责任公司
开　　本	710mm × 1000mm　1/16
印　　张	22.25
插　　页	2
字　　数	229千
版　　次	2025年5月第1版
印　　次	2025年5月第1次印刷
标准书号	ISBN 978-7-5333-5141-0
定　　价	86.00元

《时习文库》
专家委员会

《时习文库》
出版委员会

出版说明

文化乃国本所系，国运所依；文化兴盛则国家昌盛，民族强大。在源远流长的中华文化长河中，经典古籍宛如熠熠星辰，承载着先辈们的智慧、思想与情感，是中华民族精神内核的深厚积淀。

2017 年以来，中共中央办公厅、国务院办公厅相继出台《关于实施中华优秀传统文化传承发展工程的意见》及《关于推进新时代古籍工作的意见》等重要文件，有力推动了大众对中华优秀传统文化的关注与重视，古籍事业亦借此良好契机，迎来了前所未有的跨越发展，步入了一个崭新的黄金时代。齐鲁书社作为文化传承的重要阵地，始终秉持对中华优秀传统文化的敬畏之心，肩负守正创新之使命，积建社四十余年之精华，汇国内学界群贤之伟力，隆重推出中华经典名著普及丛书——《时习文库》。

“学而时习之，不亦说乎？”文库之名，正是源自《论语》的这句经典语录。“时习”不仅是对知识的反复学习与实践，更是一种对中华优秀传统文化持续探索、深入理解的态度。文库共分为文化类和文学类两大辑，囊括了经史子集、诗词歌赋、戏曲小说等诸多经典，旨在为读者搭建一座通往中国古代文化瑰宝的坚实桥梁。文库的编纂宗旨在于，引导读者在阅读经典著作的过程中，将学习与思考深度融合，不断从古人的智慧海洋中汲取营养，从而得到心灵的润泽与智慧的启迪。通过对经史子集、诗词歌赋、戏曲小说等多元内容的系统整理与精良审校，让中华古籍真正成为可亲、可读、可传的“活的文化”。

为了确保文库的品质，我们除升级广受好评的原有经典版本作为开发基础外，亦精选其他优质底本，以确保版本选择的卓越性；文库会聚文史学界权威，如高亨、陆侃如、王仲荦、来新夏等学界大家，群贤毕至，各方咸集；文库延聘名家成立专家委员会，严格把控丛书质量，确保学术水准；文库针对不同层次读者，精心设计文化类与文学类品种：前者左原文右译文下注释，后者文中加简注评析，实用性强；文库采用纸面布脊精装，正文小四号字，双色印刷，装帧精美，版面舒朗，典雅大方，方便易读。

在习近平文化思想指导下，《时习文库》的出版是对中华优秀传统文化“两创”“两个结合”的一次重要尝试。我们希望通过这套文库，让更多的人了解和喜爱中国古代典籍，让中华优秀传统文化在新时代焕发出新的生机与活力。同时，我们也期待广大读者在阅读文库的过程中，能够与古圣先贤进行跨越时空的对话，汲取智慧，启迪心灵，不断提升自我的文化素养和精神境界。让我们一起在经典的海洋中遨游，感受中华文化的博大精深，共同书写中华优秀传统文化传承与发展的新篇章。

齐鲁书社

2025 年 3 月

前　言

一、沈括生平

沈氏自春秋时期已有名气，久居武康（今属浙江），自沈括五世祖迁居钱塘（今浙江杭州），遂为钱塘人。曾祖沈曾庆曾任吴越国营田使，入宋后官至大理寺丞。祖父沈英未入仕，生同、周二子。伯父沈同咸平三年（1000）进士，官至太常少卿。

父亲沈周（978—1051），字望之，大中祥符八年（1015）进士，在汉阳（今属湖北）、高邮（今属江苏）、苏州（今属江苏）、简州平泉（今属四川）、封州（今属广东）等地做过地方官，最后由苏州通判入朝任侍御史，后又因得罪权贵贬知润州，移知泉州。其为政简易，宽厚待民，擅长断案，迁开封府判官，除江东按察使，终知明州，分司南京。皇祐三年（1051）卒，年七十四。

母亲许氏（986—1068），苏州吴县（今属江苏）人，太子洗马许仲容女，相夫教子，孝谨贤惠。舅舅许洞字洞夫，咸平三年（1000）进士，历雄武军推官、均州参军，终为乌江主簿。许洞能文能武，精研《左氏春秋》，著有《虎钤经》二十卷及《春秋释幽》五卷、《演玄》十卷等。以诗文久负盛名，有文集百卷，欧阳修称之为“俊逸之士”。可惜负才使酒，未竟所学，约在大中祥符四年（1011）后不久去世。沈括虽不及亲聆其舅教诲，但其舅所学所行，由于母亲许氏的关系，当对幼年的沈括有一定影响。

兄长沈披，嘉祐六年（1061）为宣州宁国县令，曾作《万春圩图》，助转运使张颙等兴修万春圩，为一方屏障。熙宁中期为国子博士、提举陕西常平等事，建言修复六门堰以回改河流，不成功，又坐前为两浙提举官，开常州五泻堰不当，降一官。后为河北缘边安抚副使，又以不职被按问，降授福建路都监，又以未谙军政被劾。从其仕历不难看出，沈披有志于建功立业，在水利方面多有尝试，但总遭受挫败，沈括所谓“处顺势者易为力，矫众违者难为功”是也。沈括曾在嘉祐中随兄至宁国，所见所闻，对他不无影响。

沈括出生时，他的父亲正在外做官，知书达理的母亲担任他的启蒙老师。沈括兴趣广泛，他在经学、军事、文学、史学等方面的造诣，与其母的教育关系密切，这奠定了他博学的基础。后又随父兄宦游，到过四川、广东、福建、江苏等地，为他了解地方风土人情、山川地貌以及民生疾苦，增长政治经济知识铺平了道路。

沈括（1031—1095），字存中。父亲沈周在皇祐三年（1051）十一月去世，次年，与兄沈披一起葬父于钱塘龙居里，居家守丧，并请王安石撰写墓铭。沈氏兄弟与王安石的结交，当始于此时。至和元年（1054），以父荫任沭阳主簿，疏水为百渠九堰，得良田七千顷。次年，暂摄东海令。嘉祐中，客居宣州宁国县。以吴县籍登嘉祐八年（1063）进士第，授扬州司理参军。治平三年（1066）前后，编校昭文馆书籍。熙宁元年（1068），迁馆阁校勘。在馆阁三年，除编校书籍，还研究天文律历，参与讨论浑天仪。是年八月，母寿昌县太君许氏卒于京师。次年八月，合葬父母于钱塘。

服丧期满，除大理寺丞。是时王安石为相，沈括兄弟同获起用。熙宁四年（1071）十一月，检正中书刑房公事。五年（1072）五月，提举司天监，举荐卫朴赴司天监参校新历。七月，充史馆检讨。九月，司农寺出粮募饥民疏浚河渠，沈括奉命专提举此事，并考察引汴水淤溉沿河田地事宜。是年，奏进《南郊式》。六年（1073）三月，除太子中允、集贤校理。五月，详定三司令敕。六月，相度两浙路农田、水利、差役等事，兼察访使。八月，沈括辞官相度两浙水利，神宗有所疑虑，王安石力挺沈括。沈括建言募饥民兴修水利、减免上供钱帛、允许逃税人户自首、严查官盐抑配等，均获批准。七年（1074）三月，同修起居注。四月十九日，王安石罢相。二十五日，沈括乞分两浙路为东路、西路，获准，至七年（1074）九月复为两浙路。七月，按沈括意见新制浑仪、浮漏成并安置天文院，奖赏银绢，擢升右正言、知制诰。八月，接替章惇任河北西路察访使，兼提举河北东路义勇保甲。九月，兼判军器监。其奏水利及义勇保甲教阅、修城及讲修边备凡三十余事，均获批准。八年（1075）三月，以知制诰同知谏院范百禄赴御史台推勘李逢等谋反事。假翰林侍读学士为回谢辽国使，不以生死祸福为忧，据“始议地畔书”指出契丹争地界无据，力屈其议，皇帝大喜，赐银千两。闰四月癸巳（二日），命沈括提举大名府、澶、恩州义勇保甲，其余五路诸州军并差人提举，打乱了王安石请合义勇于司农寺的变法计划。甲午（三日），皇帝打算让沈括判兵部，王安石称“沈括壬人”“使河北，阴沮坏新法，有所希合事甚众，若令主判，恐义勇、保甲法难立”，皇帝于是打消了重用沈括的主意。壬寅（十一日），上《熙宁奉元历》，进一官。

大约在闰四月中下旬，沈括启程赴辽，至雄州留二十余日，草遗奏论制敌之术在决河灌敌，付其兄雄州安抚副使沈披。五月二十五日至北庭，先令吏属记诵争议地界相关文献，咬定“黄嵬大山脚下为界”，据理力争，反复论辩，在辽国十一日，最终完成使命而返回。沿途记录山川险易，为《使契丹图钞》，奏献宋廷。七月，命沈括为淮南、两浙灾伤州军体量安抚使。十月，除翰林学士，权发遣三司使。九年（1076）八月，奉旨编修《天下州县图》。十月，王安石再次罢相、判江宁府。十二月，沈括与知制诰熊本详定重修编敕，详定盐法。十年（1077）二月，改革盐法，请罢官卖。七月，侍御史知杂事蔡确论沈括诣吴充欲变免役法是“依附大臣，巧为身谋”，沈括遂以集贤院学士出知宣州。

元丰元年（1078）八月，为知制诰知潭州，再被蔡确以“反覆附会”论落，仍知宣州。二年（1079）七月，叙复龙图阁待制。三年（1080）五月甲申（二十二日），知审官西院，再被御史满中行以“斥逐未久，遽复从官”论列，丙戌（二十四日），移知青州。后七日，改知延州，为鄜延路经略安抚使。四年（1081），以西夏李秉常被害，西夏内乱，李宪、种谔等请求出兵讨伐，于是开启了北宋最大规模的对外征伐——五路大军西征西夏。鄜延路军由沈括、种谔点集，种谔于八月率先出兵，至九月下旬围攻米脂，击溃夏军，并乘胜进占石州、夏州，后来由于粮运不继和隆冬冻饿，遭到西夏军反击，加之诸路不能协调，最终被迫撤军。沈括驻守鄜延路，安集士兵，任用大将曲珍、景思谊等，击退来犯的敌人，并乘胜攻克浮图城、吴堡、义合三垒。在撤军途中，能保全部伍，不丧失士气，展现了过人的军事才能。五年（1082）二月，因功晋升龙图阁直学士。又修筑城寨，固守疆界，并奏守边策略，绘制边境地图。五月，奏请筑城于横山以占据地利，朝廷派徐禧等前来审议。徐禧专擅，先筑永乐城，让转运使李稷主管修城用度，沈括主管修城事宜，并于八月甲戌（二十五日）兴工，九月甲申（六日）城成。九月丁亥（九日），西夏发兵三十万围永乐。又出兵八万袭绥德，沈括领兵万人奉诏固守待援。戊戌（二十日），永乐城陷，官兵一万二千余人皆死。十月，沈括责授均州团练副使，随州安置。八年（1085）冬，徙秀州团练副使，本州安置。

元祐元年（1086），沈括于润州（今江苏镇江）筑梦溪园，从此一心著述，于元祐二年（1087）编成《天下州县图》，并于次年奏进，朝廷赐绢百匹，允许其任便居住。五年（1090），叙复左朝散郎守光禄少卿，分司南京。居梦溪八年，绍圣二年（1095）卒，年六十五。

我们不厌其烦地罗列沈括一生的经历，旨在寻求他真实的人生轨迹，既无夸大，也无贬低。孟子说："又尚论古之人，颂其诗，读其书，不知其人，可乎？是以论其世也，是尚友也。"也希望读者朋友以知人论世的态度，来认真了解沈括和他的《梦溪笔谈》，因为只有这样，才会真正有益于我们自己的人生和大家的世界。

二、沈括的思想世界

沈括虽出身官宦人家，但绝非世家大族，他受的教育，是宋代一般士人都有机会接受的，如欧阳修、苏轼，甚至如王安石、曾巩、黄庭坚等，那是一个士子荣耀、贤达辈出的时代。沈括接受母家的教育，伴随父兄宦游各地，凭着一颗建功立业的雄心，在民本思想的指引下，走出了一条与众不同的路，甚至可称为"科学之路"，他是伟大的！

沈括自幼接受母亲教育，在经学、文学、史学、军事学等领域打下了坚实的基础，又随父兄游历四方，增广见闻，为他在政治、经济、交通、物产、山川地理等领域拓宽了视野，他自己从政的经历，更让他在天文历算、音律礼仪、对外邦交等方面造诣颇深，而他在深厚学养的基础上，又勤于思考，不断探索，并且在疑古思潮的影响下，能发前人之所未发，可谓独具慧眼。以他在中国科技史上的独特贡献，足以成为前无古人的存在。

沈括并没有留下科学理论或科学思想，但他却留下了超时代的科学成就，这是值得深思的问题。当代学者认为，沈括具有辩证的思维以及精准的逻辑分析能力，这是他从事科研活动的基础；采用细致的观测和反复的实验以及举一反三的类比，是他的科学方法；学以致用的生产活动则是他的科学实践，这样他就形成了一套比较科学的体系。其实沈括的科研活动随机性很强，并没有明确的规划或目标，而是与他自身的社会实践紧密关联，因此在很多领域都有成就。他在故乡杭州观察潮汐，在司天监改造浑仪、漏壶、日晷，使他在天文学方面贡献巨大；他在浙东发现雁荡山奇峰生成的原因，在陕西探索沧海桑田的成因，使他在地质学方面贡献卓越；他在契丹发现并研究跳兔，在陕西、山西发现竹笋、蛇蜃化石及息石、石油等，使他在古生物学、矿物学方面同样有着贡献；而游历巴蜀、岭南、闽中、荆湖等地的经历，使他在中药学、地理学方面的成就日渐显著。而在京城任职的经历，不仅使他在天文、地理等方面成果卓著，在数学研究领域，“隙积术”“会圆术”等成果也让后世数学家受益匪浅；对凹面镜（阳燧）、凸面镜的研究，则体现了他在物理学方面的成就；他研究磁石磁化铁针的现象，最早发现磁偏角，并用缕悬法安装指南针，为航海学做出巨大贡献，等等。《梦溪笔谈》除记录了自身的科研成果，还记载了同时代人的发明创造，如发明活字印刷术的毕昇，修订《奉元历》的卫朴，锻炼瘊子甲的青唐羌人，撰著《木经》的喻皓，巧妙合龙的埽工高超，凿澳修龙船并发明浚川耙的黄怀信等。对当时的科技成果，他也特意记录，如在真州运河修建复闸以改进河道航运条件，在苏州用围堤法修造长堤，在陵州用“雨盘”化解盐井毒气，在汴河修建斗门引水淤田等，以科技造福于民，展现了沈括经世致用的科技思想。

经过数十年走南闯北的科研实践，沈括逐渐形成了自己的科研方法，以敏锐的眼光发现问题，以严谨认真的态度研究问题，以超强的逻辑分析能力进行推论，再经反复的实验求得实证，进而得出科学的论断。同时还将自己及他人从事科研活动的过程进行记录，因此《梦溪笔谈》也成了发布科学成果的平台，成了“一部百科全书式的著作”，使他在天文、地理、数学、物理、化学、生物学、医药学、工程技术等自然科学领域都有众多成果。同时，他将这一精神延伸至社会科学领域，在经济、历史、军事、法律、艺术、文学等方面，也取得了一定成就，受到世人称赞。但相比他在科技方面的成就，则逊色不少。而且以严谨认真的态度对待政治、人事，不如意之事往往很多。

在政治上，沈括受儒家学说的影响，以民为本、忠君爱国的思想根深蒂固，这就导致他在北宋变法派与守旧派的斗争中，很难坚定地站入任何一队。当他受王安石赏识，推行改革时，他看到的是需要改革的诸多弊政，本着利国利民的初衷，他毫不犹豫地推行变法；当他看到变法措施过犹不及，甚至有祸国殃民的危险时，他毫不犹豫地予以阻止，而不管是变法派得势还是守旧派得势。这样一来，尽管沈括以民为本的初心毫无改变，但他在变法派眼中却成了左右摇摆的小人。这就是王安石由最初对他的欣赏，渐渐走向厌弃，甚至以“壬人”相称的根本原因。正因为此，无论是兴修水利，还是改革变法，甚至在对西夏作战上，受建功立业的思想主导，沈括并没有过多考虑政治立场的问题，最终以急功近利为罪名备受攻击。当他遭遇永乐之败时，无人为之开脱，反而不乏落井下石者，尽管他对自己的政治生涯满心不甘，但也不得不吞下以失败落幕的苦果。

三、《梦溪笔谈》特色侧记

《梦溪笔谈》（以下简称“《笔谈》”）的正式写作开始于元祐元年（1086）在润州修建梦溪园之后，至元祐六年（1091）完成初稿，后来又有所补充，创作时间加起来也不到十年。但《笔谈》所记则是他六十多年人世的经历，有少年时在蜀、粤、闽、浙、苏、皖等地游历的见闻，也有成年后在陕西、河南、江淮、湖北等地为官的遭际，可以说，他用一生的心血，写下了这部巨著。

关于《笔谈》的具体内容和巨大成就，前人所谈甚多，兹不赘述。这里只从侧面说说《笔谈》不同于其他宋人笔记的几个特点，希望能帮助读者朋友更好地阅读和理解这部著作。

经验性 宋人笔记，多杂记前人往事，大抵得于传闻，因此疑信参半，往往不足取信。《笔谈》多记亲身经历的事情，而且与“验”相结合，引古证今，追根溯源，甚至实地查考，可谓信实有据。尤其是与科技相关的记录，是他人著作容易忽视的内容，一经沈括发掘挖潜，往往成为经典。例如《活字印刷》记载毕昇发明活字印刷术，不但详细记录了胶泥活字的制作及排版工艺的流程，还简述了版刻历史及自己收藏胶泥活字的情况，可以说是一篇简短而精彩的科技发明专利报告，标志着印刷术革新的重大成果，在世界印刷技术史上熠熠生辉。而且对这一伟大发明的记载仅见于此，弥足珍贵。又如《潮汐成因》一条，通过驳斥前人的错误说法，揭示了潮汐出现的规律，肯定了月球对潮汐的主要作用，又通过实地考察，发现了观测地点与潮汐发生时间的联系，论证充分，结论可信，这就是一篇科学考察报告，他的成就远远走在世界前列。至于有关社会科学方面的记载，也不乏精彩篇章。如《“一麾”辨》考释词义的变迁，信手举出前人误用典故的例证，大大有益于训诂学的研究；《韩信善用兵》既是沈括的读史心得，也是对古代战例的精辟分析，是史学和军事学研究的重要成果。

原创性 笔记类的著述，往往辗转摘抄，存在内容重复甚至完全抄袭前人的情况，令其价值大打折扣。《笔谈》中与前人内容相同的记载很少，偶尔借用前人的笔记，也采用转述的方式，不存在雷同或抄袭的弊端。如《郭索钩辀》条引用欧阳修的说法，就与欧阳修《归田录》的文字大不相同。《笔谈》中有关科技方面的记录，基本属于沈括的原创，后人引用的例证不胜枚举。至于逸事掌故等是宋人笔记中大量重复的内容，《笔谈》所记仍属原创，例如记录科举的条目，《焚香礼进士》《举人群见》均为马端临《文献通考》所引用，堪称经典；《润笔物》《废止功臣号》看似叙述掌故沿革，实则牵涉宋代冗费冗官等问题，也有示范意义；《陈升之烧地图》《科举卖卜》《包拯被卖》《李淑雅言》等对众生百态的描写，精彩绝伦，均为原创。至于诗话等频繁为人征引、更容易重复的内容，《笔谈》也多原创，《鹳雀楼诗》记录畅诸、王之涣二篇名作，司马光《续诗话》也称举二诗，但后人摘引评论则多出《笔谈》，可见原创魅力；《集句诗》考述集句缘起，《王安石改诗》记述一字题集句诗，他书所无，自属原创，是研究宋代诗学的重要资料。正因为原创性的记录很多，《笔谈》在宋人笔记中的地位举足轻重，更成为中国古代科技史上最重要的参考书。

随意性 《笔谈》在宋代可能有 30 卷本，但流传下来的只有 26 卷本。每卷均标示门类，如“故事”“艺文”等共 17 门类，显然是分类编辑成书的。不过分类并不严谨，甚至有些随意。其随意性集中表现在三个方面：一是门类的设立不够科学，如“辨证”

“杂记”两大类，其内容多与其他门类重复，况且《笔谈》全书都是杂记性质的，很多条目都有辩证的特色，因此没有必要单列。此外，“故事”“人事”“政事”等类，内容多有交叉，很难准确划分。二是各类中收录的条目，也显得随意，以致内容不甚严整。如卷五《乐律》中掺入“胫庙”一条，涉及象数及考辨，应归入“象数”或“辩证”类；唐昭宗作《菩萨蛮》及《抛球曲》二条，应归入“艺文”类；卷八《象数》中言《史记》律数一条，则应归入“乐律”类等。三是编排随意，同类不同卷的条目多寡悬殊，如《象数一》27 则、《象数二》8 则，《人事一》32 则、《人事二》6 则等。而且正编 26 卷之外，其《续》3 卷、《补》1 卷中的条目，也该归入正编中，但无论是作者还是后世刊书人，都没有做这方面的工作，也显得随意。

《笔谈》自问世以来，即为世人所重，翻刻传世的版本很多，选注或全译的版本也不少。我们这次选注，正文部分主要以胡道静先生《梦溪笔谈校证》为底本，并参考了其他有关著作，以保证语意完善。译注部分则参考了胡道静先生的相关著作、上海古籍出版社出版的《梦溪笔谈选注》、安徽科学技术出版社出版的《梦溪笔谈译注（自然科学部分）》、人民音乐出版社出版的《梦溪笔谈音乐部分注释》、巴蜀书社出版的《梦溪笔谈导读》等专书，谨此表示诚挚的谢意。选择条目以“原创性”及“经验性”为参照，并尽可能注出作者撰写条目时的背景，以期知人论世。对原书“随意性”的条目与分卷，我们未作调整，仍然保持原书的结构，并尽力选出代表性的条目，于各卷卷首简述所选条目的内容。译文部分力求做到“信、达、雅”，但是鉴于本书内容浩博，我们限于学识，难免有不当之处，还望读者朋友不吝赐教。

目录

CONTENTS

梦溪笔谈

自序

导读

沈括博学多才，志在报国，可惜仕途坎坷，遭人排挤，以致退居乡里，不得不以著书立说来打发时间。《笔谈》大约完稿于元祐六年（1091）前后，其时距他谪居乡里已五年有余。这篇《自序》仍难掩愤懑之情，“绝过从”“唯笔砚”，不言国事，不谈人善恶，只录俗语闲言、逸闻趣事。实则本书既谈国事、人事、史事，也谈政治、军事、经济，上及天文，下涉地理，医学科技、音乐杂耍，无所不包。“无意于言”，其实是他的自谦。

【原文】

予退处林下[①]，深居绝过从，思平日与客言者，时纪一事于笔，则若有所晤言[②]，萧然移日[③]。所与谈者，唯笔砚而已，谓之《笔谈》。圣谟国政[④]，及事近宫省[⑤]，皆不敢私纪。至于系当日士大夫毁誉者，虽善亦不欲书，非止不言人恶而已。所录唯山间木荫，率意谈噱，不系人之利害者，

【译文】

我退居林间乡下，深居简出谢绝了朋友往来，想起平日和宾客谈论的事情，时而提笔记下一件，就像在同客人当面谈论一样，消磨着寂寞的时光。和我谈心的，只有笔墨砚盘罢了，因此这本书就叫《笔谈》。国策政治，以及牵涉宫廷之事，我都不敢私下记述。至于牵涉当时士大夫是非褒贬的事情，即使是好的我也不想写，并非只是不说人坏话而已。我所记录的只是在山林间树荫下，任意谈笑，

下至闾巷之言[6]，靡所不有。亦有得于传闻者，其间不能无缺谬。以之为言[7]则甚卑，以予为无意于言可也。

绝不涉及他人是非，以至于乡间的言谈俗语，无所不有。也有得之于传闻的记载，其中不免有遗漏和错误的地方。如果把它当成著书立说来看则显得拙劣，就当我是无心于著述吧。

注释

❶林下：幽静之处，这里指退隐山林。

❷晤言：面对面谈话。

❸萧然：空虚、空寂。移日：移动日影，指度过时光。

❹圣谟：本指圣王的宏图远略，这里指皇帝的治国策略。

❺宫省：皇宫中的官署，这里指宫廷。

❻闾巷：里巷，借指民间。

❼言：言论，这里指立言，即著书立说。

卷一

故事一

导读

故事，即掌故、先例，这里特指典章制度。宋时记录典章制度的著作很多，《笔谈》卷一、卷二记载的“故事”，以耳闻目见为主，故立足宋代，穷源竟委，博学多闻。其记载内容涉及礼仪、官制、府衙、舆服、馆阁、文书、藏书、科举等诸多方面，可补充唐宋制度方面的史料。也记载了一些趣闻逸事，可作为研究宋代官僚生活的资料。如通过本书所选《玉堂盛事》，可见皇权在封建时代的影响；从《中国衣冠用胡服》《幞头》二则，不仅可见服饰与环境、人文密切相关，还可了解不同民族、不同时代服饰文化融合与发展的历史；从《槐厅之争》可见一时官场习气；从《雌黄改字》则可总结校书经验；从《焚香礼进士》《王安石破常规》可见宋代科举选拔人才的重要性，以及王安石锐意改革的精神。

玉堂盛事

【原文】

学士院玉堂[①]，太宗皇帝曾亲幸[②]。至今唯学士上日许正坐[③]，他日皆不敢独坐。故事，堂中设视草台，每草

【译文】

学士院玉堂，太宗皇帝曾经驾临。至今只有翰林学士每月初一才允许在正厅就座，其他日子都不敢擅自乱坐。按惯例，堂中设有视草台，每当草拟诏书

制[4]，则具衣冠据台而坐。今不复如此，但存空台而已。玉堂东，承旨阁子窗格上有火燃处[5]。太宗尝夜幸玉堂，苏易简为学士[6]，已寝，遽起[7]，无烛具衣冠，宫嫔自窗格引烛入照之。至今不欲更易，以为玉堂一盛事。

时，就会穿戴齐整坐在台上。现在不这样做了，仅仅留下一座空台而已。玉堂东边，翰林学士承旨的阁子窗格上有被火烧过的痕迹。原来宋太宗曾在夜间驾临玉堂，那时苏易简是学士，已经就寝，匆忙起来，没有烛火照着穿衣戴帽，服侍的宫女便从窗格间伸进烛火照明。至今都不打算更换烧过的窗格，以此留作玉堂的一段佳话。

注释

❶玉堂：学士院正厅，多用作翰林学士院官署的代称。

❷亲幸：指帝王亲临。宋太宗曾于淳化二年（991）亲笔书写“玉堂之署”四字，赐苏易简榜于厅额。

❸上日：朔日，农历每月初一。

❹草制：草拟诏书。

❺承旨：翰林学士承旨，为翰林学士之首。

❻苏易简（958—996）：字太简，梓州铜山（今四川德阳）人。太平兴国五年（980）举进士第一，累官翰林学士承旨、参知政事。

❼遽（jù）：仓促。

中国衣冠用胡服

【原 文】

中国衣冠，自北齐以来[①]，乃全用胡服[②]。窄袖、绯绿短衣，长靿靴[③]，有蹀躞带[④]，皆胡服也。窄袖利于驰射，短衣、长靿皆便于涉草。胡人乐茂草，常寝处其间，予使北时皆见之[⑤]，虽王庭亦在深荐中[⑥]。予至胡庭日，新雨过，涉草，衣裤皆濡，唯胡人都无所沾。带衣所垂蹀躞，盖欲佩带弓剑、帉帨、算囊、刀砺之类[⑦]。自后虽去蹀躞，而犹存其环，环所以衔蹀躞，如马之鞦根[⑧]，即今之带銙也[⑨]。天子必以十三环为节[⑩]，唐武德、贞观时犹尔[⑪]。开元之后[⑫]，虽仍旧俗，而稍褒博矣[⑬]，然带钩尚穿带本为孔[⑭]。本朝加顺折[⑮]，茂人文也。

【译 文】

中原地区的衣冠服饰，从北齐以来，就全用胡人的服装。窄衣袖、红绿相间的短衣服，长筒皮靴，有蹀躞带，这些都是胡人的装束。窄袖便于骑马射箭，短衣、长筒靴便于在草地上行走。胡人喜欢茂盛的草地，经常居住其间，我出使辽国时都曾见过，即使是王宫也在深草中。我到胡人王庭时，刚下过雨，穿过草丛，衣裤都湿了，只有胡人身上不被沾湿。腰带上挂着的蹀躞，大概是用来佩带弓剑、佩巾、算袋、磨刀石一类物品的。以后虽然去掉了蹀躞，但还保留挂环，环用来悬挂蹀躞，如同系在牛马股后的革带，也就是如今的皮带扣。帝王必定以十三个环为标准，唐代武德、贞观时期还是这样。开元以后，虽然沿用旧的习俗，但是逐渐加宽，不过带钩还是从带身穿孔。本朝又增加顺折，以繁荣礼节文化。

注释

❶北齐：南北朝时期，北方鲜卑人创立的政权（550—577），由文宣帝高洋取代东魏而创建，国号齐，史称北齐。

❷胡服：泛指古代西北方少数民族的服装。史载，战国时赵武灵王“胡服骑射”，即是采用西方和北方少数民族的服装，教百姓学习骑马射箭。

❸长靿（yào）靴：长筒靴。

❹蹀躞（diéxiè）带：可悬挂多种物件的功能性腰带。蹀躞，腰带上用来悬挂物品的配件。

❺使北：沈括于熙宁八年（1075）出使辽国，解决边境争地事宜。

❻王庭：首都，与下文“胡庭”并指胡人国主所在的统治中心。荐：草。

❼帉帨（fēnshuì）：佩巾。算囊：算袋，存放物品的袋子。砺：磨刀石。

❽鞦（qiū）根：拴在牛马股后的皮带。

❾带銙（kuǎ）：附于腰带上的环状扣，原可悬物，后为装饰。

❿节：等级，标准。

⓫武德：唐高祖年号（618—626）。贞观：唐太宗年号（627—649）。

⓬开元：唐玄宗年号（713—741）。

⓭褒博：宽大。

⓮带钩：束腰革带上的钩子，用铜、铁或玉制成。

⓯顺折：当为装饰物，其制不详。

幞　头

【原 文】

幞头一谓之四脚[①]，乃四带也。二带系脑后垂之，二带反系头上，令曲折附顶，故亦谓之折上巾。唐制，唯人主得用硬脚[②]。晚唐方镇擅命，始僭用硬脚[③]。本朝幞头有直脚、局脚、交脚、朝天、顺风[④]，凡五等，唯直脚贵贱通服之。又庶人所戴头巾，唐人亦谓之四脚，盖两脚系脑后，两脚系颔下，取其服劳不脱也，无事则反系于顶上。今人不复系颔下[⑤]，两带遂为虚设。

【译 文】

幞头又叫四脚，也就是四条带子。两条带子系在脑后下垂，两条带子反折系在头上，使其曲折附着于头顶，因此又称它为折上巾。唐朝规定，只有皇帝才能用硬脚幞头。晚唐时藩镇专权，才僭越使用了硬脚幞头。本朝的幞头有直脚、局脚、交脚、朝天、顺风这五种样式，只有直脚的才不分贵贱都可使用。另外，百姓戴的头巾，唐人也称之为四脚，两条带子系在脑后，两条带子系在下巴下面，使它在劳作时不脱落，不做事时又反系到头顶。现在的人不再系到下巴底下，那两根带子就成了摆设。

注释

❶幞头：头巾。

❷硬脚：以金属支撑巾脚使上翘，是唐代皇帝专用的幞头样式。

❸僭（jiàn）：越级。

❹直脚：平直硬脚。局脚：弯曲硬脚。交脚：两脚交叉。朝天：巾脚上翘。顺风：一脚下垂，一脚上翘。

❺颔（hàn）：下巴。

槐厅之争

【原 文】

学士院第三厅学士阁子，当前有一巨槐，素号槐厅。旧传居此阁者，多至入相。学士争槐厅，至有抵彻前人行李而强据之者[1]。予为学士时[2]，目观此事。

【译 文】

学士院第三厅学士阁子，门前有一棵大槐树，一向号称槐厅。过去相传住进阁子里的人，大多能成为宰相，因此学士都争着居住槐厅，甚至有扔弃前人行李而抢占槐厅的情况。我做学士时，亲眼目睹了这种事。

注 释

❶抵彻：扔弃。

❷予为学士：沈括于熙宁初年入学士院，历任校书郎、史馆检讨、集贤校理、知制诰、起居舍人等职，《续资治通鉴长编》卷二八三载其为翰林学士在熙宁十年（1077）。按：《笔谈》下条记载，“三馆职事皆称学士”。

雌黄改字

【原 文】

馆阁新书净本有误书处[1]，以雌黄涂之[2]。尝校改字之法[3]：刮洗则伤纸；纸贴之又易脱；粉涂则字不没，涂数遍

【译 文】

馆阁新书的誊清本有写错的地方，就用雌黄涂抹。我曾经比较各种改字的方法：刮洗会损伤纸；用纸贴又容易脱落；用粉涂则字迹不易隐没，要

方能漫灭；唯雌黄一漫即灭，仍久而不脱。古人谓之铅黄[4]，盖用之有素矣。

涂几遍才能遮盖；唯独用雌黄一涂字迹就消失了，而且经久不脱落。古人称校勘改字为铅黄，可见雌黄的使用由来已久。

注释

❶馆阁：宋代以史馆、昭文馆、集贤院为三馆，在崇文院内，又有秘阁、龙图阁、天章阁，统称馆阁，为宫廷藏书之所。净本：经校勘后的誊清本。

❷雌黄：矿物名，即三硫化二砷，色黄有毒，用来制成颜料，既能杀菌灭虫，又能在黄纸上涂抹改写。

❸校：比较。

❹铅黄：铅粉和雌黄，可用来点校书籍，因此古人又称校勘之事为“铅黄”。

焚香礼进士

【原文】

礼部贡院试进士日[1]，设香案于阶前，主司与举人对拜[2]，此唐故事也。所坐设位供张甚盛，有司具茶汤饮浆。至试经生[3]，则悉彻帐幕毡席之类，亦无茶汤，渴则饮砚水，人人皆黔其吻[4]。非故欲困之，乃防毡幕及供应人私传所试经义，盖尝有败者，故事

【译文】

礼部贡院考试进士那天，在台阶前设立香案，主考官和举人对拜，这是唐朝故事。考生座位陈设十分隆重，有关部门还准备了茶水饮料。等到考试经生时，便将帷帐毡席等用具全部撤走，也没有茶水，渴了就喝砚池中用来磨墨的水，每个人的嘴唇都染成了黑色。这样做并非故意为难考生，而是为了防止有人利用帷帐毡席或供应茶水的人偷偷传递所考的经义内容。

为之防。欧文忠有诗[5]："焚香礼进士，彻幕待经生。"以为礼数重轻如此，其实自有谓也。

大概曾经有人败露过，因此有这样的防范措施。欧阳修有诗说："焚香礼进士，彻幕待经生。"认为在礼数上有如此明显的差异，其实这里面自有原因。

注释

❶贡院：宋代科举考试机构和考试场所。进士：唐宋时凡应进士科考试的举人均称"进士"，已及第者称"前进士"。通过进士科考试并参加殿试合格，获得科甲等级，赐予进士及第、进士出身、同进士出身，方为登科。

❷主司：主持科举考试的官员，包括知贡举、同知贡举。

❸经生：别本作"学究"，宋代科举种类之一，试《诗》《书》《易》三经经义。

❹黔：染黑。

❺欧文忠：欧阳修（1007—1072），字永叔，号醉翁，吉州永丰（今属江西）人。天圣八年（1030）进士，历夷陵令、知谏院、知制诰，贬知滁州。累迁翰林学士，拜枢密副使、参知政事。卒谥文忠。

王安石破常规

【原 文】

嘉祐中，进士奏名讫[1]，未御试，京师妄传王俊民[2]为状元，不知言之所起，人亦莫知俊民为何人。及御试，王荆公时为知制诰[3]，与天章阁待制杨

【译 文】

嘉祐年间，礼部奏报进士名册后，还没有进行殿试，京城已妄传王俊民将为状元，不知谣言从何而起，人们也不知王俊民是谁。等到殿试时，王安石任知制诰，和天章阁待制杨畋二

乐道二人为详定官④。旧制，御试举人，设初考官，先定等第，复弥之以送覆考官⑤，再定等第，乃付详定官。发初考官所定等，以对覆考之等，如同即已，不同，则详其程文⑥，当从初考，或从覆考为定，即不得别立等。是时王荆公以初、覆考所定第一人皆未允当，于行间别取一人为状首，杨乐道守法，以为不可，议论未决。太常少卿朱从道时为封弥官⑦，闻之，谓同舍曰："二公何用力争，从道十日前，已闻王俊民为状元。事必前定，二公恨自苦耳。"既而二人各以己意进禀，而诏从荆公之请。及发封，乃王俊民也。详定官得别立等自此始，遂为定制。

人担任详定官。按旧制，殿试举人，要设立初考官，先确定等级名次，再将考卷密封后送交覆考官，第二次确定等级名次，然后交给详定官。详定官打开初考官定的等级，和覆考官定的相比对，如果相同则已，不同的话就要复查试卷，确认应该遵从初考官的决定，还是以覆考官的为准，不得别立等级。当时王安石认为初考官、覆考官确定的第一人都不恰当，想从同等中另取一人为状元。杨畋恪守旧法，认为不能这样做，二人争议没有结果。太常少卿朱从道当时为封弥官，听说此事，对同舍官员说："二公何必费力争执，我十天前就听说王俊民为状元，事情早已注定，二公只是自寻烦恼啊。"不久，两人分别将自己的意见禀告皇帝，皇帝下诏听从王安石的建议。等到打开密封，果然是王俊民。详定官能够另外确定名次，就从此开始，后来成了固定的制度。

注释

❶进士奏名：礼部试后，贡院奏进合格举人名册。

❷王俊民（1035—1063）：字康侯，掖县（今山东莱州）人。嘉祐六年（1061）状元，为签书武宁军节度判官公事，未几而卒。

❸王荆公：王安石（1021—1086），字介甫，号半山，临川（今江西抚州）

人。宋代著名政治家、文学家。神宗朝官至宰相，封荆国公。知制诰：职官名，负责起草诏令文书。宋时以翰林学士知制诰，为内制；以他官兼知制诰，则为外制。

❹天章阁：天禧四年（1020）建，收藏宋真宗御集、御书。杨乐道：杨畋（1007—1062），字乐道，新秦（今陕西神木）人。嘉祐中，为天章阁待制、知制诰，进龙图阁直学士、知谏院。

❺弥：封弥，贡举考试考校试卷的一项规定。在试者纳卷后，由封弥官密封卷头，经誊录所抄成副本，再行考校。

❻程文：指科举考试的试卷。

❼太常少卿：太常寺副长官，太常寺为掌管朝廷祭祀、礼乐等事的官署。朱从道：字复之，沛县（今属江苏）人。历职方员外郎、屯田郎中，嘉祐中为太常少卿。

卷二

故事二

导读

本卷仍为“故事”，仅十则，与前卷三十则相比，差距较大，因《笔谈》原有三十卷本，今仅传二十六卷本，疑本卷条目有所脱漏。就现存条目而言，讲说宋代职官、礼仪等相关制度形成的沿革，且多与作者经历相关，探古发微，多有所得，远非剿袭成书者可比。困扰北宋军政的冗官、冗兵、冗费问题，在宋神宗时已十分突出，这也是王安石变法的历史使命。沈括作为变法集团的重要成员，对解决“三冗”问题自然有所思考。

《宗子授南班官》叙述南班官的由来；“润笔物”相对于庞大的“冗费”而言微不足道，但也是涓涓细流之一，其间牵涉变法故事，沈括一笔带过，难道没有深意？《直官与兼官》记载正官之外又有直官、兼官，表面看是在探寻官制沿革，实则牵涉冗官与冗费的形成原因；“废止功臣号”也是熙丰变法拨乱反正的内容之一，沈括记述因果，又岂止是神宗一句“何补名实”那样简单。面对亲历亲闻、已经发生或正在发生的事件，沈括以政治家的敏感，痛定思痛，却又不能直言是非，其间是否隐含《春秋》笔法呢？因此，要读懂《笔谈》，就得了解沈括生平与时事，做到知人论世，才能得其精髓。

宗子授南班官

【原 文】

宗子授南班官[①]，世传王文正太尉为宰相日[②]，始开此议，不然也。故事，宗子无迁官法，唯遇稀旷大庆[③]，则普迁一官。景祐中，初定祖宗并配南郊[④]，宗室欲缘大礼乞推恩，使诸王宫教授刁约草表上闻[⑤]。后约见丞相王沂公[⑥]，公问："前日宗室乞迁官表，何人所为?"约未测其意，答以不知。归而思之，恐事穷且得罪，乃再诣相府。沂公问之如前，约愈恐，不复敢隐，遂以实对。公曰："无他，但爱其文词耳。"再三嘉奖，徐曰："已得旨，别有措置，更数日当有指挥[⑦]。"自此遂有南班之授。近属自初除小将军[⑧]，凡七迁则为节度使，遂为定制。诸宗子以千缣谢

【译 文】

授予皇族子弟南班官衔，世人相传始于太尉王旦当宰相时，其实不是这样的。按照惯例，皇族子弟没有升迁官职的法规，只是遇到十分罕见的大庆典时，才普遍晋升一级。景祐年间，初次确定在南郊合祭天地时配祭祖宗，宗室想借大礼的机会请求皇帝广施恩典，就委托诸王宫教授刁约起草表章上奏。后来刁约拜见丞相王曾，王曾问："前些日子宗室请求升官的表章是谁写的?"刁约猜不到他的用意，就回答说不知道。回去后想了想，又怕真相大白后被怪罪，便再度拜谒丞相府。王曾又像当初一样发问，刁约更加恐慌，不敢再隐瞒，于是以实情相告。王曾说："没有别的意思，只是喜爱奏表的文词罢了。"反复夸奖了几次，然后慢慢说："已经得到皇上的圣旨，另有安排，再过几天就会发布命令了。"从这时起就有了授予宗室南班官的先例。皇家亲属自初授小将军算起，经七次升迁后成为节度使，就成了固定的制度。皇室众子弟用千匹细绢答谢刁约，刁约推辞不敢接受。我和刁约

约[9]，约辞不敢受。予与刁亲旧，刁尝出表稿以示予。

是亲近故友，刁约曾拿出奏表底稿给我看过。

注释

❶宗子：皇族子弟。南班官：环卫官，如左右金吾卫、左右骁卫、左右千牛卫上将军、大将军、将军等，为武臣赠典及安置武职闲散人员、宗室子弟而除拜，多为虚衔。宋仁宗在南郊大祀时，赐予皇族子弟官爵，称为南班。

❷王文正：王旦（957—1017），字子明，大名莘县（今山东聊城莘县）人。真宗时，历任翰林学士、知枢密院事，累迁尚书左丞、中书侍郎，进位太保、太尉。卒谥文正。太尉：三公之一，武将之尊，统兵文臣也可称太尉。

❸稀旷：旷世难见。

❹祖宗并配南郊：宋仁宗景祐二年（1035），合祭天地于南郊，以太祖、太宗、真宗配祭。

❺诸王宫教授：教授宗室子弟的学官名。刁约（994—1077），字景纯，丹徒（今江苏镇江）人。天圣八年（1030）进士及第，为诸王宫教授。累官两浙转运使、判三司盐铁院，熙宁初，判太常寺。

❻王沂公：王曾（978—1038），字孝先，青州益都（今属山东）人。仁宗朝拜中书侍郎、同中书门下平章事、集贤殿大学士，再为丞相，封沂国公。谥文正。

❼指挥：宋法令名称，为尚书省各部解释敕文，命令下级照办的指令。

❽小将军：南班官衔，为宗室子弟初赐官。

❾缣（jiān）：双丝织成的细绢。

润笔物

【原 文】

内外制凡草制除官[1]，自给谏、待制以上[2]，皆有润笔物[3]。太宗时，立润笔钱数，降诏刻石于舍人院[4]。每除官，则移文督之，在院官下至吏人、院驺皆分沾[5]。元丰中[6]，改立官制，内外制皆有添给[7]，罢润笔之物。

【译 文】

掌管内外制的学士和知制诰凡是草拟任命官员的诏书的，从给谏、待制到五品以上被任命的官员，都要给润笔的钱物。宋太宗时，曾规定润笔的钱数，并下诏刻于石碑立在舍人院。每有官员任命，就行文督促发放，从院官往下到胥吏、马夫都可分享。元丰年间，朝廷改革官制，内外制官员都增加了俸禄，于是取消了润笔的钱物。

注 释

❶除官：授官。

❷给谏：给事中及谏议大夫的合称，负责驳正朝廷政令之失。待制：诸殿阁掌管和保护国家文物典籍的官员，位在学士、直学士之下。

❸润笔物：起草文书的报酬，有钱有物，类似今天的稿费。

❹舍人院：官署名，属中书，掌起草诏令，置知制诰与直舍人院，与翰林学士对掌内外制。

❺院驺（zōu）：舍人院负责养马并驾车的人。

❻元丰：宋神宗年号（1078—1085）。改立官制在元丰三年（1080）。

❼添给：添支，指俸禄之外的补贴，泛指官员加俸。

直官与兼官

【原　文】

唐制，官序未至，而以他官权摄者为直官，如许敬宗为直记室是也①。国朝学士、舍人皆置直院。熙宁中，复置直舍人、学士院，但以资浅者为之，其实正官也。熙宁六年，舍人皆迁罢②，阁下无人，乃以章子平权知制诰③，而不除直院者，以其暂摄也。古之兼官，多是暂时摄领，有长兼者，即同正官。予家藏《海陵王墓志》④，谢朓文⑤，称“兼中书侍郎”。

【译　文】

唐朝制度，官阶不到，而以其他官职代理职务，叫作直官，例如许敬宗任直记室就是这样。本朝翰林学士和中书舍人都设置有直院官。熙宁年间，又设置直舍人院、直学士院官，只让资历浅的人担任，其实是正式官职。熙宁六年，舍人都因升迁或罢免去官，舍人院阁中一时无人，便让章衡暂代知制诰，却不授予直院官，因为他是暂时兼任的。古代的兼职官，大多是暂时代理职务，有长期兼职的，就视同正式官职了。我家里藏有《海陵王墓志》，由谢朓撰文，自称“兼中书侍郎”。

注释

❶许敬宗（592—672）：字延族，杭州新城（今属浙江杭州富阳区）人。唐太宗贞观年间任中书舍人。武则天时任中书令，拜右相。记室：古代王府中掌文书奏章的属官。

❷迁罢：指官员因升迁或罢官而离职。

❸章子平：章衡（1025—1099），字子平，浦城（今属福建）人。嘉祐二年（1057）进士第一。熙宁间直舍人院。元丰中罢官。元祐年间知颍州。

❹《海陵王墓志》：海陵王指刘休茂（445—461），南朝宋文帝刘义隆第十四子。封海陵王，以谋反被杀。

❺谢朓（464—499）：字玄晖，陈郡阳夏（今河南太康）人。南朝文学家，累官宣州太守，迁尚书吏部郎。

废止功臣号

【原 文】

赐功臣号，始于唐德宗奉天之役①。自后藩镇下至从军资深者②，例赐功臣。本朝唯以赐将相。熙宁中，因上皇帝尊号，宰相率同列面请三四，上终不允，曰："徽号正如卿等功臣，何补名实？"是时吴正宪为首相，乃请止功臣号，从之。自是群臣相继请罢，遂不复赐。

【译 文】

朝廷赐予功臣称号，起源于唐德宗时的奉天战役。此后从藩镇长官下至资深从事与参军，都照例赐给功臣称号。本朝只赐给将相。熙宁年间，为了给皇帝加上尊号，宰相带领同僚当面向皇帝请求了三四次，皇帝最终都不答应接受，并且说："徽号就像你们的功臣名号一样，对名实有什么帮助呢？"当时吴充任首相，于是请求停止赐予功臣称号，神宗同意。从此众臣僚相继请求撤销功臣名号，于是就不再赏赐了。

注 释

❶奉天之役：唐德宗建中四年（783），因削藩而引发四镇之乱及泾原兵变，德宗逃往奉天（今陕西咸阳乾县）。次年下诏罪己，收复京师，史称"奉天之难"。

❷藩镇：方镇，是唐朝中后期设立的军镇。安史之乱后，内地遍置节度使，掌管一方军政大权，形成地方割据势力，通称藩镇。从军：从事和参军的合称，为藩镇幕府中分掌文案和军事的属官。

卷三

辩证一

导读

沈括博学多才，他在名物考证方面多有建树，《笔谈》被归入考证类笔记，足见其考证内容遍及全书，而卷三、卷四则以"辩证"为题，更集中代表了他在考证学方面的成就。其考证对象以文献记载为主，旁及文物考古。其内容上及天文，下至地理，名物制度、诗文语词、碑刻艺术、植物医药，多所涉历。其考证方法颇具特色，以文献记载为线索，结合考古文物和个人经历，多重验证，反复辩驳，以博学多识构建完美的证据链，令人叹服。

《古今衡制》考证度量衡的变化，借古鉴今，极力推崇宋代武备强盛，而事实上，直面辽夏的北宋，素有积贫积弱之称，沈括如此"辩证"，难道不含深意？《阳燧照物》利用生动形象的比喻阐释了凹面镜成像的原理，并推而广之到人事，巧妙完成了由科学到哲学的升华。《解州盐池》解析解盐生成的原因以及当地人民保护盐矿的措施，可见沈括对盐业与国民经济的关注。《湴河》考察流沙的不同说法，穿越古今南北，足见其博学。《芸香辟蠹》记香草的作用及别名，并透露了沈括亲自栽种的经历。《炼钢》记载当时的炼钢法，阐述百炼成钢的道理，是中国冶炼史上的重要文献。《汉人饮酒》借精妙算法质疑前史的记载，彰显读书疑古的时代精神。《阿胶》记载阿胶的产地及疗效，有拾遗之功。

古今衡制

【原 文】

钩石之石，五权之名[1]，石重百二十斤。后人以一斛为一石[2]，自汉已如此，“饮酒一石不乱”是也。挽蹶弓弩[3]，古人以钩石率之[4]。今人乃以粳米一斛之重为一石，凡石者，以九十二斤半为法，乃汉秤三百四十一斤也。今之武卒蹶弩，有及九石者，计其力，乃古之二十五石，比魏之武卒[5]，人当二人有余；弓有挽三石者，乃古之三十四钧，比颜高之弓[6]，人当五人有余。此皆近岁教养所成。以至击刺驰射，皆尽夷夏之术，器仗铠胄[7]，极今古之工巧。武备之盛，前世未有其比。

【译 文】

钧石的石，是五种重量单位之一，每石重一百二十斤。后人以一斛为一石，自汉代以来就这样了，比如说“饮酒一石不乱”就是证明。挽弓踏弩的力量，古人也用钧石来计算。现在则以一斛粳米的重量作为一石，每石以九十二斤半为标准，相当于汉秤的三百四十一斤。现在的武士脚踏弩弓，有达到九石重的，计算他的力气，就是古代的二十五石，与魏国的武士相比，一人当两人还有余；有拉弓达到三石的，是古代的三十四钧，与颜高拉的六钧相比，一人当五人还有余。这都是近年来教习训练的结果。以至于搏击刺杀跑马射箭，都融汇了少数民族和汉族技术的精华，武器铠甲都极尽了古今技术的精巧。武器装备的丰富精良，是前代无法相比的。

注 释

❶五权：指铢、两、斤、钧、石五种重量单位。二十四铢为一两，十六两为

一斤，三十斤为一钧，四钧为一石。

❷斛（hú）：古代量器名，也用作容器单位，一斛为十斗，南宋末年改为五斗。

❸挽蹶弓弩：挽弓蹶弩。蹶（jué）弩，用脚踏发射的弩弓。

❹率：计算。

❺魏之武卒：战国时魏国的武士，能拉开十二石的弓弩。

❻颜高：春秋时鲁国勇士，孔门七十二贤之一，《左传·定公八年》载“颜高之弓六钧”。

❼器仗：泛指武器。铠胄：甲胄，铠甲和头盔。

阳燧照物

【原 文】

阳燧照物皆倒[①]，中间有碍故也[②]。算家谓之“格术”[③]，如人摇橹[④]，臬为之碍故也[⑤]。若鸢飞空中[⑥]，其影随鸢而移；或中间为窗隙所束，则影与鸢遂相违：鸢东则影西，鸢西则影东。又如窗隙中楼塔之影，中间为窗所束，亦皆倒垂，与阳燧一也。阳燧面洼[⑦]，以一指迫而照之则正，渐远则无所见，过此遂倒。其无所见处，正如窗隙、橹臬、腰鼓碍之[⑧]，本末相格[⑨]，遂成

【译 文】

阳燧照出来的影像都是颠倒的，那是中间有“碍”的缘故。算术家称之为“格术”，如同人摇船桨，作支柱的臬就成了橹的“碍”。又如鹞鹰飞在空中，它的影子随着鹞鹰移动。如果鹞鹰和影子之间被窗格所约束，影子和鹞鹰就向相反方向移动：鹞鹰向东飞，那么影子就向西移；鹞鹰向西飞，影子就向东移。又比如透过窗缝的楼塔影子，由于楼塔和影子之间的光线被窗缝约束，影子也是倒着的，和阳燧照物形成的倒影一样。阳燧镜面是凹陷的，用一根手指靠近镜面，就会照出正像；手指渐渐移远，影像就会消失；超过了这个位置，影像就倒立了。看不到影像的地方，正像窗上的孔、船橹的臬、腰鼓的腰构成了

摇橹之势。故举手则影愈下，下手则影愈上，此其可见。阳燧面洼，向日照之，光皆聚向内，离镜一二寸，光聚为一点，大如麻菽[⑩]，著物则火发，此则腰鼓最细处也。岂特物为然，人亦如是，中间不为物碍者鲜矣。小则利害相易，是非相反；大则以己为物，以物为己。不求去碍而欲见不颠倒，难矣哉。《酉阳杂俎》谓[⑪]："海翻则塔影倒。"此妄说也，影入窗隙则倒，乃其常理。

"碍"一样，物体与影像位置相反，就如同摇橹一样。所以手举得越高，影子就越往下；手往下放，影子就向上，这是可以看见的现象。阳燧镜面下凹，对着太阳照，光线向内聚焦。在离镜一二寸的地方，光线聚集成一点，像芝麻或豆子那般大，东西触及这点就会着火，这里也就是腰鼓最细的地方。岂止物理现象如此，人事也一样，人与人之间很少有没有"碍"的。小者利害混淆，是非颠倒；大者把自己当成外物，把外物当作自己。不求去除"碍"，就想见到不颠倒的影像，太难了啊！《酉阳杂俎》所谓"大海翻腾使得塔影子倒立"，这是荒唐的说法。影子透过窗孔则形成倒像，才是一般的规律。

注释

❶阳燧：古代照日取火的凹面铜镜。

❷碍：指凹面镜聚光的焦点。

❸算家：指精通计算之术的人。格术：格物之术，利用自然现象推求事物之理。

❹橹：船桨。

❺臬（niè）：装在船侧用以架橹的木桩。

❻鸢（yuān）：鸱鹰。

❼洼：凹陷。

❽腰鼓：两头大、中腰细的鼓，用手掌拍击。此特指细腰处。

❾格：相反。

❿麻菽：麻籽和豆子。

⓫《酉阳杂俎》：唐段成式所撰杂记之书。

解州盐池

【原 文】

解州盐泽[1]，方百二十里。久雨，四山之水悉注其中，未尝溢；大旱未尝涸。卤色正赤[2]，在版泉之下[3]，俚俗谓之蚩尤血[4]。唯中间有一泉，乃是甘泉[5]，得此水然后可以聚。又其北有尧梢水[6]，一谓之巫咸河。大卤之水，不得甘泉和之，不能成盐。唯巫咸水入，则盐不复结，故人谓之无咸河，为盐泽之患。筑大堤以防之，甚于备寇盗。原其理，盖巫咸乃浊水，入卤中则淤淀卤脉[7]，盐遂不成，非有他异也。

【译 文】

解州的盐池，方圆一百二十里。长时间下雨后，四周山上的水都流进池里，从未溢出；大旱时也从未干涸。卤水呈红色，在版泉的下面，俗称蚩尤血。唯独中间的一眼泉水，才是淡水泉，有了淡水泉的水，才可以使盐卤结晶。另外，盐池北边有尧梢水，也叫巫咸河。盐池的卤水，没有甘泉水混合，就不能结晶成盐。如果巫咸河的水流进盐池，盐卤就不再结晶，因此人们称它为无咸河，是盐泽的祸患。人们筑起大堤来防备它，胜过防备盗贼。究其原因，大概因为巫咸河水本是浊水，流入卤水中就会淤积堵塞盐卤矿脉，便不能结晶成盐，没有其他特殊原因。

注 释

❶解（xiè）州：治所在今山西运城解州镇。盐泽：盐池。

❷卤色正赤：卤水颜色呈红色，应是其中含有铁质。

❸版：硝板，由盐卤凝结而成的硬壳，遍布盐滩之上。版泉，一作“阪泉”，地名，相传黄帝与炎帝战于阪泉之野。

❹蚩尤：相传为古代九黎部落首领，与黄帝战于涿鹿，失败被杀。一说战于阪泉，分尸于解州。

❺甘泉：淡水泉。

❻尧梢水：又名白沙河，源于山西运城夏县巫咸谷，故又名巫咸河。

❼卤脉：盐池的盐层矿脉。

湴　河

【原　文】

《唐六典》述五行[①]，有禄、命、驿马、湴河之目[②]，人多不晓湴河之义。予在鄜延[③]，见安南行营诸将阅兵马籍[④]，有称“过范河损失”。问其何谓范河，乃越人谓淖沙为范河[⑤]，北人谓之活沙。予尝过无定河[⑥]，度活沙，人马履之，百步之外皆动，澒澒然如人行幕上[⑦]，其下足处虽甚坚，若遇其一陷，则人马驼车应时皆没，至有数百人平陷无孑遗者[⑧]。或谓此即流沙也，又谓沙随风流，谓之流沙。湴，字书亦作“泥”。蒲滥反[⑨]。按古文，“泥”，深泥也。术书有湴河者[⑩]，盖谓陷运，如今之“空亡”也[⑪]。

【译　文】

《唐六典》中讲述五行，有禄、命、驿马、湴河的条目，人们大多不了解“湴河”的含意。我在鄜延时，看见安南行营将领检阅兵马登记簿，上面有“过范河损失”的内容。问他们什么是范河，原来越人称淖沙为范河，北方人称为活沙。我曾经路过无定河，穿越流沙，人马走在上面，百步以外的地方都在动，晃晃荡荡地就像走在帐篷上。下脚处虽然坚实，但如果遇到一处塌陷，人马驼车随即沉没，甚至有几百人齐齐陷入，一个不剩的。有人说这就是流沙，又有人说沙随风流动，就称为流沙。湴，字书上也写作“泥”。蒲滥反。按照古文，“泥”就是很深的泥。方术书上有湴河，大概是指厄运，就像现在说的“空亡”一样。

注释

❶《唐六典》：唐玄宗时官修书，成书于开元二十六年（738），是我国现存最早的一部行政法典。五行：古人借金、木、水、火、土五种元素的相生相克来说明世界万物的形成及其相互关系。

❷溰（bàn）河：谓陷入泥淖，星命家借指遭逢厄运。

❸鄜（fū）延：指鄜延路，治延州（今陕西延安）。沈括于元丰三年（1080）知延州，为鄜延路经略安抚使。

❹安南行营：宋神宗熙宁九年（1076），交趾入侵邕州，以郭逵为安南行营经略招讨使，率军出击。熙宁间，郭逵屡判延州，延州营中当有随军者，故沈括得见其军籍册。

❺淖沙：指表面板结其下虚软易陷的沙地。

❻无定河：在今陕西北部，源于横山，流经沙漠，汇入黄河。

❼沺沺然：晃动貌。

❽孑（jié）遗：残留。

❾蒲滥反：“泥”字的反切注音，今读作 bàn。

❿术书：指以方术借助自然现象来推测人的气数和命运的书。

⓫空亡：术数用语，指时运不济、贫贱夭亡的凶兆。

芸香辟蠹

【原 文】

古人藏书辟蠹用芸[1]。芸，香草也，今人谓之七里香者是也。叶类豌豆，作小丛生，其叶极芬香，秋后叶间微白如粉污，辟蠹殊验。南人采置席下，能去蚤虱。予判昭文馆时[2]，曾得数株于潞公家[3]，移植秘阁后，今不复有存者。香草之类，大率多异名，所谓兰荪，荪即今菖蒲是也[4]，蕙今零陵香是也[5]，茝今白芷是也[6]。

【译 文】

古人藏书，防蛀虫用芸。芸是一种香草，就是现在人说的七里香。叶子类似于豌豆叶，成小丛生长。它的叶子十分芳香，秋后叶子间微微发白，像用白粉染过，用来驱虫有特效。南方人采来放在席子下面，能去除跳蚤和虱子。我判昭文馆时，曾从文潞公家求得几株，移植到秘阁后面，如今没有存活的了。香草这类东西，大多都有别的名称，如所谓兰荪，荪就是现在的菖蒲；蕙就是现在的零陵香；茝，就是现在的白芷。

注 释

❶辟蠹（dù）：防虫。芸：香草名，即芸香，多年生草本植物，可入药，有驱虫、驱风、通经的作用。

❷昭文馆：宋代三馆之一，掌图籍收藏及校雠等事，置大学士、学士、直学士、直馆，判官以五品以上官员充任。沈括判昭文馆时间不详。

❸潞公：文彦博（1006—1097），字宽夫，汾州介休（今属山西）人。天圣五年（1027）进士。庆历八年（1048）拜相，嘉祐三年（1058）判河南府，封潞国公。谥忠烈。

❹菖蒲：水生草本植物，叶狭长，有香气，初夏开花。根茎可入药。

❺零陵香：多年生草本，至香。

❻茝（chǎi）：白芷，多年生草本，夏季开伞形白花，叶可作香料，根可入药，有镇痛作用。

炼　钢

【原　文】

世间锻铁所谓钢铁者[①]，用柔铁屈盘之[②]，乃以生铁陷其间，泥封炼之，锻令相入，谓之团钢，亦谓之灌钢。此乃伪钢耳，暂假生铁以为坚，二三炼则生铁自熟，仍是柔铁，然而天下莫以为非者，盖未识真钢耳。予出使[③]，至磁州锻坊观炼铁[④]，方识真钢。凡铁之有钢者，如面中有筋，濯尽柔面，则面筋乃见。炼钢亦然，但取精铁[⑤]，锻之百余火，每锻称之，一锻一轻，至累锻而斤两不减，则纯钢也，虽百炼不耗矣。此乃铁之精纯者，其色清明，磨莹之则黯黯然青且黑，与常铁迥异。亦有炼之至尽而全无钢者，皆系地之所产。

【译　文】

世上锻铁所说的钢铁，是用柔铁弯曲盘卷，再用生铁嵌入其中，用泥包起来烧炼，再锻打使它们相互融合，这就叫团钢，也称为灌钢。这不过是假钢罢了，暂且借生铁来使它坚固，锻炼两三次后，生铁自然成了熟铁，但仍然是柔铁，然而天下人都不认为那是假钢，大概是不认识真钢的缘故吧。我出使河北时，曾到磁州锻钢的作坊观看炼铁，才认识了真钢。大凡铁中有钢，就像面中有筋，洗尽了柔面，面筋就出来了。炼钢也是这样，只要取来精铁，锻打一百多次，每锻一次称一次，锻打一次重量就轻一些，直到多次锻打而重量不减，就是纯钢了，即使再炼一百次，也不会有损耗了。这就是铁中最精纯的部分，它的颜色光洁明亮，磨光后就呈现出暗淡的青黑色，与平常的铁迥然不同。也有铁炼尽了也没有一点钢的，这就和铁的产地相关了。

注释

❶钢铁：钢和铁因含碳量的高低而区别开来，含碳量低于1.7%的铁碳合金称为钢。沈括认为将铁百炼之后成为纯钢，因此把未经百炼的团钢称为“伪钢”，带有那个时代的认知局限性。

❷柔铁：熟铁。

❸出使：指熙宁八年（1075）沈括任河北西路访察使。

❹磁州：今河北邯郸磁县。

❺精铁：指含有杂质的熟铁。

汉人饮酒

【原 文】

汉人有饮酒一石不乱，予以制酒法较之[①]：每粗米二斛[②]，酿成酒六斛六斗；今酒之至醨者[③]，每秫一斛[④]，不过成酒一斛五斗。若如汉法，则粗有酒气而已，能饮者饮多不乱，宜无足怪。然汉之一斛，亦是今之二斗七升，人之腹中，亦何容置二斗七升水邪？或谓石乃钧石之石，百二十斤。以今秤计之，当三十二斤，亦今之三斗酒也。于定国[⑤]饮酒数石不乱，疑无此理。

【译 文】

汉代人有饮酒一石不醉的，我用酿酒法进行考量：汉代每两斛粗米，能酿成六斛六斗酒；现在最薄的酒，每一斛糯米也不过酿成一斛五斗酒。如果用汉代的酿酒法，只是略微有些酒味罢了，酒量大的人多饮而不醉，也没什么可奇怪的。但是汉代的一斛，相当于现在的二斗七升，人的肚子里又如何容得下二斗七升水呢？有人说石是钧石的石，即一百二十斤。用现在的秤来计算，应当是三十二斤，也是现在的三斗酒。于定国饮酒几石不醉，恐怕没有这样的道理。

注释

❶较：考量。

❷斛（hú）：容器，一斛为十斗。

❸醨（lí）：薄酒。

❹秫（shú）：黏糯的高粱、粟米，多用以酿酒。

❺于定国（前111—前40）：字曼倩，汉宣帝时丞相，封西平侯。《汉书》载其“食酒至数石不乱”。

阿胶

【原文】

古说济水伏流地中[①]，今历下凡发地皆是流水[②]，世传济水经过其下。东阿亦济水所经[③]，取井水煮胶，谓之阿胶[④]。用搅浊水则清。人服之，下膈[⑤]、疏痰、止吐，皆取济水性趋下，清而重，故以治淤浊及逆上之疾[⑥]。今医方不载此意。

【译文】

从前传说济水潜入地下流淌，现在历下一带只要掘地就有流水涌出，世人相传是济水流经其下。东阿也是济水流经之地，取井水煮胶，称为阿胶。将它放进浊水里搅拌，水就会变清。人服下，就能治疗膈食、祛痰、止吐等病症，都是利用济水趋下的特性，其水清而不滞、重而不浊，所以可治积食、胀气及呕吐之类的疾病。现在的药方中没有记载这些。

注释

❶济水：又作沇水，古四渎之一，其故道已湮，略同今黄河河道。伏流：潜藏在地下的水流，指地下河。

❷历下：今山东济南市区。

❸东阿：今山东聊城东阿县。

❹阿胶：用驴皮加水熬制而成的胶，有滋阴补血之效。

❺下膈（gé）：治疗噎膈等症状，指疏通食气。

❻淤浊及逆上之疾：指食气淤积不畅及呕吐反胃等消化不良的病症。

卷四

辩证二

导读

本卷考证对象以文献记载为主，内容则以考辨地理、语词为多，也偶及植物、古钱、画艺等。本书所录《东海古墓》，作者以所见所闻考证因古今地名变迁而造成的记载错误，得出“天下地书皆不可坚信”的结论，可见辨伪求真的精神。《桂屑除草》广引载籍以彰显古人的智慧，发明大自然相生相克的奇妙哲理。《“一麾”辨》考释词义的变迁与不明就里而用错典故，妙趣横生，令后人辗转引用。《韩文公画》揭示了后人误以韩熙载像为韩愈像的原因。《垫钱法》反映了唐宋时期严重的钱荒现象，是研究中国钱币史的重要文献。《蜀道难》考证有关这篇千古名作的错误记载，涉及野史与正史，并触类旁通，推而广之，令人深思。

东海古墓

【原 文】

海州东海县西北有二古墓[①]，《图志》谓之黄儿墓[②]。有一石碑，已漫灭不可读，莫知黄儿者何人。石延年通判海州[③]，因行县[④]见之，曰：“汉二疏[⑤]，东海

【译 文】

海州东海县西北有两座古墓，《图志》称之为黄儿墓。有一块石碑，字迹已经模糊不可阅读了，无法知道黄儿是谁。石延年通判海州时，巡行到县中看见此碑，说：“汉朝的

人，此必其墓也。”遂谓之二疏墓，刻碑于其傍，后人又收入《图经》。予按，疏广，东海兰陵人，兰陵今属沂州承县[⑥]。今东海县，乃汉之赣榆[⑦]，自属琅琊郡[⑧]，非古之东海也。今承县东四十里自有疏广墓，其东又二里有疏受墓。延年不讲地志，但见今谓之东海县，遂以二疏名之，极为乖误。大凡地名如此者至多，无足纪者。此乃予初仕为沭阳主簿日[⑨]，始见《图经》中增此事，后世不知其因，往往以为实录。谩志于此，以见天下地书皆不可坚信。其北又有孝女冢[⑩]，庙貌甚盛[⑪]，著在祀典[⑫]。孝女亦东海人。赣榆既非东海故境，则孝女冢庙，亦后人附会县名为之耳。

二疏是东海人，这一定是他们的墓。”于是称之为二疏墓，在墓旁刻碑，后人又将它载入《图经》。据我考证，疏广是东海兰陵人，兰陵今属沂州承县。现在的东海县就是汉代的赣榆，历来属于琅琊郡，不是古代的东海。现在承县以东四十里本来就有疏广墓，往东又二里处有疏受墓。石延年不研究地理书，只看到现在称东海县，就以“二疏”命名，极为错误。大凡地名像这类情况的很多，不值得一一记述。这是我初次做官担任沭阳主簿时，才看见《图经》中补入此事，后人不明原委，往往认为是实录。因此我随手记录此事，由此可见天下的地理书，都不能完全相信。黄儿墓的北边又有孝女墓，神庙的香火十分兴旺，写进了祀典中。孝女也是东海人。赣榆既然不是古时候的东海，那么孝女墓和神庙也是后人附会县名而修建的了。

注释

❶海州东海县：在今江苏连云港。

❷《图志》：附有地图的方志。

❸石延年（994—1041）：字曼卿，宋城（今河南商丘）人。历知金乡县，通判乾宁军，累官大理寺丞。景祐二年（1035），落职通判海州。

❹行县：谓巡行属县。

❺二疏：指疏广、疏受二人。疏广（？—前45），字仲翁，东海兰陵（今山东枣庄峄城）人。西汉名臣、学者，宣帝征为博士郎，累官太子太傅。疏受（？—前48），字公子，疏广之侄，任太子少傅。

❻承县：汉置，属东海郡，后废。唐武德间改兰陵县为承县，属沂州。

❼赣榆：汉置，治所在今江苏连云港，唐武德间并入东海县。

❽琅琊郡：秦置，西汉时治东武县（今山东诸城）。

❾沭阳：今属江苏。沈括初仕沭阳主簿约在至和元年（1054）。

❿孝女冢（zhǒng）：孝女的坟墓，在今山东临沂郯城东。孝女为传说中人物，名周青，汉时东海人，养姑甚谨，事见《列仙传》。

⓫庙貌：塑有神像的庙宇。

⓬祀典：记录祭祀仪礼的典籍。

桂屑除草

【原文】

《杨文公谈苑》记江南后主患清暑阁前草生[①]，徐锴令以桂屑布砖缝中[②]，宿草尽死[③]。谓："《吕氏春秋》云[④]：'桂枝之下无杂木。'盖桂枝味辛螫故也[⑤]。"然桂之杀草木，自是其性，不为辛螫也。《雷公炮炙论》[⑥]云："以桂为丁，以钉木中，其木即死。"一丁至微，未必能螫大木，自其性相制耳。

【译文】

《杨文公谈苑》记述，江南后主担忧清暑阁前杂草丛生，徐锴让人把桂树的木屑撒在砖缝中，隔年生的草全都死了。说："据《吕氏春秋》记载：'桂枝下面没有别的杂树。'那是桂枝辛辣致害的原因。"但桂枝杀死草木是它的本性，不是因为辛螫。《雷公炮炙论》说："用桂枝制作木钉，将它钉在树中，树立刻就死了。"一颗钉十分微小，未必能刺死大树，只是它们的特性相克罢了。

注释

❶《杨文公谈苑》：记载北宋名家杨亿言论的著作，由黄鉴笔录，宋庠整理成书，原书已佚，今仅存辑录本。江南后主：南唐后主李煜（937—978），公元961—975年在位。

❷徐锴（920—974）：字楚金，广陵（今江苏扬州）人。仕南唐为内史舍人。与兄徐铉均为著名文字学家。

❸宿草：隔年生的草。

❹《吕氏春秋》：为秦相吕不韦及其门客集体著作，博采诸子百家学说，以道家为宗，《汉书·艺文志》等将其列入杂家。

❺辛螫（shì）：毒虫刺螫人。

❻《雷公炮炙论》：古医方书，南朝宋雷敩撰，为我国最早的制药专著，也是中药鉴定学的重要文献。

“一麾”辨

【原文】

今人守郡谓之建麾[①]，盖用颜延年诗“一麾乃出守”[②]，此误也。延年谓“一麾”者，乃“指麾”之“麾”[③]，如武王“右秉白旄以麾”之“麾”[④]，非“旌麾”之“麾”也[⑤]。延年《阮始平》诗云“屡荐不入官，一麾乃出守”者[⑥]，谓山涛荐咸为吏部郎[⑦]，三上，武帝不用[⑧]，

【译文】

现在的人出守州郡称为建麾，大概是借用了颜延年“一麾乃出守”的典故，这是用错了。颜延年说的“一麾”是“指麾”的“麾”，就像武王“右秉白旄以麾”的“麾”字，而不是“旌麾”的“麾”。颜延年《阮始平》诗云“屡荐不入官，一麾乃出守”，是指山涛推荐阮咸为吏部郎，三次上书，晋武帝都不用阮咸，后来被荀勖一排挤，就出任始平太

后为荀勖一挤[9]，遂出始平，故有此句。延年被摈，以此自托耳。自杜牧为《登乐游原》诗云[10]："拟把一麾江海去，乐游原上望昭陵。"始谬用"一麾"，自此遂为故事。

守了，所以有这句诗。颜延年也被朝廷摒弃，所以借作诗自托。自从杜牧所作《登乐游原》诗说："拟把一麾江海去，乐游原上望昭陵。"开始错用"一麾"，从此把出守州郡说成"一麾"也就成了典故。

注释

❶建麾：建大麾以封藩国，此指出任地方长官。建，树立。麾，指挥作战用的旗帜。

❷颜延年：颜延之（384—456），字延年，临沂（今属山东）人。著名文学家。历永嘉太守，官至金紫光禄大夫。

❸指麾：指挥。麾，同"挥"。

❹武王：周武王姬发（？—前1043）。右秉白旄以麾：语出《尚书·牧誓》，意谓右手持装饰白色牦牛尾的旗杆指挥全军。

❺旌麾：旗帜。旌，用牦牛尾或五彩羽毛装饰杆头的旗子。

❻《阮始平》诗：颜延年组诗《五君咏》之一。阮始平，即阮咸，字仲容，尉氏（今属河南）人，西晋音乐家，"竹林七贤"之一。曾任始平太守，故称"阮始平"。"屡荐不入官，一麾乃出守"意谓：屡被推荐也没有入朝为官，一被排斥就去地方出任太守了。

❼山涛（205—283）：字巨源，河内怀县（今河南焦作武陟）人。"竹林七贤"之一。仕晋为吏部尚书、太子少傅、左仆射。谥号康。

❽武帝：晋武帝司马炎。

❾荀勖（？—289）：字公曾，颍阴（今河南许昌）人。西晋音乐家、文学家。官至尚书令，谥号成。

❿杜牧（803—852）：字牧之，号樊川居士，京兆万年（今陕西西安）人。唐代著名诗人。历官黄州、池州、睦州刺史。《登乐游原》：原诗题为《将赴吴

兴登乐游原》。“拟把一麾江海去，乐游原上望昭陵”大意是：想打着出守外郡的旗帜逍遥江海，却又在乐游原上望见昭陵（唐太宗陵墓）。

韩文公画

【原 文】

世人画韩退之[1]，小面而美髯，著纱帽。此乃江南韩熙载耳[2]，尚有当时所画[3]，题志甚明。熙载谥文靖，江南人谓之韩文公，因此遂谬以为退之。退之肥而寡髯。元丰中，以退之从享文宣王庙[4]，郡县所画，皆是熙载。后世不复可辩，退之遂为熙载矣。

【译 文】

世人画的韩愈像，面部小而且有漂亮的胡须，戴着纱帽。这画像其实是江南的韩熙载，现在还有当时所画韩熙载像，题记非常清楚。韩熙载的谥号是文靖，江南人也称他为韩文公，因此就被误以为是韩愈。韩愈胖而且胡须很少。元丰年间，以韩愈陪祭孔庙，郡县画的韩愈像，都是韩熙载。后世不能再辨认，韩愈就变成了韩熙载的模样。

注 释

❶韩退之：韩愈（768—824），字退之，河阳（今河南孟州）人。唐代著名文学家、思想家。贞元八年（792）进士，官至吏部尚书，谥号文。世称“韩文公”“韩吏部”“韩昌黎”。

❷韩熙载（902—970）：字叔言，北海（今山东青州）人。后唐同光四年（926）进士，仕南唐，官至中书侍郎。宋开宝三年（970）卒，谥文靖。

❸当时所画：五代顾闳中画有《韩熙载夜宴图》。

❹文宣王庙：孔庙，孔子被尊为文宣王。据《续资治通鉴长编》载，元丰七年（1084）五月壬戌，以孟子配享孔庙，以荀子、扬雄、韩愈从祀。

垫钱法

【原 文】

今之数钱，百钱谓之“陌”者[1]，借“陌”字用之，其实只是“佰”字，如“什”与“伍”耳。唐自皇甫镈为垫钱法[2]，至昭宗末[3]，乃定八十为陌。汉隐帝时[4]，三司使王章每出官钱[5]，又减三钱，以七十七为陌，输官仍用八十。至今输官钱有用八十陌者。

【译 文】

现在数钱，称一百钱为“陌”，虽借用“陌”字，其实应该是“佰”字，就像“什”字与“伍”字一样。唐朝从皇甫镈开始推行垫钱法，到昭宗末年，就规定以八十钱为一陌。后汉隐帝时，三司使王章每次支出官钱，又减去三钱，以七十七钱为一陌，交纳官府时仍以八十钱为一陌。到现在交纳给官府的钱，仍然以八十钱为一陌。

注 释

❶陌：通“佰”，钱一百为“陌”。

❷皇甫镈（bó）：唐宪宗元和间任司农卿，曾推行垫钱法。官至门下侍郎、同平章事。卒于崖州（今海南）贬所。垫钱法：实际开支不足百钱时，仍以百钱计，称“垫陌”，宋称“省陌”。

❸昭宗：唐末代皇帝李晔的庙号，公元888—904年在位。

❹汉隐帝：五代后汉皇帝刘承祐（931—950），公元948—950年在位。

❺王章（？—950）：后汉隐帝时由三司使擢检校太尉、同平章事。

蜀道难

【原 文】

前史称严武为剑南节度使①，放肆不法，李白为之作《蜀道难》②。按孟棨所记③，白初至京师，贺知章闻其名④，首诣之，白出《蜀道难》，读未毕，称叹数四。时乃天宝初也，此时白已作《蜀道难》。严武为剑南，乃在至德以后肃宗时，年代甚远。盖小说所记，各得于一时见闻，本末不相知，率多舛误，皆此文之类。李白集中称“刺章仇兼琼”⑤，与《唐书》所载不同，此《唐书》误也。

【译 文】

前朝史书称严武任剑南节度使，放肆而不守法纪，李白因此作了《蜀道难》。根据孟棨的记载，李白刚到京城时，贺知章听到他的名字，首先去拜访，李白拿出《蜀道难》，贺知章还未读完，就再三称赞。时间在天宝初年，当时李白已经写了《蜀道难》。严武任剑南节度使是在至德以后唐肃宗朝，年代相隔太远。大概小说所记，分别得自一时见闻，不清楚事情的本末，大多错乱讹误，就像这段文字一样。李白的诗集中说，作《蜀道难》是为了讽刺章仇兼琼，与《唐书》的记载不同，应该是《唐书》记载有误。

注释

❶严武（726—765）：字季鹰，华阴（今陕西渭南）人。历绵州刺史、东川节度使，上元二年（761）为成都尹，充剑南节度使。入朝，迁京兆尹兼御史大夫。广德二年（764），又为成都尹、剑南节度使。

❷李白（701—762）：字太白，号青莲居士，绵州昌隆（今四川绵阳江油）人。唐代大诗人。累官翰林待诏，后被浪放夜郎。

❸孟棨（qǐ）：字初中。乾符二年（875）进士，累迁尚书司勋郎中。著有《本事诗》。

❹贺知章（659—744）：字季真，自号四明狂客，越州永兴（今浙江杭州萧山区）人。唐代著名诗人。历官秘书监、太子宾客。《李太白年谱》载贺知章见李白于天宝元年（742）。

❺章仇兼琼（？—750）：任城（今山东济宁）人。历益州长史、剑南节度使，官至户部尚书。

卷五

乐律一

导读

沈括于乐律有较深的研究，著有《乐律》《乐论》《乐器图》《三乐谱》等，可惜均已失传。《玉海》称“沈括《乐论》一卷，论古今律吕、乐器、制度之得失”。又称：“沈括《乐律》一卷，考论乐律制度及前代杂用之制，载天神、地祇、人鬼、黄钟一均四图。其书已见《梦溪笔谈》，为二卷，今止一卷。又云为五图于后，今《夹钟图》缺五图，《笔谈》不载。”可见，“乐律”多见于《笔谈》。因此本书卷五、卷六论“乐律”，内容较为完整、系统。如开篇《周礼·大司乐》一条，长达两千多字，论及古今乐制及五声、四音、三律及其次序与变化等，颇为细致。至于讨论古曲、乐器及演奏者的条目，往往篇幅短小，可读性较强，我们从中节选数篇。

《驳班固言数》讥讽班固不知乐理。《羯鼓》《杖鼓》对古曲遗失扼腕叹息。《柘枝舞》记述柘枝舞发展的历史以及寇准成为柘枝迷的佚事。《演唱技巧》则探讨唱歌吐字的音调配合。《胡部乐》则反映唐宋时期各民族音乐文化交融的历史事实。《协律》考述唐宋之际声诗向词演化而失乐的进程，是中国音乐史上的重要文献。《郢人善歌》驳斥误说，既釜底薪斧，又层层剖析，具有很强的说服力。

驳班固言数

【原 文】

《汉志》言数曰[①]：“太极元气[②]，函三为一[③]。极，中也。元，始也。行于十二辰[④]，始动于子，参之[⑤]，于丑得三，又参之，于寅得九，又参之，于卯得二十七。”历十二辰，“得十七万七千一百四十七。此阴阳合德，气钟于子，化生万物者也”。殊不知此乃求律吕长短体算立成法耳，别有何义？为史者但见其数浩博，莫测所用，乃曰“此阴阳合德[⑥]，化生万物者也”。尝有人于土中得一朽弊捣帛杵，不识，持归以示邻里，大小聚观，莫不怪愕，不知何物。后有一书生过，见之，曰：“此灵物也。吾闻防风氏身长三丈[⑦]，骨节专车[⑧]。此防风氏胫骨也。”乡人皆喜，筑庙祭之，谓之胫庙。班固此论[⑨]，亦近乎胫庙也。

【译 文】

《汉书·律历志》谈论律数时说：“天地混沌未分的时期，天地人三者混合为一。极就是中正，元就是开始的意思。元气在十二时辰中运行，从子开始，三倍子数，到丑得三，又三倍，到寅得九，再三倍，到卯得二十七。”经过十二时辰后，“得数为十七万七千一百四十七。这就是阴阳会合，元气聚集在子，然后相互变化产生宇宙万物”。却不知这是计算律吕长短的固定方法罢了，此外还有什么含义呢？编写史书的人只看见这个数字很大，却不明白它的用途，于是就说“这是阴阳化合产生宇宙万物”。过去有人从土中挖出一根腐朽的捶衣棒，不能识别，便拿回去给乡邻辨认，大人小孩围拢来看，无不感到惊奇，却无人知道是什么东西。后来有一书生经过，看见了朽木，就说：“这是珍奇神异之物啊。我听说防风氏身高三丈，他的一节骨头就可以装满一辆车。这是防风氏的胫骨啊。”乡人听后都很高兴，就修建庙宇供奉朽木，取名叫胫庙。班固这种论调，也和胫庙差不多了。

注释

❶《汉志》：指《汉书·律历志》，汉班固著。

❷太极元气：指天地未分前最原始的混沌之气。

❸函三为一：太极包含天道、地道、人道。

❹十二辰：古人以十二等分一周天，以子、丑、寅、卯、辰、巳、午、未、申、酉、戌、亥十二地支分别标示，用以记年、月、日、时等。

❺参：同“叁”，三倍。

❻阴阳合德：指阴阳两气相合相感。

❼防风氏：古代传说中部落领袖名。传说大禹召集诸神至会稽山，防风氏因迟到而被处死。

❽专车：占满一车。

❾班固（32—92）：字孟坚，扶风安陵（今陕西咸阳）人。东汉著名史学家、文学家。汉和帝永元元年（89），随大将军窦宪北伐匈奴，任中护军，行中郎将，参议军机大事。其著《汉书》，历时二十余年。

羯鼓

【原文】

吾闻《羯鼓录》序羯鼓之声云①：“透空碎远，极异众乐。”唐羯鼓曲，今唯有邠州一父老能之②，有《大合蝉》《滴滴泉》之曲。予在鄜延时，尚闻其声。泾原承受公事杨元孙因奏事回③，有旨令召此人赴

【译文】

我看《羯鼓录》中说羯鼓的声音：“透空碎远，与其他乐器大不相同。”唐代的羯鼓曲，现在只有邠州的一位老人能演奏，有《大合蝉》《滴滴泉》等曲子。我在鄜延路时，还听过他的演奏。泾原路走马承受公事杨元孙入朝奏事，回来后传达朝廷命令召这位老人入朝。杨元孙到达邠州时，老人

阙[4]。元孙至邠，而其人已死，羯鼓遗音遂绝。今乐部中所有，但名存而已，“透空碎远”，了无余迹。唐明帝与李龟年论羯鼓云[5]：“杖之弊者四柜。”用力如此，其为艺可知也。

已经死了，羯鼓遗音从此就失传了。如今乐部中记载的羯鼓曲，仅仅剩下个名目罢了，那种穿透高空、急促高远的声音，已经无影无踪了。唐玄宗在和李龟年谈论羯鼓时说过：“敲坏的鼓槌有四柜。”用力这样猛，演奏羯鼓的技艺就可想而知了。

注释

❶《羯鼓录》：唐南卓著，记载羯鼓的珍贵资料。羯鼓：古代打击乐器之一，南北朝时经西域传入中原，盛行于唐。

❷邠（bīn）州：治今陕西咸阳彬州。

❸泾原：指泾原路，治渭州（今甘肃平凉）。承受公事：走马承受公事，以三班使臣或宦官担任，各路设一员，代皇帝侦察当地情况。杨元孙：元丰间官文思副使，历泾原路、鄜延路走马承受公事。

❹赴阙：入朝。

❺唐明帝：唐明皇，唐玄宗李隆基。李龟年，邢州柏仁（今河北邢台隆尧）人。唐玄宗时乐工，长于作曲，擅奏羯鼓。

杖 鼓

【原 文】

唐之杖鼓[1]，本谓之两杖鼓，两头皆用杖。今之杖鼓，一头以手拊之[2]，则唐之汉震第二鼓也[3]。明帝、宋开府皆善此鼓[4]。其曲多独奏，如《鼓笛曲》是也。今时杖鼓，常时只是打拍，鲜有专门独奏之妙。古曲悉皆散亡，顷年王师南征[5]，得《黄帝炎》一曲于交趾，乃杖鼓曲也。“炎”或作“盐”。唐曲有《突厥盐》《阿鹊盐》。施肩吾诗云[6]：“颠狂楚客歌成雪，妩媚吴娘笑是盐。”盖当时语也。今杖鼓谱中有炎杖声。

【译 文】

唐代时的杖鼓，原来叫两杖鼓，演奏时两头都用鼓槌敲。现在的杖鼓，一头用手拍打，实际上是唐代的汉震第二鼓。当年唐玄宗和宋璟都擅长弹奏这种鼓乐。它的乐曲大多是独奏，如《鼓笛曲》之类。现在的杖鼓，一般只用来打节拍，很难有美妙的独奏。如今古曲全都散失，前些年朝廷的军队南征，曾在交趾得到《黄帝炎》曲目，就是杖鼓曲。“炎”字也写作“盐”字。唐代杖鼓曲中有《突厥盐》《阿鹊盐》等。施肩吾诗云：“颠狂楚客歌成雪，妩媚吴娘笑是盐。”可见当时人用“盐”代指鼓曲。现在的杖鼓谱中还有炎杖声。

注释

❶杖鼓：鼓名，打击乐器。

❷拊（fǔ）：拍打。

❸汉震：鼓名，较羯鼓稍粗大。

❹明帝：唐玄宗。宋开府：宋璟（663—737），字广平，邢州南和（今河北邢台）人。开元十七年（729）拜尚书右丞相，授开府仪同三司，封广平郡开

国公。

❺王师南征：宋神宗熙宁九年（1076），宋军征交趾。

❻施肩吾（780—861）：字希圣，号东斋，睦州分水（今属浙江杭州）人。唐宪宗元和十五年（820）状元，隐居西山，著有《西山集》。

柘枝舞

【原 文】

《柘枝》旧曲[①]，遍数极多[②]，如《羯鼓录》所谓《浑脱解》之类，今无复此遍。寇莱公好柘枝舞[③]，会客必舞柘枝，每舞必尽日，时谓之“柘枝颠”。今凤翔[④]有一老尼，犹是莱公时柘枝妓，云：“当时《柘枝》尚有数十遍，今日所舞《柘枝》，比当时十不得二三。”老尼尚能歌其曲，好事者往往传之。

【译 文】

《柘枝》旧曲，遍数很多，就像《羯鼓录》所载《浑脱解》之类，现在再也没有那么多遍数了。寇准爱好柘枝舞，宴请客人时必定要跳柘枝舞，一跳就是一整天，当时人们称他为“柘枝颠”。现在凤翔府有一个老尼姑，是当时寇准府上的柘枝舞女，她说：“当时的《柘枝》舞曲还有几十遍，今天跳的《柘枝》舞，遍数还不到当时的十分之二三了。”老尼姑还能演唱那些曲子，爱好者往往相互传唱。

注 释

❶《柘（zhè）枝》：舞曲名，源于西域，由独舞、对舞，至宋代发展为多人共舞。

❷遍：指乐曲的章节，唐宋大曲系联结若干小曲而成，称“大遍”，其各小曲则称“遍”。

❸寇莱公：寇准（961—1023），字平仲，华州下邽（今陕西渭南）人。累官参知政事、枢密使，封莱国公。谥忠愍。

❹凤翔：宋代府名，治今陕西宝鸡凤翔区。

演唱技巧

【原 文】

古之善歌者有语，谓当使“声中无字，字中有声”。凡曲，止是一声清浊高下如萦缕耳，字则有喉、唇、齿、舌等音不同。当使字字举本皆轻圆[①]，悉融入声中，令转换处无磊块[②]，此谓“声中无字”，古人谓之“如贯珠”，今谓之“善过度”是也。如宫声字[③]，而曲合用商声，则能转宫为商歌之，此“字中有声”也，善歌者谓之“内里声”。不善歌者，声无抑扬，谓之“念曲”；声无含韫，谓之“叫曲”。

【译 文】

古代善于歌唱的人说，歌唱要做到“声中无字，字中有声”。所有乐曲，只不过是清浊高下而盘绕连贯的声音，字音则有喉、唇、齿、舌等发声方式的不同。唱歌时应当使每个字音从发到收都清晰圆润，完全融入乐声之中，使转腔换调处没有一丝丝阻隔，这就叫“声中无字”，古人称为“如贯珠”，今天叫作“善过度”。假如遇到宫声的字，适宜用商声的曲调，那么就要转为商声来演唱，这就是“字中有声”，善于歌唱的人称为“内里声”。不善于歌唱的人，发音没有抑扬顿挫，叫作“念曲”；唱出的声音没有蕴含感情，称为“叫曲”。

注 释

❶举本：宋祝穆《古今事文类聚》续集卷二四引作“举末”。诸雨辰先生疑“本”当作“末”，自始至终之意，很有道理。

❷磊块：郁积阻隔。

❸宫声字：古人以宫、商、角、徵、羽代表五音或五种声调，又以五声分别代表喉音（宫）、齿音（商）、牙音（角）、舌音（徵）、唇音（羽）。

胡部乐

【原 文】

外国之声[①]，前世自别为四夷乐。自唐天宝十三载[②]，始诏法曲与胡部合奏[③]。自此乐奏全失古法，以先王之乐为雅乐，前世新声为清乐，合胡部者为宴乐。

【译 文】

中原之外各民族的音乐，前代自有区别，称为四夷乐。从唐朝天宝十三载开始，才下令将道观法曲与西域音乐合奏。从此，音乐演奏完全丢失了古代的法度，将先王遗留下来的音乐称为雅乐，前代的新音乐称为清乐，与西域音乐合奏的称为宴乐。

注 释

❶外国：古代指中原之外的地区和国家。

❷天宝：唐玄宗李隆基的年号，公元742—756年。

❸法曲：古代乐曲种类之一，由西域各族音乐与清商乐结合而成，后又融入佛教“法乐”并掺杂道曲，盛极于唐，如《霓裳羽衣》就是著名的法曲。胡部：本指掌管胡乐的机构，此指胡乐，即从西凉一带传入的“胡部新声”。

协律

【原文】

古诗皆咏之，然后以声依咏以成曲，谓之协律[①]。其志安和，则以安和之声咏之；其志怨思，则以怨思之声咏之。故“治世之音安以乐”，则诗与志、声与曲，莫不安且乐；“乱世之音怨以怒”，则诗与志、声与曲，莫不怨且怒。此所以审音而知政也。诗之外又有和声[②]，则所谓曲也。古乐府皆有声、有词，连属书之，如曰“贺贺贺”“何何何”之类，皆和声也。今管弦之中缠声[③]，亦其遗法也。唐人乃以词填入曲中，不复用和声。此格虽云自王涯始[④]，然贞元、元和之间[⑤]，为之者已多，亦有在涯之前者。又小曲有“咸阳沽酒宝钗空”之句，云是李白所制，然李白集中有《清平乐》词四首，独欠是诗。而《花间集》所载

【译文】

古代的诗歌都要吟唱，然后依声调配合吟唱而谱写成曲，这就叫协律。诗意安乐平和，就用安和的声调歌唱；诗意幽怨悲伤，就用怨思的声调歌唱。所以太平盛世的音乐安逸欢快，诗歌与情感、声音与乐曲，无不安逸欢快；动乱时期的音乐幽怨悲伤，诗歌与情感、声音与乐曲，无不幽怨悲伤。这就是《礼记》所说的闻听音乐即可以了解政治。诗歌之外加上和声，就是所谓的曲了。古乐府中都有和声和词句，一并记录下来，比如说“贺贺贺”“何何何”之类，就是和声。现在乐曲中的“缠声”，也是和声的遗留手法。唐代人把词填进曲中，不再使用和声。据说这种方法开始于王涯，然而在贞元、元和年间，这样做的人已经很多，也有人做在王涯之前。另外，小曲中有“咸阳沽酒宝钗空”的诗句，相传是李白所作，然而李白诗集中有《清平乐》词四首，唯独没有这首诗。《花间集》有“咸阳沽酒宝钗空”一句，却说是

"咸阳沽酒宝钗空"⑥，乃云是张泌所为⑦，莫知孰是也。今声词相从，唯里巷间歌谣及《阳关》《捣练》之类，稍类旧俗。然唐人填曲，多咏其曲名，所以哀乐与声尚相谐会。今人则不复知有声矣，哀声而歌乐词，乐声而歌怨词，故语虽切而不能感动人情，由声与意不相谐故也。

张泌所作，不知哪一种说法是正确的。现在声音与歌词配合紧密的，只有民间歌谣，以及《阳关》《捣练》之类的乐曲，稍稍接近于旧的传统。然而唐人填曲时，大多根据曲名来填写歌词，所以悲哀或欢乐的情绪与曲调还能协调。今人不再理会曲调了，于是悲伤的曲调却唱欢快的歌词，欢快的曲调却唱哀怨的歌词，因此即便歌词恳切，也不能使人感动，这是曲调与歌词不协调的缘故。

注释

❶协律：配以音乐声律，使之协调，犹言"谱曲"。

❷和声：歌曲中的衬字，常由他人应和，如"贺贺贺""何何何"之类。

❸缠声：乐调中重叠的和声。

❹王涯（764—835）：字广津，太原（今属山西）人。贞元八年（792）进士，元和间累官中书侍郎、同中书门下平章事，出为剑南东川节度使。文宗时，入朝为吏部尚书。

❺贞元：唐德宗李适的年号（785—805）。元和：唐宪宗李纯的年号（806—820）。

❻《花间集》：后蜀赵崇祚选编，是我国第一部文人词总集，收录温庭筠、韦庄、张泌等18人作品。"咸阳沽酒宝钗空"为张泌《酒泉子》词句。

❼张泌（bì）：仕前蜀，官至舍人。花间词派重要词人，《花间集》录其词27首。

郢人善歌

【原 文】

世称善歌者皆曰“郢人”[①]，郢州至今有白雪楼[②]，此乃因宋玉《问》曰[③]：“客有歌于郢中者，其始曰《下里》《巴人》[④]，次为《阳阿》《薤露》[⑤]，又为《阳春》《白雪》[⑥]，引商刻羽[⑦]，杂以流徵[⑧]。”遂谓郢人善歌，殊不考其义。其曰“客有歌于郢中者”，则歌者非郢人也。其曰“《下里》《巴人》，国中属而和者数千人；《阳阿》《薤露》，和者数百人；《阳春》《白雪》，和者不过数十人；引商刻羽，杂以流徵，则和者不过数人而已”。以楚之故都，人物猥盛，而和者止于数人，则为不知歌甚矣，故玉以此自况。《阳春》《白雪》，皆郢人所不能也，以其所不能者明其俗，岂非大误也？《襄阳耆旧传》[⑨]虽云：“楚有善歌者，歌《阳菱》《白露》

【译 文】

世人称善于唱歌的人为郢人，郢州至今还有白雪楼，这是因为宋玉《对楚王问》中说：“有个客人在郢城中唱歌，起初唱的是《下里》《巴人》，接着又唱《阳阿》《薤露》，后来又唱《阳春》《白雪》，最后高低抑扬并杂以转调变徵演唱。”因此就说郢人善于歌唱，却全不推敲这段话的意思。他说“有个客人在郢城中唱歌”，可见唱歌的不是郢人。他说“唱到《下里》《巴人》，城中跟着唱的有几千人；唱到《阳阿》《薤露》，跟着唱的还有几百人；唱到《阳春》《白雪》，跟着唱的不过几十人；当高低抑扬转调变徵演唱时，能跟着唱的不过几个人了”。作为楚国的都城，人口众多，最后跟着唱的只有几个人，那么郢人不懂歌唱也太严重了，因此，宋玉只是借“曲高和寡”来自况罢了。《阳春》《白雪》都是郢城人不能唱的，用他们不能唱的歌曲来代表他们会唱歌的习俗，岂不是大错特错了吗？虽说《襄阳耆旧传》曾有记载：“楚

《朝日》《鱼丽》，和之者不过数人。”复无《阳春》《白雪》之名。又今郢州，本谓之北郢，亦非古之楚都。或曰：“楚都在今宜城界中，有故墟尚在。”亦不然也，此鄢也[10]，非郢也。据《左传》[11]，楚成王使斗宜申“为商公[12]，沿汉溯江，将入郢，王在渚宫下见之”[13]。沿汉至于夏口[14]，然后溯江，则郢当在江上，不在汉上也。又“在渚宫下见之”，则渚宫盖在郢也。楚始都丹阳，在今枝江。文王迁郢[15]，昭王迁鄀[16]，皆在今江陵境中。杜预注《左传》云[17]：“楚国，今南郡江陵县北纪南城也。”谢灵运《邺中集诗》云[18]：“南登宛郢城。”今江陵北十二里有纪南城，即古之郢都也，又谓之南郢。

国有善于唱歌的人，歌唱《阳菱》《白露》《朝日》《鱼丽》，能跟着唱的不过几个人。”可是并没有谈到《阳春》《白雪》的歌曲。再说，现在的郢州，本来叫北郢，也不是古代楚国的都城。有人说：“楚都在今天的宜城境内，那里还有遗址存在。”也说得不对，那里是鄢，并不是郢。据《左传》记载，楚成王任命斗宜申为商公，他顺汉水而下，逆长江而上，将到郢城时，成王在渚宫下召见了他。斗宜申顺汉水而下到夏口，然后逆长江而上，可见郢城应当在长江岸边，而不在汉水边上。楚王又在渚宫下召见他，可见渚宫应该在郢城。楚国最初建都在丹阳，即现在的枝江。后来楚文王迁都郢城，楚昭王又迁都鄀，都在现在的江陵境内。杜预注《左传》说：“楚国，在现在南郡江陵县北的纪南城。”谢灵运《邺中集诗》也说：“南登宛郢城。”现在江陵城北十二里有纪南城，也就是古时候的郢都，又叫南郢。

注释

❶郢（yǐng）：先秦楚国故都。

❷郢州：治今湖北荆门钟祥。

❸宋玉：战国时楚国辞赋家，或说是屈原弟子。《问》：《对楚王问》的省称。

❹《下里》《巴人》：古代民间通俗歌曲名。下里，乡间。巴，古国名，在今川东、鄂西一带。

❺《阳阿》：古乐曲名。《薤露》：古挽歌名。

❻《阳春》《白雪》：楚国高雅歌曲名，后泛指高雅的曲子。

❼引商刻羽：谓曲调高古抑扬。商声在五音中最高，称“引”；羽声等较细，称“刻”。

❽流徵：变徵。

❾《襄阳耆旧传》：晋习凿齿撰，记载襄阳人物事迹，今不存。

❿鄢：在今湖北襄阳宜城东南。

⓫《左传》：《春秋左氏传》，与《公羊传》《谷梁传》合称“春秋三传”，相传为春秋末期左丘明所著。

⓬楚成王（？—前626）：春秋时楚国国君。斗宜申（？—前617）：字子西，春秋时楚国司马。城濮之战后，楚成王任命他为商公。后谋乱被诛。

⓭渚宫：春秋时楚国的宫名，故址在今湖北荆州江陵。

⓮夏口：三国吴黄武二年（223）筑，在今湖北武汉汉阳。

⓯文王：楚文王熊赀，公元前690—前675年在位。

⓰昭王：楚昭王熊壬，公元前516—前489年在位。鄀（ruò）：在今湖北襄阳宜城东南。

⓱杜预（222—285）：字元凯，京兆杜陵（今陕西西安）人。历任镇南大将军，因灭吴之战功进封当阳县侯，官拜司隶校尉，谥号成。著有《春秋左氏经传集解》。

⓲谢灵运（385—433）：世称“谢康乐”，会稽始宁（今浙江绍兴）人。历官永嘉太守、临川内史。擅诗书画，颇负盛名。工书法，学王羲之，真草皆臻其妙。亦工画，能作佛像，曾在浙西甘露寺内画菩萨六壁。诗文兼擅，为时所称。《邺中集诗》：全称《拟魏太子邺中集诗八首》，“南登宛郢城”见第五首拟刘桢之作，“宛郢”，《文选》引作“纪郢”。

卷六

乐律二

导读

本卷只有五条，与上卷条目相差甚多，大约也有所散佚吧。然五则都谈论声调，其中四则比较唐宋声律的差异，一则谈音调共振，专论乐律，也是研究音乐史的重要参考资料。

《弦管定声》在赞叹古乐精深的同时，又对当代弦乐定声的缺失深感忧虑，这一方面说明音乐传承的不易，另一方面也在印证推陈出新的音乐发展史。《同声共振》解释音乐的共振现象，对世人不明所以而以之为奇深表遗憾，由此可见，沈括对当时的音乐发展现状是不满意的。

弦管定声

【原文】

前世遗事，时有于古人文章中见之。元稹诗有“琵琶宫调八十一，三调弦中弹不出”①。琵琶共有八十四调，盖十二律各七均②，乃成八十四调。稹诗言“八十一调”，人多不喻所

【译文】

前代遗留下来的事迹，时常在古人诗文中看到。元稹诗中有“琵琶宫调八十一，三调弦中弹不出”的说法。琵琶共有八十四调，因为十二律各有七调，于是形成八十四调。元稹诗称“八十一调”，很多人都不明就

谓。予于金陵丞相家得唐贺怀智《琵琶谱》一册[3]，其序云："琵琶八十四调，内黄钟、太蔟、林钟宫声，弦中弹不出，须管色定弦[4]。其余八十一调皆以此三调为准，更不用管色定弦。"始喻稹诗言，如今之调琴，须先用管色"合"字定宫弦[5]，乃以宫弦下生徵，徵弦上生商，上下相生，终于少商。凡下生者隔二弦，上生者隔一弦取之。凡弦声皆当如此。古人仍须以金石为准，《商颂》"依我磬声"是也[6]。今人苟简，不复以弦管定声，故其高下无准，出于临时。怀智《琵琶谱》调格，与今乐全不同。唐人乐学精深，尚有雅律遗法。今之燕乐[7]，古声多亡，而新声大率皆无法度。乐工自不能言其义，如何得其声和？

里。我曾在金陵丞相王安石府中看到唐贺怀智写的《琵琶谱》一册，序言说："琵琶有八十四调，其中黄钟、太蔟、林钟宫声，琴弦上弹不出来，必须使用管类乐器调弦才行。其余八十一调都以这三调为基准，就不必调弦了。"我才明白元稹诗句的意思，如同现在给琴弦定音，必须先用管色"合"字确定宫弦，然后以宫弦为基调向下定出徵声，又以徵弦为准向上定出商声，上下相生，最后确定少商弦为止。凡是下生的音隔两根弦求得，上生的音隔一根弦求得。所有弦乐的声律都应当这样确定。古人定弦还要以金石乐器为准，《商颂》所说的"依我磬声"就是这个意思。现在的人只图简便，不再用管色定音，所以音调的高低没有标准，大多是即兴发挥。贺怀智《琵琶谱》所录调格，和现在的乐调完全不同。唐朝人的音乐造诣十分精深，还有雅乐的遗风。现在的燕乐，古声散失殆尽，新声大多不依法度。连乐工自己都不明白其中的道理，又怎能让声律和谐呢？

注释

❶元稹（779—831）：字微之，洛阳（今属河南）人。累官尚书左丞，出为

武昌军节度使。著名诗人，与白居易同倡新乐府，世称“元白”。所引诗句见《元氏长庆集》卷二六《琵琶歌》。

❷十二律：古乐的十二调，包含黄钟、太蔟、姑洗、蕤宾、夷则、无射六阳律；大吕、夹钟、中吕、林钟、南吕、应钟六阴律。七均：以律为宫所建立的七种音阶。

❸金陵丞相：指王安石，因其熙宁九年（1076）自相位退居金陵，故称。贺怀智：唐玄宗时乐工，善琵琶，著有《琵琶谱》一卷。

❹管色：管类乐器。

❺“合”字：古代工尺记谱的符号之一，相当于黄钟之宫。

❻依我磬声：见《诗·商颂·那》。

❼燕乐：指隋唐以后的俗乐，供宴饮、娱乐之用。

同声共振

【原 文】

古法：钟、磬每虡十六[1]，乃十六律也。然一虡又自应一律，有黄钟之虡，有大吕之虡，其他乐皆然。且以琴言之，虽皆清实[2]，其间有声重者，有声轻者。材中自有五音[3]，故古人名琴，或谓之清徵，或谓之清角。不独五音也，又应诸调。予友人家有一琵琶，置之虚室，以管色奏双调[4]，琵琶弦辄有声应之，奏他调则不应，

【译 文】

古代的方法：每架悬挂钟、磬十六个，就是十六律。然而每架又各自对应一个声律，有黄钟律之架、大吕律之架，其他乐器也是如此。就拿琴来说，虽说琴音都清越圆润，但其中有声音重的，有声音轻的。琴材自带五音，因此古人给琴取名时，有的叫清徵，有的叫清角。而且不仅具有五个音，还能和许多音调发生共鸣。我朋友家有一把琵琶，放在空屋子里，用管乐吹奏双调曲，琵琶弦当即就会发声应和，演奏其他乐调则不应，友人视之为奇珍异宝，

宝之以为异物，殊不知此乃常理。二十八调但有声同者即应[5]，若遍二十八调而不应，则是逸调声也[6]。古法，一律有七音，十二律共八十四调。更细分之，尚不止八十四，逸调至多。偶在二十八调中，人见其应，则以为怪，此常理耳。此声学至要妙处也。今人不知此理，故不能极天地至和之声。世之乐工，弦上音调尚不能知，何暇及此？

却不知这是很普通的乐理。燕乐二十八调中只要遇到相同音声就会有应和，如果奏遍了二十八调而不产生应声，那就是逸调声了。按照古乐的方法，一个音律中有七个音调，十二律共有八十四个音调。如果细分下去，还不止八十四调，逸调声还很多。偶尔在二十八调中发现音声相应的现象，就觉得很奇怪，其实这是很平常的道理。这是声学中最为精微奥妙的地方。现在的人不懂这个道理，所以不能穷尽最为和谐的天籁之音。世上的乐师，连琴弦上的音调都搞不懂，哪有工夫考虑这些呢？

注释

❶磬：用玉、石或金属制成的打击乐器，状如曲尺，悬挂于架上。虡（jù）：悬挂乐器的木架。

❷清实：清越圆润。

❸材：指制作乐器的材料。五音：指宫、商、角、徵、羽五个音阶，加上变宫、变徵则为七音。

❹双调：商调乐律名。

❺二十八调：宫、商、角、羽四声各七调，共二十八调，是唐代教坊俗乐的曲调，也指燕乐二十八调。

❻逸调：指常调之外缺少记录的曲调。

卷七

象数一

导读

象数本是占卜术语，以龟甲裂纹显示吉凶称象，以蓍草组合的数目变化预测吉凶称数。《周易》也讲象数，后来凡与术数相关的天文历法、中医算学，乃至风水算命等，都与象数相关。《笔谈·象术》凡二卷，主要谈天文历法，其中对岁差、星度、日月蚀等问题的探讨，可见沈括领先于时代的科学思想。沈括主修《奉元历》，纠正了前代历法中的诸多错误。他在晚年更主张用“十二气历”代替旧的阴阳历法，按节气定月份，以十二气作为一年，一年十二月，大月三十一天，小月三十天，不设闰月，是比较科学的历法，可惜遭到当时顽固守旧派的阻挠而没有实行。他还著有《熙宁晷漏》等天文学著作，可惜没有流传下来。

本书所选《修正历法》，记载《奉元历》改朔移闰的经过，从中可见推行新法的强大阻力。《测量极星》回顾天文学发展历程，详载当时测量极星的科学依据，显示出沈括在天文学方面的非凡造诣。《刻漏》明确指出前代编历家推算太阳位置的误差，提出了圆法、妥法的新颖算法，为精确推算太阳位置迈出了重要的一步，在我国古代天文历算史上具有划时代的意义。《星宿分度》说明星度产生的原因及二十八宿的由来，以伞骨为喻，形象生动。《日月之形》解释月亮的圆缺变化，巧用银丸作比喻，深入浅出。《日月蚀》阐述日食、月食的原理，并与古印度历法相印证，展现了沈括在天文学上的精深造诣。《李姓术士》则赞扬民间天文学者的聪明才智，抨击埋没人才和尸位素餐的官僚，展现了沈括既有识人之明，遇事又勤于思考、推求至理的科学态度。

修正历法

【原 文】

开元《大衍历法》最为精密[①]，历代用其朔法[②]。至熙宁中考之，历已后天五十余刻[③]，而前世历官，皆不能知。《奉元历》乃移其闰朔[④]。熙宁十年，天正元用午时[⑤]，新历改用子时[⑥]；闰十二月改为闰正月。四夷朝贡者用旧历，比未款塞[⑦]。众论谓气至无显验可据[⑧]，因此以摇新历。事下有司考定。凡立冬晷景[⑨]与立春之景相若者也。今二景短长不同，则知天正之气偏也。凡移五十余刻，立冬、立春之景方停[⑩]。以此为验，论者乃屈。元会使人亦至[⑪]，历法遂定。

【译 文】

开元年间的《大衍历法》最为精密，历代都沿用它推算朔的方法。直到熙宁年间核验，历书中的节气已经比实际天象落后五十多刻了，而过去的历法官都不知道这点。于是《奉元历》改动了闰月和朔日。熙宁十年，冬至的时间照旧历应在午时，新历改为子时；又将旧历的闰十二月改为闰正月。而四方朝贡的少数民族仍用旧历，到期都没有前来道贺。大家议论纷纷，认为节气到时没有明显的天象可作根据，想借此动摇新历。这件事下交有关部门考定。一般来说，立冬时日晷的影子和立春时的晷影长短应该相同。现在这两天的晷影长短不一，可见历书中对冬至节气的确定有偏差。累计移动五十多刻后，立冬和立春的晷影才长短相同。以此作为验证，批评者才无话可说。元旦朝会时，四方朝贺的使节也到了，于是历法就确定了。

注释

❶《大衍历法》：唐代僧人一行编订的历法，开元十七年（729）颁行。

❷朔法：确定朔日的方法。朔日，每月初一。

❸刻：古代以一昼夜分为一百刻，相当于今天的十五分钟。

❹《奉元历》：由提举司天监沈括主持、卫朴编订的历法，熙宁八年（1075）闰四月颁行。

❺天正：指冬至日的临界点，是古人推算历法的起点。午时：古人将一天一夜分为十二时辰，上午十一点到下午一点为午时。

❻子时：指夜里十一点到凌晨一点的时间。

❼款塞：叩塞门，谓外族前来通好。

❽气至：节气到达。

❾晷（guǐ）景：日晷之影。景，同“影”。古人据日晷之影的长短确定时刻。

❿停：相等。

⓫元会：皇帝于元旦朝会群臣及使臣。

测量极星

【原文】

天文家有浑仪[1]，测天之器，设于崇台，以候垂象者[2]，则古玑衡是也[3]。浑象[4]，象天之器，以水激之，或以水银转之，置于密室，与天行相符。张衡、陆绩所为[5]，及开元中

【译文】

天文家有浑仪，是观测天体的仪器，设置在高台上，用来观测天象，也就是古代的璇玑玉衡。又有浑象，是模拟天球的仪器，用水冲击，或用水银驱动使它旋转，放在密室中，使它和天体的运行相符合。张衡、陆绩所造的，以及唐开元年间放在武成殿中的，都是这

置于武成殿者[6]，皆此器也。皇祐中[7]，礼部试《玑衡正天文之器赋》，举人皆杂用浑象事，试官亦自不晓，第为高等。汉以前皆以北辰居天中[8]，故谓之极星。自祖暅以玑衡考验天极不动处[9]，乃在极星之末犹一度有余。熙宁中，予受诏典领历官[10]，杂考星历，以玑衡求极星。初夜在窥管中[11]，少时复出，以此知窥管小，不能容极星游转，乃稍稍展窥管候之。凡历三月，极星方游于窥管之内，常见不隐。然后知天极不动处，远极星犹三度有余。每极星入窥管，别画为一图。图为一圆规[12]，乃画极星于规中。具初夜、中夜、后夜所见各图之，凡为二百余图，极星方常循圆规之内，夜夜不差。予于《熙宁历奏议》中叙之甚详[13]。

种仪器。皇祐年间，礼部试题为《玑衡正天文之器赋》，举人都混用浑仪、浑象的典故，考官自己也不懂，还将他们升作优等。汉朝以前，人们都认为北极星在天空正中间，所以才叫极星。自从祖暅用玑衡观测天极不动处后，才知道它距离极星的边缘还有一度多远。熙宁年间，我奉命提举司天监，主管历法，广泛考察了星历表，又用浑仪观测极星。晚七时至九时从窥管中还能看到它，一会儿就游出管外了，因此知道窥管太小，不能容纳北极星的运转轨迹，于是稍稍加宽窥管口径后再去观测。这样过了三个月，才使北极星运行在窥管观测范围内，时常都可以观看而不消失。这才知道，天极不动处距离北极星还有三度多远。每当北极星进入窥管时，都分别画一张图。图为正圆形，把北极星的运行轨迹标在圆周上。分别将上半夜、半夜、后半夜所见的极星位置画成一张图，总共画了二百多幅，这样北极星才一直在圆周中循环运行，每天晚上都没有误差。我在《熙宁历奏议》中，详细叙述了这件事。

注释

❶浑仪：浑天仪，我国古代观测天体位置的仪器。

❷垂象：从天而降的星象。古人借星象附会人事，显示人间祸福吉凶。

❸玑衡：璇玑玉衡的省称，浑天仪的前身。

❹浑象：浑天仪，类似现代的天球仪，在天球的模型上绘星座、赤道、黄道及经纬圈等，沿轴转动，以显示星象运行的规律。

❺张衡（78—139）：字平子，南阳西鄂（今河南南阳）人。东汉著名天文学家、文学家。曾任太史令、河间相。发明浑天仪、地动仪，被后人誉为“木圣”。陆绩（188—219）：字公纪，吴县（今江苏苏州）人。仕吴为偏将军，曾造浑象，并作《浑天图》。

❻武成殿：唐洛阳宫殿名，后改名宣政、贞观，宋时又名文明殿。唐开元年间，由僧一行、梁令瓒所造浑象安置于此殿。

❼皇祐：宋仁宗年号。皇祐元年（1049）、皇祐五年（1053）均曾于礼部考试进士。

❽北辰：北极星。

❾祖暅（gèng）：南朝天文历算家祖冲之子，范阳遒县（今河北保定涞水）人。曾自造浑象，并参与修订历法。

❿典领历官：沈括于熙宁五年（1072）提举司天监。

⓫初夜：犹“初更”，指晚七时至九时。

⓬圆规：指用圆规画出的正圆形。

⓭《熙宁历奏议》：此文《长兴集》不载，疑即《宋史》卷四八转载“熙宁七年七月沈括上浑仪、浮漏、景表三议”。

刻漏

【原文】

古今言刻漏者数十家[①]，悉皆疏缪。历家言晷漏者[②]，自《颛帝历》至今[③]，见于世谓之大历者[④]，凡二十五家。其步漏之术[⑤]，皆未合天度[⑥]。予占天候景[⑦]，以至验于仪象[⑧]，考数下漏，凡十余年，方粗见真数，成书四卷，谓之《熙宁晷漏》[⑨]，皆非袭蹈前人之迹。其间二事尤微：一者，下漏家常患冬月水涩，夏月水利，以为水性如此，又疑冰澌所壅[⑩]，万方理之，终不应法。予以理求之，冬至日行速，天运未期[⑪]，而日已过表，故百刻而有余；夏至日行迟，天运已期，而日未至表[⑫]，故不及百刻。既得此数，然后覆求晷景漏刻，莫不吻合。此古人之所未知也。二者，日之盈缩[⑬]，其

【译文】

古今谈论刻漏的有几十家，全都粗疏荒谬。历法家谈论日晷和刻漏，从《颛帝历》到现在，流行于世而称作官历的共有二十五家。他们计算漏刻的方法，都不符合天体运行的规律。我观测天象和测量日影，利用浑仪、浑象进行检验，依据数据来校验刻漏，一共经历了十多年，才粗略得出了符合实际的数据，写成四卷书，称作《熙宁晷漏》，完全没有蹈袭前人的内容。其中有两件事最为精细：其一，研究刻漏的人往往为冬天水涩、夏天水滑而苦恼，以为水性就是这样，又怀疑水结冰会堵塞刻漏的通道，千方百计料理，最终也没有适当的方法。我从理论上加以探讨，冬至时太阳运行得快，天体的运转不到一天时间，而日晷已经超过表影，因此一天有一百多刻；夏至时太阳运行较慢，天体的运转已超过一天，而日晷还不到一天，因此一天就不到一百刻。得到了这些数据，然后反复校正晷影和漏刻，无不一一吻合。这些是古人不知道的。其二，太阳运行一天所用的时间有多有

消长以渐，无一日顿殊之理。历法皆以一日之气短长之中者，播为刻分[14]，累损益，气初日衰[15]，每日消长常同；至交一气，则顿易刻衰。故黄道有觚而不圆[16]，纵有强为数以步之者，亦非乘理用算，而多形数相诡。大凡物有定形，形有真数。方圆端斜，定形也；乘除相荡[17]，无所附益，泯然冥会者[18]，真数也。其术可以心得，不可以言喻。黄道环天正圆，圆之为体，循之则其妥至均[19]，不均不能中规衡；绝之则有舒有数[20]，无舒数则不能成妥。以圆法相荡而得衰[21]，则衰无不均；以妥法相荡而得差，则差有疏数。相因以求从[22]，相消以求负，从负相入，会一术以御日行[23]。以言其变，则秒刻之间，消长未尝同；以言其齐，则止用一衰，循环无端，终始如贯，不能议其隙。此圆法之微，古之言算

少，无论增减都是渐渐变化的，没有某天突然大变的道理。历法都以一个节气中每天长短的平均值，划分为刻与分，累积每天的增减数值。节气开始时的日差值，每天的增减都是相同的；直到和下一节气相交，就突然变成另一个日差值。因此，就像黄道有了棱角而不圆，即使用数字勉强凑合，其运算也不合理，计算结果也与天体的运行形态大相径庭。大抵物体都有一定的形状，每种形状都有符合实际的数值。方、圆、正、斜是确定的形态，用乘、除法计算，而不随意增减，所得结果与实测数据自然吻合，这才是符合实际的数据。这些方法可以心领神会，却不是可以用语言说得清楚的。黄道是环绕天空的正圆，圆这种形体，遵循其轨迹则太阳在黄道上位置的盈缩变化是均等的，如果不均等就不是标准的正圆了；背离其轨迹就有快有慢，没有快慢就不会产生盈缩的变量。用圆法计算出日差值，得到的数值总是均等的；按妥法计算出日差值，得到的数值则有大有小。两者相加以求和，相减以求差，和、差相互叠加，就会形成一条反映太阳运行规律的曲线。要说太阳运行的变化，则每秒每刻的变量各不相同；要说它的一致性，只用一个差值就能循环不已，始终连贯，找不到间断的地方。这是圆法精密的地方，也是古天文历算家所不

者有所未知也。以日衰生日积，反生日衰，终始相求，迭为宾主，顺循之以索日变[24]，衡别之求去极之度[25]，合散无迹，泯如运规。非深知造算之理者，不能与其微也。其详具予奏议，藏在史官，及予所著《熙宁晷漏》四卷之中。

了解的。通过日差求日积差，反过来又从日积差求日差，始终相求，互为宾主，纵向沿着这条曲线求得太阳运行的日差，横向顺着它又可求得黄道上各点距离北极的度数，合起来看和分开来看都毫无破绽，就像用圆规画圆一样完全吻合。不精通并深刻了解数学运算规律的人，是不能理解其中奥妙的。更加详细的内容我都写进奏章中了，收藏在史官那里，还写进了我编著的《熙宁晷漏》四卷中。

注释

❶刻漏：古计时器。以铜壶盛水，壶中置有显示时间刻度的箭形浮标，壶水经底部细孔滴漏，视浮出水面的箭上刻度即可知时刻。

❷晷漏：晷与漏，均为测时的仪器。晷，即日晷，古代测日影定时间的仪器。

❸《颛帝历》：古六历之一，托名颛顼，实际颁行于秦统一天下后，至西汉《太初历》制订后废弃。

❹大历：官修的历法。

❺步漏：推算时刻。

❻天度：周天的度数。

❼候景：观测日影。景，同“影”。

❽仪象：浑仪和浑象。

❾《熙宁晷漏》：沈括著，成书于熙宁七年（1074），已佚。

❿冰澌（sī）：流水结冰。

⓫未：原作“已”，据《观堂校识》引张文虎语改。

⓬天运已期，而日未至表：“已期”原作“未期”、“未至”原作“已至”，

据《观堂校识》引张文虎"'巳''未'二字当互易"改。

⑬盈缩：多少。

⑭播：划分。刻分：古代以一日为一百刻，一刻为一百分。

⑮日衰：太阳每日运动速度变化的平均值，即日衰值。衰，指每日增减的变化率。

⑯黄道：指地球绕太阳转的轨道，它是天球上假设的一个大圆圈。觚（gū）：棱角。

⑰相荡：相推算。

⑱泯然冥会：自然吻合。

⑲妥：指太阳循黄道盈缩而形成的变量。

⑳绝：违背。

㉑圆法：推算太阳在黄道上位置的平均值的方法。

㉒相因：相加。求从：求和。

㉓御：掌握。

㉔顺：纵向。

㉕衡：横向。

星宿分度

【原 文】

予编校昭文书时[①]，预详定浑天仪。官长问予："二十八宿[②]，多者三十三度，少者止一度，如此不均，何也？"予对曰："天事本无度，推历者无以寓其数，乃以日所行分

【译 文】

我在昭文馆编校书籍时，曾参与审定浑天仪的工作。官长问我："二十八宿间的距离，多的有三十三度，而少的只有一度，这样不均匀，是什么原因？"我回答说："天体运行原本没有分度，只是推算历法的人无法进行数据运算，才将太阳运行的轨道划分

天为三百六十五度有奇[3]。日平行三百六十五日有余而一期天[4]，故以一日为一度也。既分之，必有物记之，然后可窥而数，于是以当度之星记之。循黄道，日之所行一期，当者止二十八宿星而已。度如伞橑[5]，当度谓正当伞橑上者。故车盖二十八弓，以象二十八宿。则予《浑仪奏议》所谓[6]：'度不可见，可见者星也，日月五星之所由，有星焉。当度之画者[7]，凡二十有八，谓之舍。舍所以挈度，所以生数也。'今所谓距度星者是也[8]。非不欲均也，黄道所由当度之星，止有此而已。"

为三百六十五度多一点。太阳运行三百六十五日多一点为一周天，因而把一天作为一度。既然以度划分周天，就必然要有参照物作标志，然后才能进行观测和计算，于是就将位于分界点附近的星体作为标记了。太阳沿着黄道运行一周，合用的星体也不过二十八宿而已。度就如同伞骨，当度指正好位于伞骨上。车盖有二十八根弓形骨架，因此用来象征二十八宿。也就是我在《浑仪奏议》中所说：'度是看不见的，看得见的是星。日、月、五星所经过的地方，都有星体在那里。正好可作为分界点的有二十八宿，称为舍。舍用来标记并产生度数。'也就是现在所说的距度星。不是不想让它们分布均匀，而是黄道附近可用作分度标志的星体只有这些罢了。

注释

❶昭文：指昭文馆。沈括于熙宁元年（1068）前后编校昭文馆书籍。

❷二十八宿（xiù）：古代天文学家把日、月、五星所经天区的恒星分成二十八个星座。角、亢、氐、房、心、尾、箕为东方苍龙七宿；斗、牛、女、虚、危、室、壁为北方玄武七宿；奎、娄、胃、昴、毕、觜、参为西方白虎七宿；井、鬼、柳、星、张、翼、轸为南方朱雀七宿。

❸奇（jī）：零数，余数。

❹期天：周天。天文学上以天球大圆三百六十度为周天。

❺伞橑（liǎo）：支撑伞盖的骨架，俗称伞弓、车盖弓。

❻《浑仪奏议》：指沈括于熙宁七年（1074）七月所上《浑仪》《浮漏》《景表》三议之《浑仪议》(见《宋史》卷四八)。

❼画：区划，分界。

❽距度星：用作测量标志的星宿称“距度星”，距度星之间的度数代表星宿区的广度。

日月之形

【原 文】

又问予以：“日月之形，如丸邪，如扇也？若如丸，则其相遇岂不相碍？”予对曰：“日月之形如丸。何以知之？以月盈亏可验也①。月本无光，犹银丸，日耀之乃光耳。光之初生②，日在其傍，故光侧而所见才如钩，日渐远，则斜照，而光稍满。如一弹丸，以粉涂其半，侧视之，则粉处如钩；对视之，则正圆。此有以知其如丸也。日、月，气也，有形而无质，故相值而无碍。”

【译 文】

官长又问我：“日月的形状，是像圆球呢？还是像扇子呢？如果像圆球，那么它们相遇时难道不互相妨碍吗？”我回答说：“日月的形状像圆球。这是怎么知道的呢？从月圆月缺的现象中可以验证。月亮本身不发光，好比一个银球，太阳照着它才有光。每当月初刚见月亮时，太阳在它的旁边，阳光从侧面照过来，看上去月亮就像弯钩；当太阳渐渐远去，阳光斜照，月亮就逐渐变圆。如同一颗弹丸，用白粉涂抹一半，从侧面看，涂粉的地方就像弯钩一样；正对着看，就是正圆形。由此可见它的形状像圆球。日、月都是由气形成的，有形状但没有实体，所以相遇时就没有妨碍。”

注释

❶盈亏：指月之圆缺。

❷光之初生：指阴历月初所见月光。

日月蚀

【原文】

又问："日月之行，月一合一对①，而有蚀不蚀②，何也？"予对曰："黄道与月道③，如二环相叠而小差。凡日月同在一度相遇④，则日为之蚀；在一度相对，则月为之亏。虽同一度，而月道与黄道不相近，自不相侵；同度而又近黄道、月道之交，日月相值，乃相陵掩。正当其交处，则蚀而既⑤；不全当交道，则随其相犯浅深而蚀。凡日蚀，当月道自外而交入于内⑥，则蚀起于西南，复于东北⑦；自内而交出于外，则蚀起于西北，而复于东南。日在交东，则蚀其内；

【译文】

官长又问："太阳和月亮的运行，每月一次相会、一次相对，然而有时会有日月蚀，有时没有，为什么呢？"我回答说："黄道和月道，如同两个圆环互相重合而又小有偏差。凡是日月在同一黄经度相遇，就会发生日蚀；在同一黄经度相对，就会出现月蚀。即使在同一黄经度，如果月道和黄道不相近，也就不会相互遮掩；如果在同一黄经度而又靠近黄道和月道的交点，日月相遇，就会相互遮掩。如果恰好在交点上相遇，就会发生全蚀；如果相遇又不全在交点上，就会随着相互遮掩的情况而发生不同程度的偏蚀。凡是日蚀，当月亮从黄道以南穿过交点而进入黄道以北时，日蚀就从西南方开始，消除于东北方；当月亮从黄道以北穿过交点而进入黄道以南时，日蚀就从西北方开始，消除于东南方。如果太阳在交点东面，日蚀就从北面发日在交西，则蚀其外。蚀既，则起于正西，复于正东。凡月蚀，月道自外入内，则蚀起于东南，复于西北；自内出外，则蚀起于东北，而复于西南。月在交东，则蚀其外；月在交西，则蚀其内。蚀既，则起于正东，复于正西。交道每月退一度余，凡二百四十九交而一期。故西天法[8]罗睺、计都皆逆步之[9]，乃今之交道也。交初谓之罗睺，交中谓之计都[10]。”

生；太阳在交点西面，日蚀就从南面发生。日全蚀开始于正西方，消除于正东方。凡是月蚀，如果月亮从黄道以南进入黄道以北时，月蚀就从东南方开始，消除于西北方；如果月亮从黄道以北进入黄道以南时，月蚀就从东北方开始，消除于西南方。月亮在交点东面，月蚀发生在南面；月亮在交点西面，月蚀发生在北面。月全蚀则从正东方开始，消除于正西方。黄道和月道的交点每月向西退一度多，累计二百四十九次交会为一个周期。因此印度历法中所谓罗睺、计都二星，都是反向推算的，也就是现在所说的黄道和白道的交点。交初点称为罗睺，交中点称为计都。”

注释

❶一合一对：一次会合，一次相对。合，合朔，每月初一，日月同时出没。对，每月十五望日，太阳西沉，月亮东升。

❷蚀：日月蚀。“蚀”亦作“食”。农历十五，地球运行到太阳与月球之间，遮挡太阳光，月面变黑，叫“月食”；农历初一，月球运行到地球与太阳之间，太阳光被月球遮挡，照射不到地球，叫“日食”。

❸月道：月球绕地球运动的轨道，又称白道。

❹同在一度：在同一黄经圈上，黄经度数相等或相差180度，古人均视为同度。

❺既：尽，指发生日全食或月全食现象。

❻月道自外而交入于内：古人以黄道以南为外，以北为内。

❼复：指日蚀消除，太阳恢复。

❽西天法：印度的历法。印度称天竺，因在中国之西，故称西天。

❾罗睺（hóu）：本印度占星术语，在历法中指黄道和白道的降交点。计都：印度历法中指黄道和白道的升交点，与罗睺均为假想的星座。

❿交初、交中：古天文用语，交初指黄道与白道的降交点，交中指黄道与白道的升交点。

李姓术士

【原 文】

庆历中[①]，有一术士，姓李，多巧思。尝木刻一舞钟馗[②]，高二三尺，右手持铁简。以香饵置钟馗左手中，鼠缘手取食，则左手扼鼠，右手用简毙之。以献荆王[③]，王馆于门下。会太史言月当蚀于昏时[④]，李自云“有术可禳[⑤]”。荆王试使为之，是夜月果不蚀。王大神之，即日表闻，诏付内侍省问状[⑥]。李云：“本善历术，知《崇天历》蚀限太弱[⑦]，此月所蚀，当在浊中[⑧]。以微贱不能自通，始以机巧干荆邸[⑨]，今又

【译 文】

庆历年间，有一个姓李的术士，有很奇巧的构思。他曾用木头雕刻跳舞的钟馗像，高二三尺，右手拿着铁板子。如果把香饵放进钟馗左手中，老鼠顺着手上来取食，就会被左手捉住，右手用铁板把老鼠打死。李术士将它献给了荆王，荆王把他招进王府。恰巧太史说黄昏时会发生月蚀，李术士自称“有办法禳除月蚀”，荆王让他一试，当晚果然没有月蚀。荆王感到十分神奇，立即上表奏报皇帝，皇帝下诏让内侍省询问情况。李术士说：“我原本精通历法术数，知道《崇天历》所定蚀限太弱，这次月蚀的位置应该在地平线以下。我出身卑微，不能自我推荐，所以先用一个精巧的东西求见荆王，现在又借禳除月蚀引起朝廷

假禳禬以动朝廷耳[10]。”诏送司天监考验。李与判监楚衍推步日月蚀[11]，遂加蚀限二刻，李补司天学生。至熙宁元年七月[12]，月辰蚀东方，不效，却是蚀限太强，历官皆坐谪。令监官周琮重修[13]，复减去庆历所加二刻，苟欲求熙宁月蚀，而庆历之蚀复失之。议久纷纷，卒无巧算，遂废《明天》，复行《崇天》。至熙宁五年，卫朴造《奉元历》[14]，始知旧蚀法止用日平度[15]，故在疾者过之，在迟者不及。《崇》《明》二历加减，皆不曾求其所因，至是方究其失。

的注意。”于是，皇帝下令让李术士到司天监考核试用。李术士和判监楚衍一起推算日月蚀，就将蚀限增加了二刻，李术士补录为司天监学生。到熙宁元年七月某天，按推算，辰时应在东方出现月蚀，但没有应验，原因是蚀限太强了，历官们都因此遭到贬谪。皇帝命令监官周琮重新修正历法，他又减去了庆历年间所加的两刻蚀限，只想算准熙宁元年的月蚀，然而庆历年间的又失算了。因此长时间议论纷纷，最终也没有合适的算法，于是废止了《明天历》，重新使用《崇天历》。到熙宁五年，卫朴编订《奉元历》，才知道旧历推算日月蚀只用太阳运行的平均速度，所以太阳运行较快时就过头了，运行较慢时又达不到。《崇天历》和《明天历》加减蚀限，都没有推求计算不准的原因，到这时才探究出这个错误。

注释

❶庆历：宋仁宗赵祯年号（1041—1048）。

❷钟馗：传说中打鬼驱邪的俗神，民间挂其像以辟邪除灾。

❸荆王：宋太宗第八子赵元俨（985—1044），明道元年封荆王，庆历四年卒。

❹太史：指司天监官员。元丰改制，司天监改作太史局，故称“太史”。

❺禳（ráng）：去除邪恶或消灾除病。

❻内侍省：供奉内廷的宦官机构，掌传达命令及宫廷杂役等。

❼《崇天历》：天圣元年（1023）宋行古等修成，天圣二年（1024）颁行。蚀限：指发生日、月食所必须具备的日、月、地三者的位置界限。

❽浊中：指地平线以下。

❾干：干谒。荆邸：荆王府。

❿禬（guì）：指为消除灾病而举行的祭祀。

⓫楚衍：河南开封人。精天文，曾参与修订《崇天历》。历任司天监丞，后任司天管勾（判监）。

⓬熙宁：宋神宗年号（1068—1077）。

⓭周琮：英宗时以殿中丞判司天监，主持编订《明天历》。

⓮卫朴：淮南（今江苏淮安）人。以沈括举荐入司天监，修订《奉元历》，熙宁八年（1075）至元祐八年（1093）间颁行。

⓯日平度：太阳运行的平均速度。

卷八

象数二

导读

本卷原文八条，谈论天文术数，或摘古书之误，或讥占卜无据，或笑历算家的无知，或斥天文官的弄虚作假，并对怀才不遇者深表同情，足见其拳拳爱才之心和对天文历法的执著。

本书所选《日月行道》，指出黄道、赤道等名称只是人为命名，而非真实存在，一些历法家不知其理，出语荒唐。《五星行度》强调修历重在实测，而历法家因循守旧，只知增减旧历，敷衍了事，而且妒贤嫉能，排斥有真才实学的卫朴，使其历法精深而不尽其用。同样历法造诣精深，而遭受政敌排挤、退居林下，以致报国无门的沈括，只能以记笔记的方式一抒愤懑，可见封建时代科学实践之艰辛！《改进铜浑仪》简述不同时期历法家对铜浑仪的改进，或失于简略，或失于难用，因此沈括加以创新并取得成功，在熙宁七年（1074）陈列于朝廷迎阳门供官员校验，评测结果达到“校其疏密，无可比较”的程度，足见沈括的博学与领先时代的科技水平。

日月行道

【原文】

历法，天有黄、赤二道，月有九道。此皆强名而已，非

【译文】

历法上说，天球有黄、赤二道，月亮有九道。这些都是人为的命名罢

实有也。亦由天之有三百六十五度[1]，天何尝有度？以日行三百六十五日而一期，强为之度，以步日、月、五星行次而已。日之所由，谓之黄道；南北极之中度最均处[2]，谓之赤道。月行黄道之南，谓之朱道；行黄道之北，谓之黑道；黄道之东，谓之青道；黄道之西，谓之白道。黄道内外各四，并黄道为九。日月之行，有迟有速，难可以一术御也。故因其合散，分为数段，每段以一色名之，欲以别算位而已，如算法用赤筹、黑筹，以别正、负之数。历家不知其意，遂以为实有九道，甚可嗤也。

了，并非真实存在。也如同天有三百六十五度一样，天怎能有度数呢？因为太阳运行三百六十五日就是一个周期，所以人为划分刻度，以便推算日、月、五星的运行轨迹罢了。太阳的运行轨迹，称为黄道；在天球南北极正中间的纬线圈，称为赤道。月亮在黄道以南运行的轨迹，叫朱道；运行在黄道以北的轨迹，叫黑道。在黄道东面的，叫青道；在黄道西面的，叫白道。黄道内外各有四道，加上黄道共有九道。太阳和月亮的运行，有慢有快，很难用一种方法测量。因此才根据太阳和月亮汇合和离散的情况，分成几个区域，每个区域用一种颜色命名，只是为了区别运算的区域罢了，正如算法中用红筹、黑筹区别正数、负数一样。历法家不明白这个道理，就认为真的有九条轨道，真是十分可笑。

注释

❶ 由：同“犹”，好比。

❷ 中度最均处：指天球上位于南北极正中的纬线圈。

五星行度

【原 文】

予尝考古今历法五星行度[①]，唯留逆之际最多差[②]。自内而进者，其退必向外[③]；自外而进者，其退必由内。其迹如循柳叶，两末锐，中间往还之道相去甚远。故两末星行成度稍迟[④]，以其斜行故也；中间成度稍速，以其径绝故也[⑤]。历家但知行道有迟速，不知道径又有斜直之异。熙宁中，予领太史令[⑥]，卫朴造历[⑦]，气朔已正[⑧]，但五星未有候簿可验[⑨]。前世修历，多只增损旧历而已，未曾实考天度。其法须测验每夜昏、晓、夜半月及五星所在度秒，置簿录之，满五年，其间剔去云阴及昼见日数外，可得三年实行，然后以算术缀之[⑩]，古所谓缀术者此也[⑪]。是时

【译 文】

我曾经查考古今历法中有关五星运行的度数，只有在行星由顺行到逆行转折前后的差别最大。行星在黄道以北由西向东顺行的，自东向西逆行时必定在黄道以南；在黄道以南顺行的，逆行时必定在黄道以北。它们运行的轨迹就像沿着柳叶边缘一样，两头尖锐，中间来回的轨道间相距很远。因此，行星运行到两端时走完一度的速度较慢，因为它是斜行的缘故；在中间时运行一度的速度稍快，因为它是直行的缘故。历法家只知道行星沿轨道运行有慢有快，却不知轨道有斜和直的差异。熙宁年间，我担任太史令，卫朴编修历法，对节气和朔望作了校正，但五星却没有观测记录可供验证。过去修订历法，大多只是对旧历进行增删，从未对照天象进行考查。考察的方法，必须在每晚的黄昏、拂晓以及夜半时测定月亮和五星所在的度数和时刻，并造册登记，满五年后，除去阴天及出现在白天不能观测的日子，可以得到三年的实测记录，然后用算法连缀成完整轨迹，这就是古时候说的缀术。

司天历官，皆承世族[12]，隶名食禄，本无知历者。恶朴之术过己，群沮之[13]，屡起大狱。虽终不能摇朴，而候簿至今不成。《奉元历》五星步术，但增损旧历，正其甚谬处，十得五六而已。朴之历术，今古未有，为群历人所沮，不能尽其艺，惜哉！

当时司天监中的历官，大多来自世袭家族，挂名领俸禄，根本没有懂历法的人。因为嫉妒卫朴的本领超过自己，于是群起诋毁他，多次制造大案进行诬陷。虽然最终没有扳倒卫朴，但是观测记录至今也没有完成。因此，《奉元历》推算五星的运行，也只能增删旧历，改正其有明显错误的地方十之五六。卫朴的历算技术，古今无人能比，却遭到一群历法官毁谤，没有充分展示才能，可惜啊！

注释

❶五星：指金、木、水、火、土五大行星。行度：运行的度数。

❷留逆：行星由西向东运行叫顺行，由东向西运行叫逆行，当它处于由顺行向逆行的转折期时，叫留逆。

❸内、外：分指黄道以北、以南。进、退：分指天体自东向西、自西向东。

❹成度：整度，指行星在轨道上运行一度。成，整数。

❺径：直行。绝：越过。

❻太史令：指司天监长官。沈括于熙宁五年（1072）提举司天监，元丰间改司天监为太史局，故称提举司天监为“领太史令”。

❼卫朴造历：指卫朴修订《奉元历》。

❽气朔：节气和朔望。

❾候簿：天文观测记录簿。

❿缀：连缀，此指推算。

⓫缀术：指天文学的一种测算法。

⓬世族：此指世袭历法官的家族。

⓭沮：诋毁，诽谤。

改进铜浑仪

【原 文】

司天监铜浑仪，景德中历官韩显符所造[①]，依仿刘曜时孔挺、晁崇、斛兰之法[②]，失于简略。天文院浑仪[③]，皇祐中冬官正舒易简所造，乃用唐梁令瓒、僧一行之法，颇为详备，而失于难用。熙宁中，予更造浑仪，并创为玉壶浮漏、铜表[④]，皆置天文院，别设官领之。天文院旧铜仪，送朝服法物库收藏[⑤]，以备讲求。

【译 文】

司天监的铜浑仪，是景德间历官韩显符制造的，参照刘曜时代孔挺、晁崇、斛兰的方法，缺点是简略。天文院的浑仪，由皇祐年间冬官正舒易简制造，采用唐梁令瓒、僧一行的方法，相当周密完备，但难以使用。熙宁年间，我重新改造浑仪，并且创造了玉壶浮漏、铜表，都放在天文院中，另外设官员管理。天文院的旧铜仪，则送往朝服法物库收藏，以备参考。

注 释

❶景德：宋真宗年号（1004—1007）。韩显符（940—1013）：善察星象，补司天监生，累加冬官正。祥符三年（1010），以新造铜浑仪上献朝廷。

❷刘曜：十六国时期前赵国君。孔挺：前赵史官，曾造铜浑仪。晁崇：北魏太史令，曾改造浑仪。斛兰：北魏人，曾造铁浑仪，僧一行称其粗略不堪用。

❸天文院：天文观测机构，先属司天监，元丰改制后，属太史局。

❹玉壶浮漏：沈括所造计时器，即刻漏，在壶底设直形玉嘴，以解决刻漏出水不均的问题。铜表：铜制圭表，测量日影的仪器。

❺朝服法物库：太常寺官库名，掌百官朝服及祭祀用品等。

卷九

人事一

导读

记录人物轶事，是宋代笔记的重要内容，不仅能增广见闻，还可补正史书记载之不足，一向受到研究者和爱好者的重视。《笔谈·人事》共两卷，本着“不言人恶”的宗旨，所记多属正面形象、趣闻逸事，可读可叹。

本书所选《寇准镇物》展现一代名相寇准的过人智慧，在至关重要的澶渊之战前，面对来势汹汹的敌人，举重若轻，酣然一梦，化险为夷。《打关节秀才》讥嘲走后门的陋习，赞许许怀德所谓的不“礼贤下士”。《王旦宽厚》通过四件小事，塑造出了一位忠厚长者的形象。《苏合香丸》记苏合香丸本药方所载，自己也曾著书推广，但当时人却都不用，只因宋真宗赏赐王旦，一时风行天下。可见上行下效，古今相能，发人深省。《举人群见》反映了宋代参加科举的人数暴增，没有及时改革唐代群见制度带来的困扰。于戏谑之中，可见沈括对改革科举的思考。《孙甫不受砚》《王安石拒受紫团参》既赞美孙甫、王安石的品格，也赞赏他们幽默的拒贿方式。《狄青叙祖》以狄青不愿认狄梁公为远祖与郭崇韬假托郭子仪后人而哭墓形成鲜明对比，鞭挞门阀制度。《晏殊质朴》讲述晏殊诚实不欺而终得大用的故事。《石延年戒酒》塑造了狂放不羁的“酒鬼”形象，而戒酒丢命神来一笔，是否有怀才不遇的惋惜呢？《刘廷式不悔婚》讲述一个读书人中了进士还守约迎娶瞎眼新娘的故事，针砭世俗的意义不言而喻。《柳开与张景》记载了师徒二人在科场的不同表现，以“柳开千轴，不如张景一书”终卷，是否背离了作者“不系人之利害”的宗旨呢？

寇准镇物

【原 文】

景德中[1]，河北用兵，车驾欲幸澶渊[2]，中外之论不一，独寇忠愍赞成上意[3]。乘舆方渡河[4]，虏骑充斥，至于城下，人情恟恟[5]。上使人微觇准所为[6]，而准方酣寝于中书[7]，鼻息如雷。人以其一时镇物[8]，比之谢安[9]。

【译 文】

景德年间，河北发生战争，皇帝想御驾亲征澶渊，朝廷内外意见不一，只有寇准赞成皇上的意见。皇帝的车驾刚渡过黄河，敌人的骑兵就蜂拥而至，来到城墙下，人们惶恐不安。皇帝派人暗中察看寇准在做什么，而寇准正在政事堂中熟睡，鼾声如雷。人们因寇准在战时能稳定人心，把他比作谢安。

注 释

❶景德：宋真宗年号（1004—1007）。

❷澶渊：一名繁渊，古湖名，在今河南濮阳西。

❸寇忠愍：寇准（961—1023），字平仲，华州下邽（今陕西渭南）人。太平兴国五年（980）进士，历知归州巴东县，累官参知政事。景德元年（1004）为同中书门下平章事，加中书侍郎，兼工部尚书。澶渊之盟后，罢相。天禧三年（1019）再任宰相，充枢密使。谥忠愍，封莱国公。

❹乘舆：特指皇帝乘坐的车子。

❺恟恟：惶恐不安的样子。

❻觇（chān）：暗中察看。

❼中书：中书省的省称，这里指随军政事堂。

❽镇物：使众人镇定。

❾谢安（320—385）：字安石，号东山，陈郡阳夏（今河南太康）人。历任吴兴太守、侍中、尚书仆射、太保兼都督十五州军事，封太傅，谥文靖。淝水之战时，大军压境，对客弈棋，闻听捷报而面不改色，人称其镇静。

打关节秀才

【原 文】

许怀德为殿帅[①]，尝有一举人[②]，因怀德乳媪[③]，求为门客，怀德许之。举子曳襕拜于庭下[④]，怀德据座受之。人谓怀德武人，不知事体，密谓之曰："举人无没阶之礼[⑤]，宜少降接也。"怀德应之曰："我得打乳媪关节秀才，只消如此待之。"

【译 文】

许怀德任殿前都指挥使时，曾有一个举人，通过许怀德乳母的关系，谋求成为门客，许怀德同意了。举人拖着襕衫在庭下拜见，许怀德高坐着接受拜见礼。有人认为许怀德是武将，不懂规矩，便悄悄对他说："举人没有在阶下行礼的礼节，应当稍稍下阶相迎。"许怀德回答说："我得到一个靠乳母打通关节的秀才，只需要这样对待他。"

注 释

❶许怀德：字师古，祥符（今河南开封）人。以父荫入仕，累官至殿前都指挥使。追封侍中，谥荣毅。殿帅：殿前都指挥使，统领禁军。

❷举人：唐宋时期由官府推荐参加科举考试的人。与下文的"秀才"均指普通读书人，与明清时期的"举人"不同。

❸乳媪：乳母。

❹曳襕：拖着襕衫，犹言"曳裾"，求为门客之意。

❺没阶之礼：在台阶下拜见地位高贵的人，与"降阶之礼"相对。

王旦宽厚

【原 文】

王文正太尉局量宽厚[1]，未尝见其怒。饮食有不精洁者，但不食而已。家人欲试其量，以少埃墨投羹中[2]，公唯啖饭而已[3]。问其何以不食羹，曰："我偶不喜肉。"一日，又墨其饭，公视之曰："吾今日不喜饭，可具粥。"其子弟愬于公曰[4]："庖肉为饔人所私，食肉不饱，乞治之。"公曰："汝辈人料肉几何？"曰："一斤。今但得半斤食，其半为饔人所廋[5]。"公曰："尽一斤可得饱乎？"曰："尽一斤固当饱。"曰："此后人料一斤半可也。"其不发人过皆类此。尝宅门坏，主者彻屋新之[6]，暂于廊庑下启一门以出入。公至侧门，门低，据鞍俯伏而过，都不问。门毕，复行正门，亦不问。有控马卒岁满辞公，公

【译 文】

太尉王旦为人宽厚大度，从未见他发怒。饮食有不精细干净的时候，他只是不吃罢了。家人想试探他的度量，将少许黑灰放到羹中，王旦就只吃饭。问他为什么不吃羹，他回答说："我偶尔不喜欢肉了。"一天，又把黑灰混进饭中，王旦看了一眼说："我今天不想吃饭，可以准备一些粥。"他的子弟向他诉说道："厨房里的肉被厨子偷吃了，我们吃不饱肉，请求惩治厨子。"王旦说："你们每人要吃多少肉？"回答道："一斤。但现在只吃到半斤，另外半斤被厨子私吞了。"王旦问："给足一斤吃得饱吗？"回答道："给足一斤当然能饱。"王旦又说："今后每人给一斤半好了。"王旦总是这样不揭发别人的过错。家里大门曾经坏了，管事的人拆除门房一并新修，临时在廊屋下开一侧门以供进出。王旦来到侧门，门太低，就坐在马鞍上俯下身子过去，也不过问。门换好后，又从正门进出，他还是不过问。有牵马兵服役期满，来向王旦辞别，王旦

问："汝控马几时？"曰："五年矣。"公曰："吾不省有汝。"既去复呼回，曰："汝乃某人乎？"于是厚赠之。乃是逐日控马，但见背，未尝视其面，因去，见其背方省也。

问道："你牵马多长时间了？"回答道："五年了。"王旦说："我不记得有你。"兵士离去时，王旦又叫他回来，说："你就是那个人吗？"于是赠给他不少财物。原来那个兵士天天牵马，王旦只见后背，不曾看到他的脸，因他离去时看到后背，才想起来。

注释

❶王文正：王旦（957—1017），景德间拜相，天禧初进位太尉。谥文正。

❷埃墨：黑灰。

❸啖饭：吃饭。

❹愬：同"诉"，告诉。

❺廋（sōu）：隐藏。

❻彻屋：拆除门房。彻，拆除。

苏合香丸

【原文】

王文正太尉气羸多病，真宗面赐药酒一注瓶[1]，令空腹饮之，可以和气血、辟外邪。文正饮之，大觉安健，因对称谢，上曰："此苏合香酒也[2]。每一斗酒，以苏合香丸一两同

【译文】

太尉王旦体弱多病，真宗皇帝当面赐他一瓶药酒，让他空腹喝下，可以调和气血，驱除外来的病毒。王旦饮酒之后，深感安定康健，于是借奏对的机会当面称谢，皇帝说："这是苏合香酒。每一斗酒加一两苏合香丸同

煮。极能调五脏，却腹中诸疾，每冒寒夙兴，则饮一杯。”因各出数榼赐近臣[3]。自此臣庶之家[4]，皆仿为之。苏合香丸，盛行于时。此方本出《广济方》[5]，谓之白术丸。后人亦编入《千金》《外台》[6]。治疾有殊效，予于《良方》叙之甚详[7]。然昔人未知用之。钱文僖公集《箧中方》[8]，苏合香丸注云：“此药本出禁中，祥符中尝赐近臣。”即谓此也。

煮。最能调养五脏六腑，除去腹中各种疾病。每当冒着寒冷早起时，就饮一杯。”于是又拿出好几榼分别赏赐给大臣。从此官民之家都仿制这种酒，苏合香丸也盛行一时。这个药方原本出自《广济方》，称作白术丸。后人又把它编进了《千金方》《外台秘要》中。它治病有特殊疗效，我在《良方》中有十分详细的叙述。然而前人不知道使用它。钱惟演汇辑《箧中方》，对苏合香丸作的注释说：“这种药本来出自宫廷，大中祥符年间曾赏赐给大臣。”说的就是这件事。

注释

❶真宗：宋真宗赵恒，公元997—1022年在位。注：灌注。

❷苏合香：金缕梅科乔木，树脂可提取苏合香油，用以配制香精、杀虫、入药。是苏合香丸的主药，有通窍理气之效。

❸榼（kē）：古代盛酒的器具。

❹臣庶：犹“臣民”，泛指臣下和百姓。

❺《广济方》：由唐玄宗组织编撰并于开元十一年（723）颁行的医书。

❻《千金》：指唐孙思邈著《备急千金要方》，又称《千金要方》《千金方》，是中国最早的临床百科全书。《外台》：唐王焘汇集初唐以前医学成果而编成《外台秘要方》，又称《外台秘要》。

❼《良方》：沈括辑录各类效验方而成，《宋史·艺文志》著录为十卷。后人以苏轼医学杂论附益其后，成《苏沈良方》十五卷。原书已佚，今存《四库全书》辑自《永乐大典》八卷本。

❽钱文僖公：钱惟演（962—1034），字希圣，钱塘（今浙江杭州）人。宋仁宗朝累拜枢密使，加同中书门下平章事。卒赠侍中，初谥思，改谥文僖。《箧中方》：又称《钱相公箧中方》，原本已佚，后人时有引用，多辑录效验方。

举人群见

【原 文】

旧制：天下贡举人到阙[1]，悉皆入对，数不下三千人，谓之群见。远方士皆未知朝廷仪范，班列纷错，有司不能绳勒[2]。见之日，先设禁围于著位之前[3]，举人皆拜于禁围之外，盖欲限其前列也。至有更相抱持，以望黼座者[4]，有司患之。近岁遂止令解头入见[5]，然尚不减数百人。嘉祐中[6]，予忝在解头，别为一班，最在前列。目见班中，唯从前一两行，稍应拜起之节，自余亦终不成班缀而罢，每为阁门之累[7]。常言殿庭中班列不可整齐者，唯有三色，谓举人、蕃人、骆驼。

【译 文】

过去规定：天下进贡举人到京城，都要面见皇帝，人数不下三千，被称为群见。边远地方的士子都不懂朝廷礼仪，排列站队交错杂乱，有关部门不能控制。到群见那天，先在帝位前面设置围栏，要举人在围栏外跪拜，大概是想限制举人往前排列。当时甚至有人互相抱起身子，以便观看帝座的情况，有关部门为此担忧。近年来便只让解元进宫拜见，即使这样人数也不下几百人。嘉祐年间，我侥幸成为解元，另站一队，排在最前边。亲眼看见队列中，只有前面一两行稍稍合乎跪拜起立的礼节，其余的最终也排不成队列，只好作罢，这件事情经常成为阁门的负担。人们常说，宫廷排列不能整齐的，只有三种情况，就是举人、外邦人和骆驼。

注 释

❶阙：宫阙，借指京城。

❷绳勒：约束控制。

❸著位：固定的朝位。著，宫室屏、门之间的位置，为帝王视朝时站立的地方。位，皇宫中廷左右两边。

❹黼（fǔ）座：皇帝的座位。

❺解头：解元，乡试的第一名。

❻嘉祐：宋仁宗年号（1056—1063）。沈括为嘉祐八年（1063）进士。

❼阁门：阁门司，负责官员朝参、宴饮、礼仪等事的机构。

孙甫不受砚

【原 文】

孙之翰[1]，人尝与一砚，直三十千。孙曰："砚有何异，而如此之价也？"客曰："砚以石润为贵，此石呵之则水流。"孙曰："一日呵得一担水，才直三钱，买此何用？"竟不受。

【译 文】

有人曾送给孙甫一方砚台，价值三十千钱。孙甫说："这砚台有什么特异的地方，竟值这样的价钱？"那人说："砚台以石质光润为贵，这砚台呵口气就能流出水来。"孙甫说："一天呵出一担水，也才值三钱，买它有什么用呢？"最终没有接受。

注 释

❶孙之翰：孙甫（991—1057），字之翰，许州阳翟（今河南禹州）人。天圣八年（1030）进士，官至三司度支副使。著有《唐史记》七十五卷。

王安石拒受紫团参

【原 文】

王荆公病喘[1]，药用紫团山人参[2]，不可得。时薛师政自河东还[3]，适有之，赠公数两，不受。人有劝公曰："公之疾，非此药不可治。疾可忧，药不足辞。"公曰："平生无紫团参，亦活到今日。"竟不受。公面黧黑[4]，门人忧之，以问医。医曰："此垢污，非疾也。"进澡豆令公颒面[5]，公曰："天生黑于予，澡豆其如予何？"[6]

【译 文】

王安石患哮喘病，药方中要用紫团山的人参，却找不到。当时薛向从河东回京，刚好有这种人参，就送来几两，但王安石不接受。有人劝王安石说："您的病，没有这种药治不好。为疾病考虑，药不必推辞。"王安石说："平生没有紫团参，也活到今天。"最终没有接受。王安石面色黑黄，门人都很担忧，去问医生。医生说："这是污垢，不是疾病。"进献澡豆让王安石洗脸，王安石说："我天生就这样黑，澡豆对我有什么用？"

注 释

❶王荆公：王安石（1021—1086），字介甫，号半山，临川（今江西抚州）人。宋代著名文学家、政治家。宋神宗时二度为相，封荆国公，谥文公。

❷紫团山：在山西长治壶关，以盛产人参闻名。

❸薛师政：薛向（1016—1081），字师正，河中万泉（今山西运城万荣）人。以祖荫入仕，官至同知枢密院事。谥恭敏。

❹黧（lí）黑：黄黑色。

❺澡豆：古代用豆粉、香料及药物制成的洗沐用品。颒（huì）：洗脸。

❻"天生黑于予"二句：化用《论语·述而》："天生德于予，桓魋其如予何？"

狄青叙祖

【原 文】

狄青为枢密使①，有狄梁公之后②，持梁公画像及告身十余通③，诣青献之，以谓青之远祖。青谢之曰："一时遭际，安敢自比梁公？"厚有所赠而还之。比之郭崇韬哭子仪之墓④，青所得多矣。

【译 文】

狄青担任枢密使时，有狄仁杰的后人拿着狄公画像和十多件委任书，献给狄青，说是狄青的远祖。狄青辞谢说："我侥幸遭遇贤明提携，哪里敢自比梁公呢？"于是以厚礼相赠并把这些东西还给了他。比起郭崇韬去哭郭子仪之墓，以为郭子仪后人，狄青得到的反而更多。

注 释

❶狄青（1008—1057）：字汉臣，汾州西河（今山西汾阳）人。行伍出身，屡立战功，累迁至枢密使。追赠中书令，谥武襄。枢密使：宋代军事长官。

❷狄梁公：狄仁杰（630—700），字怀英，并州太原（今属山西）人。武则天时名相，两拜同凤阁鸾台平章事，进封内史，以不畏权贵著称。卒谥文惠，追赠司空、梁国公。

❸告身：古代委任官职的文凭。

❹郭崇韬（865—926）：字安时，代州雁门（今山西忻州代县）人。后唐宰相、名将。奇袭汴州，一战灭梁，以功加侍中、冀州节度使，封赵郡公。曾于征蜀途中哭拜郭子仪墓，后为宦官所杀。子仪：郭子仪（697—781），华州郑县（今陕西渭南华州）人。唐中兴名将。以平定安史之乱功，拜兵部尚书、同中书门下平章事，进位中书令，封汾阳王，被尊为尚父。追赠太师，谥忠武。

晏殊质朴

【原 文】

晏元献公为童子时[①]，张文节荐之于朝廷[②]，召至阙下。适值御试进士，便令公就试。公一见试题，曰："臣十日前已作此赋，有赋草尚在，乞别命题。"上极爱其不隐。及为馆职[③]，时天下无事，许臣寮择胜燕饮。当时侍从文馆士大夫为燕集，以至市楼酒肆，往往皆供帐为游息之地。公是时贫甚，不能出，独家居，与昆弟讲习。一日选东宫官[④]，忽自中批除晏殊。执政莫谕所因，次日进覆，上谕之曰："近闻馆阁臣寮，无不嬉游燕赏，弥日继夕。唯殊杜门，与兄弟读书。如此谨厚，正可为东宫官。"公既受命，得对，上面谕除授之意。公语言质野，则曰："臣非不乐燕游者，直以贫，无可为之具。臣若有

【译 文】

晏殊还是童子时，张知白把他推荐给朝廷，真宗下诏召至京城。恰逢殿试进士，皇上便令晏殊参加考试。晏殊一见到考题，就说："臣十天前已作此赋，草稿还在，请求另外命题。"皇上十分喜欢他的诚实。等到他在馆阁中任职时，天下太平，允许臣僚们挑选好地方宴饮作乐。当时在馆阁供职的士大夫，纷纷聚会宴饮，以至于市楼酒馆都陈设帷帐，成了士大夫们游乐休息的场所。晏殊那时很穷，没有财力外出游乐，独自留在家中，与兄弟讲学读书。有一天朝廷挑选东宫官，忽然从宫中传旨任命晏殊，执政大臣不明白其中缘由，第二天进宫核实，皇上解释说："近来听说馆阁臣僚无不宴饮游乐，夜以继日。只有晏殊闭门不出，与兄弟一起读书。这样谨严厚重的人，正该做东宫官。"晏殊接受任命后，得以觐见奏事，皇上当面讲出任命他的原因。晏殊语言质朴，就说："臣并非不喜欢宴饮游乐，只是因为贫穷，无法参与。臣要是有钱，也一定会

钱，亦须往，但无钱不能出耳。”上益嘉其诚实，知事君体，眷注日深。仁宗朝，卒至大用。

去，只不过没钱不能出去罢了。”皇上更加欣赏他的诚实，认为他懂得侍奉君主的大体，眷顾关注日益深厚。到仁宗朝，晏殊终于得到了重用。

注释

❶晏元献：晏殊（991—1055），字同叔，临川（今江西抚州）人。年十四，以神童召试，赐进士出身。官至同中书门下同平章事兼枢密使，封临淄公，谥元献。

❷张文节：张知白（956—1028），字用晦，沧州清池（今属河北）人。端拱二年（989）进士。景德元年（1004）为右正言、直史馆，荐神童晏殊。累官参知政事、同中书门下平章事。谥文节。

❸馆职：宋代三馆、秘阁官等通称馆职，为文臣清贵之选。晏殊年十四即擢秘书省正字，荣耀一世。

❹东宫官：宋太子官属总称。晏殊大中祥符八年（1015）上《皇子冠礼赋》，为真宗称赞。于天禧二年（1018）任升王府记室参军，是年九月立升王为太子，晏殊升兼舍人。

石延年戒酒

【原 文】

石曼卿喜豪饮[①]，与布衣刘潜为友[②]。尝通判海州[③]，刘潜来访之，曼卿迎之于石闼堰[④]，与潜剧饮。中夜酒欲竭，顾船中有醋斗余，乃倾入酒中并饮

【译 文】

石延年喜欢纵情饮酒，与布衣刘潜交好。石延年通判海州时，刘潜前来拜访，石延年赶到石闼堰相迎，就同刘潜痛饮起来。半夜酒快喝光了，看到船中有一斗多醋，便倒进酒中一

之。至明日，酒醋俱尽。每与客痛饮，露发跣足[5]，著械而坐，谓之囚饮。饮于木杪[6]，谓之巢饮。以稿束之[7]，引首出饮，复就束，谓之鳖饮。其狂纵大率如此。廨后为一庵，常卧其间，名之曰扪虱庵，未尝一日不醉。仁宗爱其才，尝对辅臣言，欲其戒酒。延年闻之，因不饮，遂成疾而卒。

起喝。到第二天，酒和醋全都喝光了。石延年每与客人狂饮，总是散开头发光着脚，戴着木枷坐着喝酒，叫作“囚饮”。爬到树梢上喝酒，叫作“巢饮”。用禾秆裹着身子，伸出头来喝酒，随即又缩回草中，叫作“鳖饮”。他的狂放大抵如此。他在官署后面修了一间茅草屋，时常躺在里面，取名叫“扪虱庵”，没有哪天是不醉的。宋仁宗爱惜他的才华，曾对执政大臣说过，想让他戒酒。石延年听说后，就不再喝酒，因此生病去世。

注释

❶石曼卿：石延年（994—1041），字曼卿，真宗朝进士，仁宗朝为太子中允。为人尚气节，纵酒不羁，诗风豪放。

❷刘潜：字仲方，定陶（今属山东）人。以进士起家为淄州军事推官，终知蓬莱。文中称“布衣”，可见他在进士及第前即与石曼卿相交饮酒。后来又在郓州相遇痛饮，闻母病速归，见母死而一恸气绝。

❸通判：宋代州府副长官。海州：今江苏连云港一带。

❹石闼堰：在今江苏连云港海州锦屏镇，又名石湫堰。

❺跣（xiǎn）足：赤脚。

❻木杪（miǎo）：树梢。

❼稿：禾秆。

刘廷式不悔婚

【原 文】

朝士刘廷式本田家[①]，邻舍翁甚贫，有一女，约与廷式为婚。后契阔数年[②]，廷式读书登科，归乡闾，访邻翁。而翁已死，女因病双瞽[③]，家极困饿。廷式使人申前好，而女子之家辞以疾，仍以佣耕，不敢姻士大夫。廷式坚不可："与翁有约，岂可以翁死子疾而背之？"卒与成婚。闺门极雍睦[④]，其妻相携而后能行，凡生数子。廷式尝坐小谴，监司欲逐之，嘉其有美行，遂为之阔略[⑤]。其后廷式管干江州太平宫[⑥]，而妻死，哭之极哀。苏子瞻爱其义[⑦]，为文以美之。

【译 文】

朝廷官员刘廷式，本是农家子弟。邻居老翁很贫穷，有一个女儿，与刘廷式订了婚约。后来分别多年，刘廷式读书考中进士，回到乡里，拜访邻居老翁。但老翁已死，他的女儿因病双目失明，家中穷困至极。刘廷式托人提请履行婚约，但女子家人推托说有病，再加上受雇为人种田，因此不敢同士大夫联姻。刘廷式坚决不同意，说："与老翁有约在先，怎么能因老翁去世、女子有病就背弃婚约呢？"最终与女子成婚。家庭和睦，他的妻子需搀扶行走，生下很多子女。刘廷式曾因小过而受处分，监察官本想罢免他，却赞赏他有美德，就宽恕了他。后来刘廷式主管江州太平宫时，妻子病死，他哭得极其哀伤。苏轼很欣赏刘廷式的信义，写了文章赞美他。

注 释

❶刘廷式：据苏轼《书刘庭式事》及《东都事略》《宋史》，"廷"当作"庭"。字得之，齐州历城（今山东济南）人。

❷契阔：离别。

❸瞽（gǔ）：双目失明。

❹闺门：内室的门，借指家庭。

❺阔略：宽恕。

❻管干江州太平宫：宋代宫观官名，去实职而领俸禄，算资任。管干，管理，又作“管勾”“提举”等。江州，治所在今江西九江。

❼苏子瞻：苏轼（1037—1101），字子瞻，号东坡，宋代著名文学家。

柳开与张景

【原 文】

柳开少好任气[①]，大言凌物。应举时，以文章投主司于帘前，凡千轴，载以独轮车。引试日，衣襕自拥车以入，欲以此骇众取名。时张景能文有名[②]，唯袖一书，帘前献之。主司大称赏，擢景优等。时人为之语曰：“柳开千轴，不如张景一书。”

【译 文】

柳开少年时好意气用事，说大话而目空一切。他应试时，准备将自己写的文章送到帷幕前交给主考官，共有上千卷，用独轮车载着。考试那天，他穿着襕衫，自己推车进场，想借此吓倒众人博取功名。当时张景擅长文章，很有名气，他只用衣袖拢着一篇文章，走到帘前献上。主考官大加赞赏，选拔张景为优等。当时人因此说：“柳开千轴，不如张景一书。”

注 释

❶柳开（946—999）：原名肩愈，字绍先，号东郊野夫，后改名开，字仲涂，大名（今属河北）人。开宝六年（973）进士，累官监察御史、殿中侍御史。

❷张景（970—1018）：字晦之，江陵公安（今属湖北）人。从学于柳开，名动一时。咸平元年（998）进士，累官大理评事，知泗州昭信县。

卷十

人事二

导读

《县令健者》既展现了蒋堂识人的智慧，又通过派人强要回信凸显了杜杞的管理能力，加上苏舜钦的穿插，一波三折，不得不赞叹沈括的文学才能。《盛度察人》描述了盛度对夏有章从认识、欣赏、结交到厌弃的过程，不足五百字，塑造出一位识人断势的智者形象，情节跌宕，相当于一篇微小说了。《不宜教手滑》通过大臣想法外杀人一事，道出封建专制下，君权至上的恐怖，君无戏言，手滑杀人，是随时可能发生的事。所以儒家倡导圣君王道，害怕遇到暴君暴政。不足百字的短文，让人看到专制下瑟瑟发抖的臣子，看到一代贤臣范仲淹的大智慧，沈括的生花妙笔，令人神往。

《笔谈》记事不言人恶，甚至不与人利害相关，看似避世远遁，不食人间烟火，实则所记多正派人物，绽放出正能量，展现出作者在政治、经注、文学、科技乃至生活方面的智慧，一卷一条，都值得我们细读深思。

县令健者

【原 文】

蒋堂侍郎为淮南转运使日[①]，属县例致贺冬至书，皆投书即还。有一县令使人，独

【译 文】

蒋堂侍郎担任淮南转运使时，下属各县照例致信祝贺冬至，送信的人将贺信送到后就都回去了。唯独有一个县令

不肯去，须责回书。左右谕之，皆不听，以至呵逐，亦不去，曰：“宁得罪，不得书不敢回邑。”时苏子美在坐[②]，颇骇怪，曰：“皂隶如此野很[③]，其令可知。”蒋曰：“不然。审必健者[④]，能使人不敢慢其命令如此。”乃为一简答之，方去。子美归吴中月余[⑤]，得蒋书曰：“县令果健者。”遂为之延誉，后卒为名臣。或云，乃天章阁待制杜杞也[⑥]。

派来的人，不愿离去，一定要索取回信。蒋堂身边的僚属劝他回去，他都不听，以致喝骂驱逐他也不肯回去，说：“我宁可得罪大人。拿不到回信，不敢回去。”当时苏舜钦在座，感到十分惊讶，说：“差役如此蛮不讲理，县令可想而知。”蒋堂说：“未必。县令肯定是一个能干的人，能让下属不敢轻慢他的命令到这等地步。”于是，写了回信给他，这才离去。苏舜钦返回吴中一个多月后，收到蒋堂的来信，说：“那个县令果然很能干。”于是为他传扬美名，最终县令成了名臣。有人说，那个县令就是天章阁待制杜杞。

注释

❶蒋堂（980—1054）：字希鲁，常州宜兴（今属江苏）人。大中祥符五年（1012）进士，历州县官，明道初，召为监察御史。景祐二年（1035）春为淮南转运使，三年八月，以按举失职降知越州。皇祐五年（1053），以礼部侍郎致仕。

❷苏子美：苏舜钦（1008—1048），字子美，梓州铜山（今四川德阳中江）人。景祐元年（1034）进士，知亳州蒙城县。累授集贤校理、监进奏院，支持范仲淹新政，被诬罢官。南下苏州，筑沧浪亭以居。

❸皂隶：指衙门里的差役。

❹健者：能干的人。

❺吴中：今江苏苏州一带。

❻杜杞（1005—1050）：字伟长，无锡（今属江苏）人。以祖杜镐荫入仕，

历知建阳县，授广西安抚使，除天章阁待制、知庆州。

盛度察人

【原 文】

盛文肃为尚书右丞[1]，知扬州，简重少所许可。时夏有章自建州司户参军授郑州推官[2]，过扬州，文肃骤称其才雅。明日，置酒召之。人有谓有章曰："盛公未尝燕过客，甚器重者，方召一饭。"有章荷其意，别日为一诗谢之。至客次[3]，先使人持诗以入。公得诗，不发封即还之，使人谢有章曰："度已衰老，无用此诗。"不复得见。有章殊不意，往见通判刁绎[4]，具言所以。绎亦不谕其由，曰："府公性多忤[5]，诗中得无激触否？"有章曰："元未曾发封。"又曰："无乃笔札不严？"曰："有章自书，极严谨。"曰："如此必是将命者有所忤耳。"乃往见文肃而问之："夏有章今日献

【译 文】

盛度以尚书右丞出知扬州时，严肃持重，从不轻易赞赏人。当时夏有章从建州司户参军升任郑州推官，路过扬州，盛度突然称赞他才情高雅。第二天，又设酒宴招待他。有人告诉夏有章说："盛公从来没有设宴招待过路宾客，只有特别器重的人才会请吃一顿饭。"夏有章感戴盛度的情意，他日写了一首诗答谢盛度。他来到宾客接待处，先让人拿着诗进去。盛度接到后没有开封便退还来人，并派人答谢夏有章说："盛度已经衰老，这样的诗不能再看了。"不再相见。夏有章感到非常意外，前去拜见通判刁绎，讲述了事情经过。刁绎也不明白其中缘由，说："盛公性格多不通人情，你的诗中难道有刺激他的言辞？"夏有章说："根本没有打开来看。"刁绎又问："会不会是书写不端正？"夏有章回答道："我亲自书写的，十分工整。"刁绎说："这样看来，一定是奉命送诗的人有所忤逆了。"于是去见盛度并问：

诗何如?”公曰:“不曾读,已还之。”绎曰:“公始待有章甚厚,今乃不读其诗,何也?”公曰:“始见其气韵清秀,谓必远器,今封诗乃自称‘新圃田从事’[6]。得一幕官,遂尔轻脱。君但观之,必止于此官,志已满矣。切记之,他日可验。”贾文元时为参政[7],与有章有旧,乃荐为馆职,有诏候到任一年召试。明年,除馆阁校勘,御史发其旧事[8],遂寝夺[9],改差国子监主簿[10],仍带郑州推官。未几,卒于京师。文肃阅人物多如此,不复挟他术。

“夏有章今天献的诗怎么样?”盛度说:“没有读过,已经奉还了。”刁绎说:“您最初对夏有章很好,今天却不读他的诗,为什么呢?”盛度说:“最初看他气度清雅,以为一定有远大志向,今天诗封上却自称‘新圃田从事’。得到一个幕职官,就那么轻飘飘的。你只管往下看吧,他的官位肯定到此为止,因为他已经心满意得了。千万记住,以后可以验证。”贾昌朝当时任参知政事,他和夏有章有交情,于是推荐他在三馆中任职,皇帝下诏,等他任现职一年后再召试。第二年,夏有章被任命为馆阁校勘,御史检举了他从前的过失,于是撤销了新的任命,改命为国子监主簿,照旧兼郑州推官。没有多久,夏有章死于京城。盛度观察人物大抵如此,并没有依仗其他法术。

注释

❶盛文肃:盛度(968—1041),字公量,余杭(今浙江杭州)人。端拱间进士,累拜参知政事,迁知枢密院事。宝元二年(1039)罢为尚书右丞、知扬州。卒谥文肃。

❷建州:治所在今福建建瓯。司户参军:官名,置于各州,掌户籍、赋税、仓库。推官:指观察推官,为州幕职官,掌本州司法。

❸客次:接待宾客的处所。

❹刁绎:润州丹徒(今江苏镇江)人。仁宗天圣间进士,尝为青城宰,宝元

初通判扬州。

❺府公：指府、州级长官，此指知州盛度。

❻新圃田从事：新任郑州观察推官。圃田，古地名，故地在今河南郑州，此代指郑州。

❼贾文元：贾昌朝（997—1065），字子明，开封（今属河南）人。真宗时赐同进士出身，仁宗庆历间，拜参知政事、枢密使、同中书门下平章事。英宗即位，进封魏国公。谥文元。

❽御史发其旧事：据《续资治通鉴长编》载，夏有章以吕夷简荐召试学士院，因谏官王素、欧阳修论其贪赃，罢召试。与本书记载贾昌朝荐及已除馆阁校勘稍异。御史，专司纠弹的职官，时王素、欧阳修并列谏官，故以“御史”相称。

❾寝夺：中止，撤消。

❿国子监主簿：学官名，主管账簿、收支等。

不宜教手滑

【原 文】

庆历中，有近侍犯法[1]，罪不至死。执政以其情重，请杀之，范希文独无言[2]，退而谓同列曰：“诸公劝人主法外杀近臣，一时虽快意，不宜教手滑。”诸公默然。

【译 文】

庆历年间，有皇帝身边的侍从犯法，罪不至死。执政大臣认为情节严重，请求处死。只有范仲淹一言不发，退朝后对同僚们说：“诸公劝皇帝在法律之外杀近臣，虽然一时痛快，却不该教皇上手滑乱杀人啊。”诸公默默无语。

注释

❶近侍：指帝王身边的侍从。

❷范希文：范仲淹（989—1052），字希文，吴县（今属江苏）人。大中祥符八年（1015）进士。历右司谏，出知睦州，又知开封府。西夏战事起，为陕西经略安抚副使，迁经略招讨使，威震边疆。庆历中为参知政事，推行新政。卒谥文正。

卷十一

官政一

导读

“官政”本指国家政事，但因《笔谈》旨在“不言国事”，所以不以国家大事为主，而多记沈括从政生涯的所见所闻。虽然内容涉及政治、经济、军事、刑法、水利等诸多方面，但具体而微，往往只谈一两件与民利相关的“小事”。这是《笔谈》与其他谈论国政的宋人笔记的明显不同，其间的条目，往往被后人反复引用，足见其影响之大。本书所选条目，也有一定代表性。

《三说法》讲述北宋的茶税政策，辨析了“三说”的不同说法。《赫连城》则探讨边境城防的构建体系，是沈括对边防作战的思考。《刘晏和籴》讲述沈括学习和推行和籴之法的故事，是他为政讲求实效的证明。《刑曹驳错案》所载两件错案，已经成为典型案例，经常为后人引用，由此可见沈括对司法的敏锐观察力。《巧治斗殴》记载鞠真卿于刑法之外附加赔钱的变通措施，移风易俗，举重若轻。《金牌急脚递》论及古代传递文书的方式，重点提到皇帝用于控制军队的“金字牌急脚递”，只言其速度之快及他人不得干预，而不论其遥控指挥的弊端。自宋太祖杯酒释兵权后，皇帝指派文臣或宦官掌军，宋军战斗力低下，曾经作为前线指挥官的沈括，对此三缄其口，大约就是所谓的不言时政国事吧。《范仲淹赈灾》赞赏募民兴役的赈灾方式，鞭挞率意诬诋的官员，可见沈括对改革以利民之事何等在意。《多杀人多受赏》是对怀柔政策的思考，讥讽了守臣的软弱怕事。《高超合龙》赞扬水工的聪明才智，贬斥老河工的迂腐和郭申锡的不辨是非，肯定贾昌朝的睿智。而知人善任、不拘一格选用人才，正是沈括为政的特点。《盐钞法》肯定范祥以盐通商的改革措施，认为一举多得，利国利民。《河北盐法》谈到官员多次违背太祖、仁宗旨意提请榷盐事，对与民争利之事，沈括自然反对，并在任职期间为民请命，中止了河北食盐专卖的提议。

三说法

【原 文】

世传算茶有三说法最便[①]。三说者，皆谓见钱为一说，犀牙香药为一说，茶为一说，深不然也。此乃三分法，其谓缘边入纳粮草，其价折为三分：一分支见钱，一分折犀象杂货，一分折茶。尔后又有并折盐为四分法，更改不一，皆非三说也。予在三司[②]，求得三说旧案。三说者，乃是三事：博籴为一说，便籴为一说，直便为一说。其谓之博籴者，极边粮草，岁入必欲足常额，每岁自三司抛数下库务，先封桩见钱、紧便钱、紧茶钞[③]，紧便钱谓水路商旅所便处，紧茶钞谓上三山场榷务[④]。然后召人入中[⑤]。便籴

【译 文】

世人相传折算茶钱有三说法最便利。所谓三说，通常指现钱为一说，犀牙、香药为一说，茶为一说，其实完全不是这样。这只是三分法，指在边境入纳粮草，所得款项折合为三分：一分付现钱，一分折合成犀象杂货，一分折合成茶叶。后来又连同折算盐引的方式，一起称为四分法。虽然改来改去，但都不是三说。我在三司时，查到了三说的旧档案。所谓三说，其实是三件事：博籴为一说，便籴为一说，直便为一说。所谓博籴，就是最边远地区的粮草，每年入库必须达到足够的定额，每年由三司下达数额给库务司，预先封存足够的现钱、紧便钱、紧茶钞，紧便钱指在水路便利商旅来往处的国库钱。紧茶钞指上三山场榷务的茶钞。然后招募商人入纳粮草。所谓便籴，

者，次边粮草，商人先入中粮草，乃诣京师算请慢便钱、慢茶钞及杂货。慢便钱谓道路货易非便处，慢茶钞谓下三山场榷务。直便者，商人取便于缘边入纳见钱，于京师请领。三说先博籴，数足然后听便籴及直便，以此商人竞趋争先赴极边博籴，故边粟常充足，不为诸郡分裂，粮草之价，不能翔踊，诸路税课，亦皆盈衍，此良法也。予在三司，方欲讲求，会左迁[6]，不果建议。

就是邻近沿边地区的粮草，由商人先到指定地点交纳粮草，然后到京城结算领取慢便钱、慢茶钞和杂货。慢便钱指道路货易不便处的国库钱，慢茶钞指下三山场榷务的茶钞。所谓直便，就是商人图取方便，在沿边地区交纳现钱，然后到京城请领货物。三种方法，优先保证博籴数量充足之后，才听任便籴或直便。因此商人争先恐后赶到最边远地方去博籴，所以边疆粮草往往优先得到满足，不被其他州郡分占，粮草价钱，不会飞涨，各路的税收都有盈余，这是一个好方法。我在三司时，正想研究推行，恰遇被贬官，没有来得及向朝廷建议。

注释

❶算茶：指茶叶交易中的结算方式。三说法：指以见钱、犀牙香药、茶三种物品按比例折中。沈括认为这是“三分法”，而“三说法”是指博籴、便籴、直便三事，是西北沿边军粮的市籴入中法。“三说”，也作“三税”，说，同“税”。

❷予在三司：沈括于熙宁八年（1075）十月权发遣三司使，改革盐法等，十年（1077）七月罢。三司，以盐铁、度支、户部合为三司，主管国家财政。

❸封桩：将岁末盈余封存入库，以备急需。

❹上三山场榷务：官府设在茶场榷卖茶叶的机构。榷，专卖。

❺入中：募商人入纳粮草于沿边规定的地点，给予钞引，使至京师等处领取现钱、香药、茶、盐等物。

❻左迁：贬官。指沈括于熙宁十年（1077）七月罢三司使，出知宣州。

赫连城

【原 文】

延州故丰林县城[①]，赫连勃勃所筑[②]，至今谓之赫连城，紧密如石，斸之皆火出[③]。其城不甚厚，但马面极长且密[④]。予亲使人步之，马面皆长四丈，相去六七丈。以其马面密，则城不须太厚，人力亦难攻也。予曾亲见攻城，若马面长，则可反射城下攻者，兼密则矢石相及，敌人至城下，则四面矢石临之。须使敌人不能到城下，乃为良法。今边城虽厚，而马面极短且疏，若敌人可到城下，则城虽厚，终为危道。其间更多刓其角[⑤]，谓之团敌，此尤无益。全藉倚楼角以发矢石，以覆护城脚。但使敌人备处多，则自不可存立。赫连之城，深可为法也。

【译 文】

延州的旧丰林县城，是赫连勃勃修的，至今还叫赫连城。城池坚固如石头，用锄头挖掘都会冒出火花。城墙不很厚，但是马面却又长又密。我亲自派人丈量过，马面都长四丈，两个马面间相距六七丈远。因为马面比较密集，所以城墙就不必太厚，人力也难以攻下。我曾亲眼见过攻城，如果马面长，就可以用弓弩反射城下进攻的敌人，加上马面密集且在弓箭和石头的射程内，敌人来到城下，四面的弓箭和石头就会迎头痛击。必须不让敌人靠近城墙，才是好方法。现在边疆的城墙虽然很厚，但马面却很短而且稀疏，如果敌人能够攻到城下，即使城墙再厚，终究也很危险。其中还有把马面捣成圆角的，称为团敌，这更加有害无益。马面全靠在楼角上射箭投石，来保护城脚。只要使敌人看到处处设防，自然不敢在城下立足。像赫连这样的城墙，是很值得效法的。

注释

❶延州：治所在今陕西延安。丰林县城：在今延安宝塔区东。

❷赫连勃勃（381—425）：又名屈子，匈奴人。十六国时期夏王朝建立者。

❸斸（zhú）：用锄头挖掘。

❹马面：古代在城墙上所修连接女墙且凸出于墙面之外的墩台，用于加固城墙以及临时搭建类似于敌楼的战棚。

❺刓（wán）：削去棱角。

刘晏和籴

【原 文】

刘晏掌国计[①]，数百里外物价高下，即日知之。人有得晏一事，予在三司时，尝行之于东南。每岁发运司和籴米于郡县[②]，未知价之高下，须先具价申禀，然后视其贵贱，贵则寡取，贱则取盈。尽得郡县之价，方能契数行下[③]，比至则粟价已增，所以常得贵售。晏法则令多粟通途郡县，以数十岁籴价与所籴粟数高下，各为五等，具籍于主者。今属发运司。粟价才定，更不申禀，即

【译 文】

刘晏掌管国家财政时，几百里以外的物价高低，当天就知道了。有人了解到刘晏的一种方法，我在三司时，曾经在东南一带推行。每年发运司从各州县收购粮食时，不知道粮价高低，需要各地呈报实价，然后再根据价格的贵贱，贵就少收，贱就多买。收齐郡县报价后，才能核定收购数量发下执行，等公文送到时粮价已经上涨，因此常常高价买粮。刘晏的方法是让产粮多、交通便利的郡县，把几十年的购粮价格和数量多少，各自分为五等，详细登记送交主管部门备案。现在属发运司管辖。粮价一确定，不需再申报，即时开仓收粮。第

时廪收[4]，但第一价则籴第五数，第五价则籴第一数，第二价则籴第四数，第四价则籴第二数，乃即驰递报发运司。如此，粟贱之地，自籴尽极数；其余节级，各得其宜，已无极售。发运司仍会诸郡所籴之数计之，若过于多，则损贵与远者；尚少，则增贱与近者。自此粟价未尝失时，各当本处丰俭。即日知价，信皆有术。

一等价格就按第五等数量收购，第五等价格就按第一等数量收购，第二等价格就按第四等数量收购，第四等价格就按第二等数量收购，然后立即快递呈报发运司。这样一来，粮价低的地方自然购进了最高数量的粮食，其他各等级，也各得其宜，避免了高价收购。发运司还要统计各郡购粮数目，如果收多了，就减少价高和偏远州郡的收购量；如果还不够，就增加价低和附近州郡的收购量。从此购粮价再也不会错过时机，各自与当地粮食收成好坏相适应。刘晏当天就知道粮价，的确很有办法。

注释

❶刘晏（716—780）：字士安。曹州南华（今山东菏泽东明）人。七岁举神童，授太子正字。历度支郎中，迁户部侍郎，进吏部尚书、同中书门下平章事，升尚书左仆射。他对盐法、常平、漕运等进行一系列的改革，为唐中后期经济发展做出了重要贡献。国计：国家财政。国，原作“南”。

❷发运司：宋掌管淮、浙、江、湖六路漕运和茶盐钱政的机构，设发运使、副使等职。和籴：官府出钱征购民间粮食。

❸契数：核定数目。

❹廪收：收购入库。

刑曹驳错案

【原 文】

近岁邢、寿两郡各断一狱[1]，用法皆误，为刑曹所驳[2]。寿州有人杀妻之父母昆弟数口，州司以不道缘坐妻子[3]。刑曹驳曰："殴妻之父母，即是义绝，况其谋杀。不当复坐其妻。"邢州有盗杀一家，其夫妇即时死，唯一子明日乃死，其家财产，户绝法给出嫁亲女。刑曹驳曰："其家父母死时，其子尚生，财产乃子物。出嫁亲女，乃出嫁姊妹，不合有分。"此二事略同，一失于生者，一失于死者。

【译 文】

近年来邢、寿两郡，分别审结一案，应用刑法都不对，受到刑曹驳斥。寿州有人杀死了妻子的父母兄弟多人，州司认为大逆不道，因此连妻子一并定罪。刑曹批驳说："殴打妻子的父母，已经是恩断义绝，何况还是谋杀。不应当再连坐其妻子。"邢州有强盗杀了一家人，夫妇二人当即死亡，只有一个儿子到第二天才死，州司比照户绝法将死者家产判给已经出嫁的亲生女。刑曹批驳说："他家父母死时，儿子还活着，遗产应当是儿子的。出嫁的亲女儿，也就是他的姐妹，是不应该继承遗产的。"这两个案子有些相似，一个错判活人，一个委屈死者。

注 释

❶邢：邢州，治所在今河北邢台。寿：寿州，治所在今安徽淮南寿县。

❷刑曹：指刑部分管刑事案件审核的官员。

❸州司：州府负责审理案件的官员，此指寿州司法参军。

巧治斗殴

【原 文】

鞠真卿守润州[①]，民有斗殴者，本罪之外，别令先殴者出钱以与后应者。小人靳财[②]，兼不愤输钱于敌人，终日纷争，相视无敢先下手者。

【译 文】

鞠真卿知润州，民间有斗殴的人，判处本等罪刑之外，还要挑斗者赔钱给还击者。市井无赖吝惜钱财，更不甘心送钱给敌人，结果整天争吵，怒目相视而无人敢先动手。

注 释

❶鞠真卿：字颜叔。庆历年间常州主簿，嘉祐中知苏州，治平初除两浙提刑。熙宁初知越州，移江西路转运使，历知寿州、河中府。元丰间知润州。为人倔强，所至有威名。润州：治所在今江苏镇江。

❷靳财：吝啬钱财。

金牌急脚递

【原 文】

驿传旧有三等[①]，曰步递、马递、急脚递。急脚递最遽，日行四百里，唯军兴则用之。熙宁中，又有金字牌急脚递，如古之羽檄也[②]。以木牌朱漆

【译 文】

驿站传递文书旧分三等：步递、马递和急脚递。其中急脚递最快，日行四百里，只有发生战争时才会用到。熙宁年间，又有金字牌急脚递，和古代的羽檄相似。用木牌红漆黄金字，

黄金字，光明眩目，过如飞电，望之者无不避路，日行五百余里。有军前机速处分，则自御前发下，三省、枢密院莫得与也。

光亮刺眼，如同飞电闪过眼前，看见的人无不急忙让路，金牌急脚递日行五百余里。遇到军中有需要紧急处理的机密事件，就从皇帝御前直接发出金字牌，三省、枢密院都不得干预。

注释

❶驿传：驿站，古代供官员往来和递送公文用的交通机构。

❷羽檄：上插羽毛以示紧急传递的军事文书。

范仲淹赈灾

【原文】

皇祐二年，吴中大饥，殍殣枕路[①]。是时范文正领浙西[②]，发粟及募民存饷[③]，为术甚备。吴人喜竞渡，好为佛事。希文乃纵民竞渡，太守日出宴于湖上，自春至夏，居民空巷出游。又召诸佛寺主首，谕之曰："饥岁工价至贱，可以大兴土木之役。"于是诸寺工作鼎兴。又新敖仓吏舍，日役千夫。监司奏劾

【译文】

皇祐二年，吴中一带发生大饥荒，饿死者的尸首遍布路旁。这时范仲淹主政浙西首府杭州，发放官府存粮，募集灾民慰问饷食，千方百计度过饥荒。吴中百姓爱好赛船，喜欢做佛事。范仲淹就鼓励百姓竞渡比赛，太守天天在湖上设宴，从春天到夏季，居民都离家出游。又召集各个佛寺的主持，对他们说："饥荒年中工价很低，可以大兴土木工程。"于是各个寺院的修建工作非常兴旺。又翻修仓库和官吏宿舍，每天动用上千民工。可是监察部门却弹劾杭

杭州不恤荒政，嬉游不节，及公私兴造，伤耗民力。文正乃自条叙所以宴游及兴造，皆欲以发有余之财，以惠贫者。贸易饮食、工技服力之人，仰食于公私者，日无虑数万人。荒政之施，莫此为大。是岁，两浙唯杭州晏然，民不流徙，皆文正之惠也。岁饥发司农之粟[4]，募民兴利，近岁遂著为令。既已恤饥，因之以成就民利，此先王之美泽也。

州长官不顾救荒，嬉游取乐而不知节制，以及公、私大兴土木，损耗民间财力。范仲淹于是草拟奏章，申诉宴饮游乐以及开工建房的原因，是要发掘民间有余的钱财来救济贫困的人，贸易、饮食、工匠、劳力等行业的人，仰仗官府、私家而糊口的，每天都有好几万人。救荒政策，没有比这更好的了。这一年，两浙路灾区只有杭州平安无事，没有百姓流亡迁徙，都是范仲淹的惠政。饥荒年打开官府粮仓赈济灾民，募集灾民以兴修利民工程，近年来已经定为法令。既能赈灾救荒，又能因此成就利民事业，这是古圣先王的德政。

注释

❶殍殣（piǎojìn）：指饿死的人。

❷范文正：范仲淹（989—1052），字希文。庆历中参知政事，实行新政失败后，贬知邓州三年，至皇祐元年（1049）移知杭州，故下文称“领浙西”。

❸存饷：慰问和发放粮食。

❹司农：司农寺，官署名，掌籍田、祭祀及常平仓等事。

多杀人多受赏

【原 文】

忠、万间夷人[1]，祥符中尝寇掠[2]，边臣苟务怀来[3]，使人招其酋长[4]，禄之以券粟。自后有效而为之者，不得已，又以券招之。其间纷争者，至有自陈："若某人，才杀掠若干人，遂得一券，我凡杀兵民数倍之多，岂得亦以一券见给？"互相计校，为寇甚者，则受多券。熙宁中会之，前后凡给四百余券，子孙相承，世世不绝。因其为盗，悉诛锄之，罢其旧券，一切不与。自是夷人畏威，不复犯塞。

【译 文】

忠州、万州一带的少数民族，祥符年间曾经到处抢劫，边防官员一味加以笼络，派人招安他们的酋长，用领取粮食的官券笼络他们。后来又有效仿他们来抢劫的人，迫不得已，又用官券加以招抚。在招安过程中发生争议时，甚至有人自己陈诉说："像某人，才杀了几个人，就获得一张官券；我杀的士兵和百姓超过他好几倍，哪能只给我一张官券呢？"像这样互相比较，抢劫杀人多的，就多领官券。据熙宁年间统计，前后一共给出四百多张官券，子孙继承，代代不绝。后来朝廷趁他们抢劫杀人时，全部加以消灭，废除以前发放的官券，什么东西都不给了。从此少数民族畏惧威严，不再侵犯边塞。

注 释

❶忠：忠州，治所在今重庆忠县。万州：治所在今重庆万州区。夷人：指汉族之外的少数民族。

❷祥符：大中祥符，宋真宗年号（1008—1016）。

❸怀来：怀柔笼络。

❹首长：部落的首领。

高超合龙

【原 文】

庆历中[1]，河决北都商胡[2]，久之未塞，三司度支副使郭申锡亲往董作[3]。凡塞河决，垂合，中间一埽[4]，谓之合龙门，功全在此。是时屡塞不合。时合龙门埽长六十步，有水工高超者献议，以谓："埽身太长，人力不能压，埽不至水底，故河流不断，而绳缆多绝。今当以六十步为三节，每节埽长二十步，中间以索连属之。先下第一节，待其至底，方压第二、第三。"旧工争之，以为不可，云："二十步埽不能断漏，徒用三节，所费当倍，而决不塞。"超谓之曰："第一埽水信未断，然势必杀半。压第二埽，止用半力，水纵未断，不过小漏耳。第三节乃平地施工，足以尽人

【译 文】

庆历年间，黄河在大名府商胡决堤，很长时间都没能堵塞，三司度支副使郭申锡亲自前去督工。大凡堵塞黄河决口，在快合龙的时候，再放下中间一节埽，称为合龙门，成功与否全在这里。这时多次堵塞都无法合龙。当时合龙门的埽长六十步，有水工高超献计，认为："埽身太长了，人力压不下去，沉不到水底，所以截不断河流，而缆绳多被冲断。现在应该把六十步的埽分成三段，每段长二十步，中间用绳索连接起来。先压下第一段，等它沉到底，再压下第二、第三段。"老河工与他争执，认为不行，说："二十步长的埽，又不能阻断水流，还白白填进去三段，花费加倍，而决口还是堵不住。"高超对他们说："压下第一段埽后水流确实不会被阻断，但是水势必然减半。再压第二段埽，只用一半的力气就够了，即使水流还未截断，也不过是小漏洞罢了。压第三段是平地施工，可以充分使用人力。安放

力。处置三节既定，即上两节自为浊泥所淤，不烦人功。”申锡主前议，不听超说。是时贾魏公帅北门[5]，独以超之言为然，阴遣数千人，于下流收漉流埽[6]。既定而埽果流，而河决愈甚，申锡坐谪。卒用超计，商胡方定。

好第三段埽，这时前两段自然会被泥沙淤积，就不用再费人力了。”郭申锡主张用老办法，不听高超的建议。当时贾昌朝为北京大名府的最高长官，他认为高超的办法好，便暗中派遣几千人到下流捞取被水冲下来的埽。郭申锡采用旧方案压下长埽，埽果然被水冲走，河堤的决口更大，郭申锡因此被降职。最终还是采用了高超的办法，才堵住了商胡决口。

注释

❶庆历中：事在庆历八年（1048）六月癸酉。

❷北都：今河北大名，宋以为北京。商胡：在今河南濮阳东北。

❸郭申锡（998—1074）：字延之，大名（今属河北）人。天圣八年（1030）进士，历侍御史知杂事，嘉祐元年（1056）以盐铁副使相都大提举河渠公事。累官至给事中致仕。

❹埽（sào）：将秫秸、石块、树枝捆扎成圆柱形用以堵塞决口。

❺贾魏公：贾昌朝（997—1065），字子明，开封（今属河南）人。庆历七年（1047）罢相判大名府，嘉祐元年（1056）召为枢密使。英宗即位，进封魏国公。谥文元。

❻收漉：打捞。

盐钞法

【原 文】

陕西颗盐，旧法官自般运[①]，置务拘卖[②]。兵部员外郎范祥始为钞法[③]，令商人就边郡入钱四贯八百售一钞，至解池请盐二百斤[④]，任其私卖。得钱以实塞下，省数十郡般运之劳。异日辇车牛、驴以盐役死者，岁以万计，冒禁抵罪者，不可胜数，至此悉免。行之既久，盐价时有低昂，又于京师置都盐院[⑤]，陕西转运司自遣官主之。京师食盐，斤不足三十五钱，则敛而不发，以长盐价；过四十，则大发库盐，以压商利。使盐价有常，而钞法有定数。行之数十年，至今以为利也。

【译 文】

陕西的颗盐，过去的做法是官府自行搬运，设置贸易机构专卖。兵部员外郎范祥创立盐钞法制度，让商人到沿边州郡纳钱四贯八百文，即售予一张盐钞，到解池领取食盐二百斤，然后自行贩卖。用卖钞所得的钱来充实边塞开支，也省去了数十个州郡搬运的劳役。从前拉车的牛、驴死于运盐的，每年都有上万头，而贩卖私盐获罪判刑的人，也数不胜数，实行盐钞法后这些情况都避免了。盐钞法实行一段时间后，盐价时高时低，于是又在京城设置都盐院，由陕西转运司自派官员主管。京城的食盐，如果每斤卖不到三十五钱，就库存起来不发售，以便抬高盐价；盐价超过四十钱，就大量发售库存盐，以压制盐商的暴利。从而使盐价保持稳定，盐钞的发行也有定额。盐钞法推行了几十年，到现在都认为很便利。

注释

❶般：同“搬”，下同。

❷务：管理贸易和税收的机构。

❸范祥：字晋公，邠州三水（今属陕西）人。进士及第。康定初，通判镇戎军，知汝州。庆历八年（1048），提陕西路刑狱兼制置解盐，议改盐法通商，擢升陕西转运使。

❹解（jiè）池：我国著名的池盐产地，在山西运城东南。

❺都盐院：专掌解盐在京贸易等事。由范祥建议设置，熙宁八年（1075）废。

河北盐法

【原 文】

河北盐法，太祖皇帝尝降墨敕①，听民间贾贩，唯收税钱，不许官榷②。其后有司屡请闭固③，仁宗皇帝又有批诏云：“朕终不使河北百姓常食贵盐。”献议者悉罢遣之。河北父老，皆掌中掬灰，藉火焚香，望阙欢呼称谢④。熙宁中，复有献谋者⑤。予时在三司，求访两朝墨敕不获，然人人能诵其言，议亦竟寝。

【译 文】

河北的盐法，太祖皇帝曾经颁下手书的敕令，允许民间贩卖，只收税钱，不许官府专卖。后来有关部门多次请求禁止私卖，仁宗皇帝又批下诏书说：“朕无论如何不能让河北百姓经常食用高价盐。”提建议的人全部遭到斥逐。河北父老捧着灰土，点火焚香，仰望宫阙欢呼感谢。熙宁年间，又有人提这种建议。我当时在三司，查找两朝皇帝的亲笔诏书，却没有找到，不过人人都能背诵诏书文字，这次提议也被中止。

注释

❶太祖：宋太祖赵匡胤，宋朝开国皇帝。墨敕：皇帝手书的诏令。

❷官榷：官府专卖。

❸闭固：禁止。

❹望阙：仰望宫阙。喻指感恩天子。

❺复有献谋者：指三司使章惇建议河北榷盐，事在熙宁八年（1075）六月。次年八月，因沈括极力反对，河北盐法仍照旧施行。

卷十二

官政二

导读

本卷也谈“官政”，共十条，涉及交通、刑法、吏制、赋税、钱法、茶盐、建置等多个方面。

本书所选《真州复闸》记述废埭建复闸之事，设置复闸以通航运的技术，应用至今，在交通史上也值得大书一笔。《吏无常禄》涉及薪俸养廉的话题，不给办事人员俸禄等于放任他们索贿受贿，因此改革吏制，甚至高薪养廉也是不得已而为之的事情。沈括对此不置可否，大约这也是曾经令他头疼的事吧。《本朝茶法》叙述北宋前期茶法变革史，对天圣元年(1023)复行贴射法失利后，惩治一干官员作了详细叙述。北宋茶业贸易，不仅与民争利，而且官商勾结从中得利者比比皆是，以致激起民变，导致王小波、李顺起义。沈括究心茶法，《笔谈》中叙及茶法的条目很多，他对自己在三司使任上没有将三说法推行下去，一直耿耿于怀。

真州复闸

【原文】

淮南漕渠[①]，筑埭以畜水[②]，不知始于何时。旧传召伯埭谢公所为[③]。按李翱《来

【译文】

淮南的运粮水道，修筑拦河土坝来蓄水，也不知开始于什么时候。从前传说召伯埭是谢安所修。根据李翱

南录》[4]，唐时犹是流水，不应谢公时已作此埭。天圣中，监真州排岸司、右侍禁陶鉴始议为复闸节水[5]，以省舟船过埭之劳。是时工部郎中方仲荀、文思使张纶为发运使、副[6]，表行之，始为真州闸。岁省冗卒五百人，杂费百二十五万。运舟旧法，舟载米不过三百石。闸成，始为四百石。其后所载浸多，官船至七百石，私船受米八百余囊，囊二石。自后北神、召伯、龙舟、茱萸诸埭，相次废革，至今为利。予元丰中过真州，江亭后粪壤中见一卧石，乃胡武平为《水闸记》[7]，略叙其事，而不甚详具。

《来南录》的记载，这里在唐朝时还是流水，不应该谢安时就已修建了这道土坝。天圣年间，监管真州排岸司、右侍禁陶鉴开始提议修造双道闸节制水流，减省舟船过埭的劳力。当时，工部郎中方仲荀和文思使张纶任正、副发运使，上表请求推行陶鉴的方法，才建造了真州闸。每年可节省河卒五百人，杂费一百二十五万。按过去的船运方法，每条船载米不超过三百石。水闸建成后，开始装载四百石。后来运载量越来越大，官船达到七百石，私船可装米八百多袋，每袋重二石。从此之后，北神、召伯、龙舟、茱萸等埭，都相继废旧革新，到现在也很便利。我在元丰年间路过真州，在江亭后面的泥土中发现一块倒卧的石碑，原来是胡宿撰写的《水闸记》，简略记述了这件事，但是并不详尽。

注释

❶淮南：淮南路，辖境包括今江苏、安徽、河南三省相交的部分地区。漕渠：人工挖掘用于漕运的河道，这里指运河。

❷埭（dài）：土坝。古时河道不便行船处，筑土遏水，中间留有水道，用人或畜力助船过埭。

❸召（shào）伯埭：故址在今江苏扬州江都区。谢公：指谢安（320—385）。据《晋书·谢安传》载，谢安曾于广陵新城筑埭，后人名为召伯埭。

❹李翱（772—841）：字习之，陇西成纪（今甘肃天水秦安）人。贞元年间进士，历任国子博士、中书舍人、桂州刺史、山南东道节度使等职。他曾于元和三年（808）到过淮南。著有《李文公集》，其中有所著《来南录》残篇。

❺真州：治所在今江苏扬州仪征。排岸司：官署名，掌管纲运相关事宜。右侍禁：武臣阶官名。陶鉴：浔阳（今江西九江）人。天圣四年（1026）监真州排岸司。复闸：用于控制水道便于行船的两道水闸。

❻方仲荀：歙县（今属安徽）人。咸平间进士，天禧间任福建路转运使。天圣间，为工部郎中、淮南发运使。文思使：官名，属西班诸司使，掌制造金银首饰等物。张纶：字公信，汝阴（今安徽阜阳）人。起家三班奉职，历任知州及监司，兴利除害，累迁知颍州事。发运使：主管漕运及茶盐钱政等，为发运司长官，副手为发运副使。

❼胡武平：胡宿（995—1067），字武平，常州晋陵（今江苏常州）人。天圣二年（1024）进士，历宣州通判、知湖州、两浙转运使、翰林学士，累迁枢密副使，谥文恭。《水闸记》：《真州水闸记》，见《文恭集》卷三五。

吏无常禄

【原　文】

天下吏人素无常禄[①]，唯以受赇为生[②]，往往致富者。熙宁三年，始制天下吏禄，而设重法以绝请托之弊。是岁，京师诸司岁支吏禄钱三千八百三十四贯二百五十四。岁岁增广，至熙宁八年，岁支三十七万一千五百三十三贯一百七十

【译　文】

天下公吏一向没有固定的俸禄，只靠受贿为生，常常有借机致富的人。熙宁三年，朝廷才开始规定天下吏人的俸禄，并设立重刑以根除行贿的弊端。这一年，京城各部门支付吏禄钱三千八百三十四贯二百五十四文。以后年年增加，到熙宁八年，每年支出三十七万一千五百三十三贯一百七十八文。此后每年增减不定，但都没有

八。自后增损不常，皆不过此数。京师旧有禄者及天下吏禄，皆不预此数。

超出这个数目。京城原先有俸禄的公吏，以及京城外公吏的俸禄，都不在此数内。

注释

❶吏人：与公人合称公吏，泛指各级官府下属的办事人员。

❷受赇（qiú）：接受贿赂。

本朝茶法

【原文】

本朝茶法：乾德二年[①]，始诏在京、建州、汉、蕲口各置榷货务[②]。五年，始禁私卖茶，从不应为情理重[③]。太平兴国二年[④]，删定禁法条贯，始立等科罪。淳化二年[⑤]，令商贾就园户买茶，公于官场贴射[⑥]，始行贴射法。淳化四年[⑦]，初行交引[⑧]，罢贴射法。西北入粟，给交引，自通利军始[⑨]。是岁，罢诸处榷货务，寻复依旧。至咸平元年[⑩]，茶利钱以一百三十九万二千一百

【译文】

本朝的茶法：乾德二年，宋太祖下诏开始在京、建州、汉阳、蕲口分别设立榷货务。乾德五年，开始禁止私卖茶叶，有犯者从重论处。太平兴国二年，朝廷修订禁令条款，开始设立罪名和等级。淳化二年，命令商贩向种茶户买茶，国家在官办茶场张榜令人指射，开始推行贴射法。淳化四年，开始推行交引制度，停止了贴射法。茶商在西北边区交纳钱粮后，官府发付交引，从通利军开始实行这种方法。这一年，废除各地的榷货务，不久又照旧设立。到咸平元年，额定的茶利钱是一百三十九万二千一百一十九贯三百一十九钱。到嘉祐三年，

一十九贯三百一十九为额。至嘉祐三年[11]，凡六十一年，用此额，官本杂费皆在内，中间时有增亏，岁入不常。咸平五年[12]，三司使王嗣宗始立三分法[13]，以十分茶价，四分给香药，三分犀象，三分茶引。六年，又改支六分香药犀象，四分茶引。景德二年[14]，许人入中钱帛金银，谓之三说。至祥符九年[15]，茶引益轻，用知秦州曹玮议[16]，就永兴、凤翔以官钱收买客引，以救引价，前此累增加饶钱[17]。至天禧二年[18]，镇戎军纳大麦一斗[19]，本价通加饶，共支钱一贯二百五十四。乾兴元年[20]，改三分法，支茶引三分，东南见钱二分半，香药四分半。天圣元年[21]，复行贴射法，行之三年，茶利尽归大商，官场但得黄晚恶茶[22]，乃诏孙奭重议[23]，罢贴射法。明年，推治元议省吏，勾覆官勾献等[24]，皆决配沙门岛[25]；元详定枢密副使张邓公、参知政事吕许公、鲁肃简各罚

共六十一年间，都使用这一定额，官府本钱和杂费全部包括在内，中间时常有增有减，每年的收入也不固定。咸平五年，三司使王嗣宗开始设立三分法，以茶价为十分，四分付给香料、药物，三分付给犀角、象牙，三分付给领茶用的茶引。咸平六年，又改成支付六分香料、药物、犀角、象牙，四分茶引。景德二年，准许商人到边境缴纳钱、丝织品和金银，称为三说。到大中祥符九年，茶引逐渐贬值，朝廷采纳秦州知州曹玮的建议，到永兴军、凤翔府用官钱收购茶引，以挽救茶引的价值，在此之前已多次设立名目增收税费。到天禧二年，在镇戎军缴纳一斗大麦，在本价之上再加利钱，共支付一贯二百五十四钱。到乾兴元年，改为推行三分法，三分用茶引支付，二分半支付东南现钱，四分半用香料、药物支付。到天圣元年，又恢复施行贴射法。实行了三年，好茶好利全被富商囊括，官家交易场所只收到黄晚劣茶，于是宋仁宗下诏让孙奭重新审议，停止了贴射法。第二年，追究原来建议推行贴射法的三司官员的责任，对勾覆官勾献等人，全部发配到沙门岛；原详定官枢密副使张士逊、参知政事吕夷简、鲁宗道分别罚

俸一月[26]，御史中丞刘筠、入内内侍省副都知周文质、西上閤门使薛昭廓、三部副使[27]，各罚铜二十斤；前三司使李谘落枢密直学士[28]，依旧知洪州。皇祐三年[29]，算茶依旧只用见钱。至嘉祐四年二月五日[30]，降敕罢茶禁。

扣一个月薪俸，御史中丞刘筠、入内内侍省副都知周文质、西上閤门使薛昭廓以及户部、度支、盐铁三部副使，分别罚铜二十斤；前三司使李谘罢免枢密院直学士官职，依旧任洪州知州。皇祐三年，计算茶价依旧使用现钱。到嘉祐四年二月五日，仁宗下诏废除茶禁。

注释

❶乾德二年：公元964年。

❷建州：治所在今福建建瓯。汉：汉阳军，治所在今湖北汉阳。蕲（qí）口：在今湖北黄冈蕲春蕲州镇。榷货务：宋代设立的管理贸易和税收的机构。

❸从不应为情理重：法律用语，指违法卖私茶按情节严重条款从重处罚。

❹太平兴国二年：公元977年。

❺淳化二年：公元991年。

❻贴射：商人向经官验定的园户采购茶叶，须向官府缴纳一定数额的税收。

❼淳化四年：公元993年。

❽交引：商人入纳粮草换取茶叶等物的价格凭证。

❾通利军：治所在今河南鹤壁浚县东。

❿咸平元年：公元998年。

⓫嘉祐三年：公元1058年。

⓬咸平五年：公元1002年。

⓭王嗣宗（944—1021）：字希阮，汾州（今山西汾阳）人。开宝八年（975）状元，历京西、河北、河东转运使，咸平四年（1001）充三司户部使，改盐铁使。累官至枢密副使，谥景庄。

⑭景德二年：公元1005年。

⑮祥符九年：大中祥符九年（1016）。

⑯曹玮（973—1030）：字宝臣，灵寿（今属河北）人。开国名将曹彬子，历知渭州、镇戎军，除泾原路都钤辖。大中祥符八年（1015），知秦州。官至签书枢密院事。

⑰饶钱：以损耗等各种名目增加的利钱。

⑱天禧二年：公元1018年。

⑲镇戎军：治所在今宁夏固原。

⑳乾兴元年：公元1022年。

㉑天圣元年：公元1023年。

㉒黄晚恶茶：发黄及晚出的劣质茶。

㉓孙奭（962—1033）：字宗古，博州博平（今属山东聊城）人。历国子监直讲、左谏议大夫，天圣三年（1025）为翰林侍读学士、知制诰，请罢贴射法。迁兵部侍郎，以太子少傅致仕。

㉔勾覆官：三司官吏。勾，原作"计"，据《宋史·职官志二》改。勾献：天圣中为三司勾覆官，坐私交茶商被流放沙门岛。勾，原作"旬"，据《宋史·李谘传》改。

㉕沙门岛：在今山东蓬莱西北海中，宋时为流放罪犯之地。

㉖张邓公：张士逊（964—1049），字顺之，襄州阴城（今湖北襄阳老河口）人。淳化三年（992）进士，天圣元年（1023）为枢密副使，与参知政事吕夷简、鲁宗道主持计置司议茶税事，复行贴射法。累官刑部尚书、同中书门下平章事，封邓国公。吕许公：吕夷简（979—1044），字坦夫，寿州（今安徽淮南凤台）人。咸平三年（1000）进士，官至宰相，封申国公，改封许国公，谥文靖。鲁肃简：鲁宗道（966—1029），字贯之，亳州谯县（今安徽亳州）人。举进士，官至吏部侍郎、参知政事，谥肃简。

㉗刘筠（971—1031）：字子仪。大名（今属河北）人。咸平元年（998）进士，累迁左司谏、知制诰，进翰林学士。乾兴元年（1022）拜御史中丞。进翰林学士承旨，以龙图阁直学士知庐州，谥文恭。周文质：澶渊之役，其部下射

杀萧挞凛，迁殿头高品，历广州驻泊都监、泾原驻泊都监、鄜延路钤辖，天圣初为入内内侍省副都知。

㉘李谘（982—1036）：字仲询，临江军新喻（今江西新余）人。景德二年（1005）进士，历大理评事、右正言、翰林学士，乾兴初权三司使，奏请变茶法。天圣三年（1025），除枢密直学士、知洪州。官至户部侍郎、知枢密院事，谥宪成。

㉙皇祐三年：公元 1051 年。

㉚嘉祐四年：公元 1059 年。

卷十三

权智

导读

《权智》仅一卷，从字面看，是指随机应变的智慧，其应用范围相当广泛。《笔谈》为我们展示的条目，既有军事中出奇制胜的谋略，也有生产中巧夺天工的智慧，甚至与鸟兽斗智斗勇，与盗贼尔虞我诈，大到为国家消除隐患，小到为患者开通嗓音。总共21条笔记，内容五花八门，其中记军事国防的多达13条，孰轻孰重，不言而喻。本书所选，管中窥豹而已。

《陵州盐井》记载有人巧制雨盘洗井并恢复盐井之利的故事，说明沈括对这类精巧的发明，留意已久。《颡叫子》记述办案人巧借口哨令哑巴出声，因而破案。《智取昆仑关》记载狄青借宴请将士的机会，出奇兵飞夺昆仑关，没有对战斗场面的描写，而浓墨渲染三次夜宴，可见重在“出奇”。《曹玮用兵》则是料敌如神，利用心理战术，一再麻痹敌人，最终获取胜利。《雷简夫移巨石》讲述雷简夫的“权智”在抗洪抢险中发挥了重要作用。《陈升之烧地图》通过陈升之机警地烧掉地图一事，强调了在国防中防微杜渐的重要性。《苏昆长堤》记述在浅水中围筑长堤的成功事例，以草墙拦水取土，修渠筑堤同步进行，一举多得，体现了古代劳动人民的聪明才智。《李允则修城》讲述了在宋辽和平期间，足智多谋的边帅略施小计，既修了城，又没有影响和平大局，因此得到朝廷和百姓的赞许。《摸钟辨贼》记述陈述古利用做贼心虚的道理，巧妙布局，一举破案。《泄水筑堤》记载在汴水即将决堤的危急时刻，侯叔献果断地掘开上游堤坝引水注入废城，转危为安，彰显了他一代治水名臣的风范。《种世衡用奇计》叙述了种世衡用计擒获敌方猛将，并使敌人将帅不和，确保了边境的安稳。

陵州盐井

【原 文】

陵州盐井[1]，深五百余尺，皆石也。上下甚宽广，独中间稍狭，谓之杖鼓腰[2]。旧自井底用柏木为干[3]，上出井口，自木干垂绠而下，方能至水，井侧设大车绞之。岁久井干摧败，屡欲新之，而井中阴气袭人[4]，入者辄死，无缘措手。惟候有雨入井，则阴气随雨而下，稍可施工，雨晴复止。后有人以一木盘[5]，满中贮水，盘底为小窍，酾水一如雨点，设于井上，谓之雨盘，令水下终日不绝。如此数月，井干为之一新，而陵井之利复旧。

【译 文】

陵州有一口盐井，有五百多尺深，井壁全是石头。井的上部、下部都很宽广，只有中部稍窄，称为杖鼓腰。从前用柏木做成井干，自井底直出井口，顺着木桩放下绳索，才能取到盐水，井旁装有大绞车绞动绳索。年代一久，井干朽烂，多次想要更换，但是井中毒气袭人，人一入井就会死，无法施工。只有等到下雨的时候入井，那时毒气随着雨水下沉，才略微可以施工，雨过天晴又得停工。后来有人用一个木盘，里面装满水，盘底凿有小孔，出水像雨点似的洒到井中，安装在井口上，称为雨盘，让水整天不停地洒下。这样经过几个月，井干便更新完毕，陵州盐井的盈利又恢复如前。

注释

❶陵州：治所在今四川眉山仁寿县东。

❷杖鼓：古代打击乐器，两头粗，中间细。

❸干：指立在井中的柏木桩。

❹阴气：指井中的有毒气体。

❺有人：据《宋史·杨佐传》载，发明雨盘的人为陵州推官杨佐。

颡叫子

【原　文】

世人以竹、木、牙、骨之类为叫子[①]，置人喉中吹之，能作人言，谓之颡叫子[②]。尝有病喑者[③]，为人所苦，含冤无以自言。听讼者试取叫子令颡之[④]，作声如傀儡子[⑤]，粗能辨其一二，其冤获申。此亦可记也。

【译　文】

世上的人用竹子、木头、象牙、骨头之类的东西做成哨子，放在人的口中吹，能发出类似人说话的声音，称为颡叫子。曾经有人患了哑病，受到别人欺侮，满怀冤屈却不能自己陈诉。判案的人拿来颡叫子叫他吹，发出的声音如同木偶讲话，大致能辨别一二，因而得以伸冤。这件事也值得记录下来。

注释

❶叫子：口哨。

❷颡（sǎng）：同“嗓”，嗓子，喉咙。

❸喑（yīn）：哑。

❹颡：此处用作动词，使嗓子发音。

❺傀儡子：木偶戏。

智取昆仑关

【原 文】

狄青为枢密副使[1]，宣抚广西[2]，时侬智高守昆仑关[3]。青至宾州[4]，值上元节，令大张灯烛，首夜燕将佐，次夜燕从军官，三夜飨军校[5]。首夜乐饮彻晓。次夜二鼓时，青忽称疾，暂起如内。久之，使人谕孙元规[6]，令暂主席行酒，少服药乃出，数使人劝劳座客。至晓，各未敢退，忽有驰报者云，是夜三鼓，青已夺昆仑矣。

【译 文】

狄青任枢密副使时，奉诏宣抚广西，当时侬智高据守昆仑关。狄青来到宾州，正赶上元宵节，下令军中大张灯火，第一夜宴请高级将领，第二夜宴请次级军官，第三夜犒劳下级军官。第一夜纵酒欢歌，通宵达旦。第二夜到二更时分，狄青忽然推说有病，即刻起身进入内帐。过了很久，派人告诉孙元规，让他暂代主持宴席，自己服些药就出来，又频频派人向座客劝酒慰劳。到第三天拂晓，军官们都不敢离席，忽然有快马传信说，当晚三更时分，狄青已经夺取了昆仑关。

注 释

❶狄青（1008—1057）：字汉臣，汾州西河（今山西汾阳）人。皇祐四年（1052），自鄜延经略使、知延州除枢密副使，改宣徽南院使、荆湖北路宣抚使、提举广南东西路经制贼盗事。累官至枢密使，谥武襄。

❷宣抚广西：指狄青于皇祐四年（1052）十月奉诏至广西安抚军民、处置侬智高事宜。

❸侬智高（1025—1055）：广西广源州一带的壮族首领，北宋时期，先后建立大历国、南天国、大南国。皇祐四年（1052）起兵攻占邕州，次年为狄青所

败，不知所终。昆仑关：在今广西南宁东北昆仑山上。

❹宾州：治所在今广西南宁宾阳。

❺飨（xiǎng）：宴请，此指以酒食犒劳将士。

❻孙元规：孙沔（996—1066），字元规，会稽山阴（今浙江绍兴）人。天禧三年（1019）进士。皇祐四年（1052）为湖南、江西安抚使，改广南东西路安抚使，迁给事中。次年，以征侬智高功召为枢密副使。英宗时，以资政殿学士知河中府，改知庆州，卒谥威敏。

曹玮用兵

【原 文】

曹南院知镇戎军日[①]，尝出战小捷，虏兵引去。玮侦虏兵去已远，乃驱所掠牛羊辎重[②]，缓驱而还，颇失部伍[③]。其下忧之，言于玮曰："牛羊无用，徒縻军[④]，不若弃之，整众而归。"玮不答，使人候[⑤]。虏兵去数十里，闻玮利牛羊而师不整，遽还袭之。玮愈缓，行得地利处，乃止以待之。虏军将至，迎使人谓之曰："蕃军远来，必甚疲。我不欲乘人之怠，请休憩士马，少选决战。"虏方苦疲甚，皆欣然，

【译 文】

曹玮主政镇戎军时，曾经出战获得小胜，敌军退去。曹玮察知敌军已走了很远，于是下令带着缴获的牛羊和辎重车辆，缓缓地往回走，队伍因此很不齐整。部下很担忧，对曹玮说："牛羊没有用，白白拖累了部队，不如放弃牛羊，整顿队伍赶回去。"曹玮不答应，派人继续侦察敌情。敌军后撤几十里后，听说曹玮贪图牛羊而使队伍散乱，就急忙追击过来。曹玮的队伍越走越慢，走到地形有利处，就下令停下来等待敌军。敌军快要接近时，曹玮派人去对他们说："蕃军远来，想必很疲乏了。我不想趁你们疲倦的时候进攻，请让将士战马休息一下，等一会儿再决战。"敌军正苦于非常疲劳，就欣然应允，保持队形就地休

严军歇[6]。良久，玮又使人谕之："歇定可相驰矣。"于是各鼓军而进，一战大破虏师，遂弃牛羊而还。徐谓其下曰："吾知虏已疲，故为贪利以诱之。比其复来，几行百里矣，若乘锐便战，犹有胜负。远行之人，若小憩，则足痹不能立，人气亦阑[7]。吾以此取之。"

息。过了好久，曹玮又派人去说："休息好了，可以开战了。"于是各自击鼓列队向前，一个回合就大破敌军，于是抛弃牛羊而回。他缓缓地对部下说："我知道敌军已经很疲劳，所以假装贪图小利来引诱他们。等他们重新赶来时，几乎走了近百里路，如果敌人趁着士气旺盛的时候决战，胜负还很难说。长途奔走的人，如果稍事休息，就会两腿酸软站不起来，士气也随之消失，我因此打败了敌人。"

注释

❶曹南院：曹玮（973—1030），字宝臣。历知渭州，景德元年（1004），移知镇戎军。天禧四年（1020），除宣徽北院使，签书枢密院事。丁谓执政，改宣徽南院使，卒谥武穆。镇戎军：治所在今甘肃固原。

❷辎重：指军用器械、粮草等。

❸部伍：军队的编制单位，队伍。

❹縻军：牵制军队。

❺候：侦察。

❻严军：整顿队伍。

❼阑：衰退。

雷简夫移巨石

【原 文】

陕西因洪水下大石，塞山涧中，水遂横流为害。石之大有如屋者，人力不能去，州县患之。雷简夫为县令[1]，乃使人各于石下穿一穴，度如石大，挽石入穴窖之，水患遂息也。

【译 文】

陕西因洪水冲下大石头，堵塞了山间溪流，水因此横流成灾。有的石头就像一间屋子那样大，人力搬不动，州县官员十分担忧。雷简夫担任县令，就让人在巨石前面分别挖坑，坑的大小和石头差不多，然后把石头拉进坑中，水患就平息了。

注 释

❶雷简夫（1001—1067）：字太简，同州郃阳（今陕西渭南合阳）人。京兆府布衣，杜衍荐为校书郎，历秦州观察判官，知坊、简、雅、虢、同州，迁职方员外郎。其在雅州，曾向欧阳修推荐“三苏”父子。而史不载其为县令事。

陈升之烧地图

【原 文】

熙宁中，高丽入贡，所经州县，悉要地图，所至皆造送，山川道路、形势险易，无不备载。至扬州，牒州取地

【译 文】

熙宁年间，高丽国进贡，沿途经过州县，都索要地图，所到之处也都绘图相赠，对山川道路以及地形的险要平坦，全都有记载。到了扬州，又

图[1]。是时丞相陈秀公守扬[2]，绐使者[3]："欲尽见两浙所供图，仿其规模供造。"及图至，都聚而焚之，具以事闻。

行文索要地图。当时丞相陈升之镇守扬州，哄骗使者说："我想看看两浙路提供的所有地图，以便参照规模绘制。"等图送来后，就聚集起来烧了，并将此事上报朝廷。

注释

❶牒：行文。

❷陈秀公：陈升之（1011—1079），原名旭，字旸叔，建州建阳（今属福建南平）人。景祐元年（1034）进士，历知封州、汉阳军，累迁枢密副使。熙宁元年（1068）任枢密使，与王安石共商变法，拜相。后又为枢密使，熙宁八年（1075）罢为镇江军节度使、同平章事、判扬州，封秀国公，谥成肃。

❸绐（dài）：哄骗。

苏昆长堤

【原文】

苏州至昆山县凡六十里[1]，皆浅水，无陆途[2]，民颇病涉，久欲为长堤。但苏州皆泽国，无处求土。嘉祐中，人有献计，就水中以籧篨、刍稿为墙[3]，栽两行，相去三尺。去墙六丈，又为一墙，亦如此。漉水中淤泥实籧篨中，候干，则以水车汱去两墙

【译文】

苏州到昆山县总共六十里，都是浅水滩，没有陆路，百姓苦于涉水，早就想修筑长堤了。但苏州四周都是水乡，没有地方取土。嘉祐年间，有人建议，在水中用芦席或干草做成墙，排立两行，中间相距三尺。离墙六丈，和之前一样，再做一堵草墙。然后捞起水中淤泥填到芦席草墙中，等淤泥干了，再用

之间旧水[4]，墙间六丈皆土，留其半以为堤脚，掘其半为渠，取土以为堤。每三四里则为一桥，以通南北之水。不日堤成，至今为利。

水车抽干两道墙中间的积水，这样，墙中间六丈宽的地方就都是泥土了。留一半作为堤基，另一半挖成水渠，挖出的土用来筑堤。每隔三四里修造一座桥，以沟通南北的水流。不久堤就修好了，至今还带来便利。

注释

❶昆山县：今江苏昆山。

❷陆途：陆路。

❸籧篨（qúchú）：用芦苇或竹编成的粗席。刍稿：干草。

❹汱（quǎn）："汱"的讹字，指戽水，本义为汲水灌田，此处指抽积水。

李允则修城

【原文】

李允则守雄州[1]，北门外民居极多，城中地窄，欲展北城。而以辽人通好，恐其生事。门外旧有东岳行宫[2]，允则以银为大香炉，陈于庙中，故不设备。一日，银炉为盗所攘[3]，乃大出募赏，所在张榜捕贼甚急。久之不获，遂声言庙中屡遭寇，课夫筑墙围之[4]，

【译文】

李允则镇守雄州时，城北门外的居民很多，由于城中土地狭窄，所以他打算扩展北城。但当时与辽国通好，他担心扩建城池会生出事端。北门外原来就有东岳庙，于是李允则用白银铸造了一个大香炉，陈放在庙中，故意不派人守卫。有一天，银炉被盗走，他就出了很高的赏钱，并四处张榜缉捕盗贼。过了很久也没有抓获盗贼，于是声称庙中多次被盗，便征集民工筑墙围庙，其实是

其实展北城也。不逾旬而就，虏人亦不怪之。则今雄州北关城是也。大都军中诈谋，未必皆奇策，但当时偶能欺敌，而成奇功。时人有语云："用得着，敌人休；用不着，自家羞。"斯言诚然。

在拓展北城。不到十天就修成了，辽人也没有怪罪。这就是现在的雄州北关城。大多数军中的诈谋，不一定都是出人意料的计策，只要当时能够蒙蔽敌人，就能建成奇功。当时的谚语说："用得着，敌人休；用不着，自家羞。"这句话实在说得不错。

注释

❶李允则（953—1028）：字垂范，太原盂县（今属山西）人。以父荫补衙内指挥使，历知潭州、沧州，景德二年（1005）知雄州，徙知镇州、潞州，屡镇边地，颇有建树。仁宗即位，领康州防御使。雄州：治所在今河北保定雄县。

❷东岳行宫：东岳庙。

❸攘（rǎng）：偷盗。

❹课夫：征集民工。

摸钟辨贼

【原文】

陈述古密直知建州浦城县日[①]，有人失物，捕得莫知的为盗者[②]。述古乃绐之曰："某庙有一钟，能辨盗，至灵。"使人迎置后阁祠之，引群囚立钟前，自陈不为盗

【译文】

枢密院直学士陈襄担任建州浦城知县时，有人家里失窃，抓到一些嫌疑人，但不知究竟谁是盗贼。陈襄就骗他们说："某座庙里有一口钟能辨认盗贼，十分灵验。"于是派人把钟抬到后屋中供起来，带着抓来的人站到钟前，亲自解释说，没

者摸之则无声，为盗者摸之则有声。述古自率同职祷钟甚肃，祭讫，以帷围之，乃阴使人以墨涂钟。良久，引囚逐一令引手入帷摸之，出乃验其手，皆有墨，唯有一囚无墨。讯之，遂承为盗，盖恐钟有声，不敢摸也。此亦古之法，出于小说。

有偷盗的人摸钟，钟不会发声；偷盗的人摸钟，钟就会发出声音。他又亲自领着同僚，恭敬严肃地向钟祈祷，祭祀完毕，用帷幕将钟罩住，又暗中让人将墨汁涂在钟上。过了很久，带着抓来的人让他们逐一把手伸入帷幕摸钟。出来后就检查他们的手，手上都有墨迹，只有一个嫌疑犯没有。于是审讯这个人，他就承认是盗贼了，原来他害怕钟会发出响声，所以不敢摸。这也是古代用过的方法，出自小说的记载。

注释

❶陈述古：陈襄（1017—1080），字述古，又称古灵先生，侯官（今福建福州）人。庆历二年（1042）进士，调建州浦城主簿，摄县令。历知常州，入为三司盐铁判官。神宗朝除知制诰兼直学士院，累官枢密院直学士，知审官东院，兼判尚书省，有知人之誉。密直：枢密院直学士的简称。

❷的（dí）：究竟。

泄水筑堤

【原 文】

熙宁中，濉阳界中发汴堤淤田[①]，汴水暴至，堤防颇坏陷，将毁，人力不可制。都水丞侯叔献时莅其役[②]，相视其上数十里有一古城，急

【译 文】

熙宁年间，濉阳地界掘开河堤引汴水冲刷淤泥改造农田，汴水突然暴涨，堤坝受损严重，即将垮塌，人力无法控制。都水丞侯叔献当时亲临现场指挥施工，察看到上游几十里处有一座古城，就下令赶紧

发汴堤[3]，注水入古城中，下流遂涸，急使人治堤陷。次日，古城中水盈，汴流复行，而堤陷已完矣。徐塞古城所决，内外之水，平而不流，瞬息可塞。众皆伏其机敏。

挖开汴河堤坝，引水注入古城，于是下游水位降低很多，当即派人修复塌陷的河堤。第二天，古城灌满了水，汴水又流回河道，而河堤已经修好了。于是慢慢地堵住古城一带的河堤决口，因为河堤内外的水位持平，水流不急，瞬间就能堵住。大家都很佩服侯叔献的机敏。

注释

❶濉（suī）阳：指睢阳，今河南商丘。淤田：用水将淤泥引入农田。

❷侯叔献（1023—1076）：字景仁，宜黄（今属江西）人。庆历六年（1046）进士。熙宁三年（1070）为太常博士，权都水监丞，专提举沿汴淤溉民田，累官工部郎中。

❸发：掘开。

种世衡用奇计

【原 文】

宝元中，党项犯边，有明珠族首领骁悍，最为边患。种世衡为将[1]，欲以计擒之。闻其好击鼓，乃造一马持战鼓，以银裹之，极华焕，密使谍者阳卖之入明珠族[2]。后乃择骁卒数百人，戒之曰：

【译 文】

宝元年间，党项人侵犯边境，其中有明珠族首领骁勇剽悍，成为边境上最大的威胁。种世衡为戍边主将，打算设计将他抓获。听说他喜欢击鼓，于是造了一面在马背上手持的战鼓，用银装饰四周，特别光彩耀眼，暗中派间谍故意卖到了明珠族。随后，他挑选几百个英勇善战的士兵，叮嘱他们说：“凡是看

"凡见负银鼓自随者，并力擒之。"一日，羌酋负鼓而出，遂为世衡所擒。又，元昊之臣野利[3]，常为谋主，守天都山，号天都大王，与元昊乳母白姥有隙。岁除日，野利引兵巡边，深涉汉境数宿。白姥乘间乃谮其欲叛，元昊疑之。世衡尝得蕃酋之子苏吃曩，厚遇之，闻元昊尝赐野利宝刀，而吃曩之父得幸于野利，世衡因使吃曩窃野利刀，许之以缘边职任、锦袍、真金带。吃曩得刀以还，世衡乃唱言野利已为白姥谮死[4]，设祭境上，为祭文，叙岁除日相见之欢。入夜，乃火烧纸钱，川中尽明。虏见火光，引骑近边窥觇[5]。乃佯委祭具，而银器凡千余两悉弃之。虏人争取器皿，得元昊所赐刀，及火炉中见祭文已烧尽，但存数十字。元昊得之，又识其所赐刀，遂赐野利死。野利有大功，死不以罪。自此君臣猜贰，以至不能军。平夏

到身背银鼓的人，就合力抓他回来。"一天，明珠族首领背着银鼓出来，于是就被种世衡擒获了。还有一件事，元昊的大臣野利，常为元昊参谋，他驻守在天都山，号称天都大王，和元昊的乳母白姥不和。除夕那天，野利率兵巡查边境，深入汉人境内好几天，白姥乘机向元昊诬告野利谋反，元昊于是对他起了疑心。种世衡曾经收留了某部落酋长的儿子苏吃曩，并且对他很好，听说元昊赐给野利一把宝刀，苏吃曩的父亲又一直得到野利的偏爱，种世衡就指使吃曩去窃取野利的宝刀，答应事成之后让他在边区做官，并送给他锦袍和真金带。吃曩偷回宝刀后，种世衡随即借口说，野利被白姥进谗言害死，就在边境上设祭，撰写祭文，叙述除夕那天相见时的欢乐情景。到晚上，就用火焚烧纸钱，把整个河谷都照亮了。元昊的士兵见到火光，就派骑兵到边境周围暗中察看。于是种世衡假装丢下祭奠品，连带几千两银器都抛弃不管了。元昊的兵士争抢器皿，发现了元昊赐给野利的宝刀，又到火炉前察看，看到祭文已烧尽，只剩下几十个字。元昊见到这些东西，又认出了他赐给野利的宝刀，就命令野利自杀。野利因为有大功，死不认罪。从此君臣之间相互猜疑，以致军心涣散。在平定西夏的

之功，世衡计谋居多，当时人未甚知之。世衡卒，乃录其功，赠观察使。

战役中，种世衡的计谋用得最多，当时人们对此并不很了解。直到种世衡死后，才追录他的功劳，封赠他为观察使。

注释

❶种世衡（985—1045）：字仲平，洛阳（今属河南）人。以叔父种放荫入仕，官至环庆路兵马钤辖。

❷谍者：间谍。阳：假装。

❸元昊：李元昊（1003—1048），别名曩霄，党项族首领，西夏国建立者，庙号景宗，谥号武烈皇帝。野利：指西夏名将野利遇乞，党项族野利部人。与兄野利旺荣分掌左右厢兵马，驻天都山，号称天都王。以能征善战被宋视为心腹之患，后被种世衡用计离间而致死。

❹谮（zèn）：谗言，诬陷。

❺窥觇（chān）：暗中察看。

卷十四

艺文一

导读

《艺文》共三卷，主要谈论与文学相关的内容，其中大部分与诗学相关，明王圻编《续文献通考》著录有《沈存中诗话》，此书未见传本，很可能是后人据《笔谈·艺文》掇拾而成。

《郭索钩辀》记载新颖而对仗工整的诗句引发了沈括的浓厚兴趣，他引经据典，为作训诂。《相错成文》则探讨错综成文的修辞语法，信手拈来，举一反三，可见其博学强记的功力。《月锻月炼》以崔护诗为例，说明唐人作诗讲求意境美，而不是局限于字句的月锻月炼。沈括对晚唐诗及后来的江西诗派，可能是有一定的看法。《右文说》力主以声为义的右文说，是对传统文字学的重大突破，对清代因声求义的研究方法可能也有启迪之功。《不懂〈孟子〉》记载王子韶咬文嚼字、断章取义的事情，对其以此为难别人的举动，不知是欣赏，还是有微词？《记事工拙》记古文运动开始时，还难以摆脱旧文晦涩的弊病，可见初创难工，古今皆同。《集句诗》记载这种诗体的缘起，并且在宋以后，这种诗体渐渐流行开来，自有其存在的道理。《女诗人佳句》记录李姓少女的两首诗，写得清新而有情致。

郭索钩辀

【原 文】

欧阳文忠常爱林逋诗“草泥行郭索，云木叫钩辀”之句[①]，文忠以为语新而属对亲切[②]。钩辀，鹧鸪声也。李群玉诗云[③]：“方穿诘曲崎岖路，又听钩辀格磔声。”郭索，蟹行貌也。扬雄《太玄》曰[④]：“蟹之郭索，用心躁也。”

【译 文】

欧阳修喜爱林逋诗中“草泥行郭索，云木叫钩辀”的句子，认为语意新颖而对仗贴切。钩辀，是鹧鸪的叫声。李群玉的诗句：“方穿诘曲崎岖路，又听钩辀格磔声。”郭索，是螃蟹行走的样子。扬雄的《太玄》说：“螃蟹郭索，是用心浮躁的缘故。”

注 释

❶欧阳文忠：欧阳修（1007—1072），累官参知政事，谥文忠。北宋文坛泰斗，古文运动的倡导者，好提携后进，曾巩、王安石、司马光、三苏父子等均出其门。林逋（967—1028）：字君复，杭州钱塘（今浙江杭州）人。隐居杭州西湖，以诗知名。仁宗赐谥号和靖先生。

❷欧阳修《归田录》引这两句诗，说：“颇为士大夫所称。”

❸李群玉（808—862）：字文山，澧州（今属湖南）人。献诗唐宣宗，得授弘文馆校书郎，后辞官家居。有《李群玉诗集》。“方穿诘曲崎岖路，又听钩辀格磔声”二句出自《九子坡闻鹧鸪》。

❹扬雄（前53—18）：字子云，成都（今属四川）人。著名文学家、哲学家。著有《太玄》《法言》等。《太玄》：又称《太玄经》，仿《周易》体例，以“玄”为最高范畴，是扬雄哲学思想的代表作。

相错成文

【原 文】

韩退之集中《罗池庙碑铭》有“春与猿吟兮，秋与鹤飞”[①]。今验石刻，乃“春与猿吟兮，秋鹤与飞”。古人多用此格[②]，如《楚词》“吉日兮辰良”，又“蕙肴烝兮兰藉，奠桂酒兮椒浆”。盖欲相错成文，则语势矫健耳。杜子美诗[③]：“红稻啄余鹦鹉粒，碧梧栖老凤凰枝[④]。”此亦语反而意全。韩退之《雪》诗“舞镜鸾窥沼，行天马度桥”，亦效此体，然稍牵强，不若前人之语浑成也。

【译 文】

韩愈集中《柳州罗池庙碑》有“春与猿吟兮，秋与鹤飞”之句，现在与石刻本对照，却是“春与猿吟兮，秋鹤与飞”。古人常用这种修辞格式，如《楚辞》有“吉日兮辰良”，又有“蕙肴烝兮兰藉，奠桂酒兮椒浆”。大概是用上下词语交错成文，以便句势更加矫健。杜甫诗有“红稻啄余鹦鹉粒，碧梧栖老凤凰枝”，这也是用词颠倒而语意圆全。韩愈的《雪》诗“舞镜鸾窥沼，行天马度桥”，也是仿效这种格式，但是稍微有些牵强，不像前人语句浑然天成。

注 释

❶韩退之：韩愈（768—824），字退之，世称昌黎先生，河阳（今河南焦作孟州）人。唐朝著名文学家、思想家。贞元八年（792）进士，历监察御史、中书舍人、刑部侍郎，因谏迎佛骨一事被贬为潮州刺史。晚年官至吏部侍郎，人称“韩吏部”。谥号文，故又称“韩文公”。著有《韩昌黎集》。《罗池庙碑铭》：《韩昌黎集》题作《柳州罗池庙碑》。

❷此格：指修辞手法，通过变换语词顺序，使表达方式更加富于变化，即下文所说“相错成文，则语势矫健”。

❸杜子美：杜甫（712—770），字子美，自号少陵野老，河南巩县（今河南郑州巩义）人。与李白合称“李杜”，又称“诗圣”。安史之乱后，被授左拾遗。入蜀，严武表荐为检校工部员外郎。因称杜拾遗、杜工部、杜少陵。有《杜工部集》。

❹“红稻”二句：见杜甫《秋兴八首》之八，“红稻”，《杜工部集》作“香稻”。

月锻月炼

【原 文】

诗人以诗主人物，故虽小诗，莫不埏蹂极工而后已[①]。所谓旬锻月炼者，信非虚言。小说，崔护《题城南》诗[②]，其始曰：“去年今日此门中，人面桃花相映红。人面不知何处去，桃花依旧笑春风。”后以其意未全，语未工，改第三句曰“人面只今何处在”。至今所传此两本，唯《本事诗》作“只今何处在”[③]。唐人工诗，大率多如此，虽有两“今”字，不恤也[④]，取语意为主耳。后人以其有两“今”字，只多行前篇。

【译 文】

诗人用诗来表现人物，因此即使是小诗，也无不反复锤炼修改，极其工巧而后罢休。所谓十日锻击一月锤炼，的确不是虚妄之言。小说记载崔护《题城南》诗，最初作：“去年今日此门中，人面桃花相映红。人面不知何处去，桃花依旧笑春风。”后来因为诗意不完整，词语不工巧，改第三句作“人面只今何处在”。到现在流传下来的两种本子，只有《本事诗》作“只今何处在”。唐人工于作诗，大多如此，即使有两个“今”字，也不顾忌，因为作诗以意境为主。后人因为它有两个“今”字，流行的多是前一版本的诗篇。

注释

❶埏（shān）蹂：指反复修改、锤炼诗文。

❷崔护（772—846）：字殷功，唐代博陵（今河北保定定州）人。贞元十二年（796）进士，历任京兆尹、御史大夫、广南节度使。其《题都城南庄》一诗，虽出小说家言，但流传最广，脍炙人口。《题城南》：唐孟棨撰《本事诗》以及《太平广记》记崔护事，只说“因题诗于左扉”，《笔谈》记作“题城南”，至南宋洪迈《万首唐人绝句》选此诗，始题作“题都城南庄”。

❸《本事诗》：唐孟棨撰，记唐朝诗人逸事，也记载了许多优美诗篇。

❹不恤：不顾。

右文说

【原文】

王圣美治字学[1]，演其义以为右文[2]。古之字书，皆从左文。凡字，其类在左[3]，其义在右[4]。如木类，其左皆从“木”。所谓右文者，如“戋”，小也，水之小者曰“浅”，金之小者曰“钱”，歹而小者曰“残”[5]，贝之小者曰“贱”[6]。如此之类，皆以“戋”为义也。

【译文】

王子韶研究文字学，推演文字的规律，创立了右文说。古时的字书，字义都从左边的部首。大凡汉字，其类别在左边，而字义就在右边。比如树木一类的字，其左都从“木”。所谓右文，如“戋”是小的意思，小的水流叫“浅”，小的金叫“钱”，小的骨头叫“残”，小的贝壳叫“贱”。像这样的一类字，都以“戋”表达意义。

注释

❶王圣美：王子韶，字圣美，太原（今属山西）人。中进士，王安石引入条例司，擢监察御史里行。累官太常少卿，进秘书监，赠显谟阁待制。著有《字说》20卷。

❷右文：指右旁兼声义的形声汉字。

❸类：指意符，代表字义的类别。

❹义：指汉字的具体意义。

❺歹：指去肉的残骨。

❻贝：古代货币。

不懂《孟子》

【原 文】

王圣美为县令时，尚未知名，谒一达官，值其方与客谈《孟子》，殊不顾圣美，圣美窃哂其所论[①]。久之，忽顾圣美曰："尝读《孟子》否？"圣美对曰："生平爱之，但都不晓其义。"主人问："不晓何义？"圣美曰："从头不晓。"主人曰："如何从头不晓？试言之。"圣美曰："'孟子见梁惠王'，已不晓此语。"达官深讶之，曰："此有何奥义？"圣美

【译 文】

王子韶担任县令的时候，还不出名，去拜见一位达官，正碰上他与客人谈论《孟子》，全然不顾王子韶，王子韶暗自讥笑他们的谈论内容。过了很久，达官忽然回头对王子韶说："你也读过《孟子》吗？"王子韶回答说："我平生就喜爱它，只是完全不明白其中的意思。"主人问道："什么地方不明白？"王子韶说："从头就不明白。"主人说："怎么从头就不明白？说来听听。"王子韶说："'孟子见梁惠王'，就已经不明白了。"达官非常惊讶，说："这有什么深奥的道理呢？"王子

曰："既云孟子'不见诸侯'，因何见梁惠王？"其人愕然无对。

韶说："既然说孟子'不见诸侯'，为何去见梁惠王呢？"达官惊愕得无言以对。

注释

❶哂（shěn）：讥笑。

记事工拙

【原文】

往岁士人多尚对偶为文，穆修、张景辈始为平文[①]，当时谓之古文。穆、张尝同造朝，待旦于东华门外，方论文次，适见有奔马，践死一犬，二人各记其事，以较工拙。穆修曰："马逸[②]，有黄犬遇蹄而毙。"张景曰："有犬死奔马之下。"时文体新变，二人之语皆拙涩，当时已谓之工，传之至今。

【译文】

往年士人大多崇尚讲究对偶的骈文，穆修、张景等人开始创作散文，当时称为古文。穆修、张景曾经一同上朝，在东华门外等待天明，正讨论文章的时候，恰巧见到有飞奔的马踏死了一条狗，两人分别记录此事，相约一较高下。穆修写道："马逸，有黄犬遇蹄而毙。"张景写道："有犬死奔马之下。"那时文体刚有变化，两人的语句都古拙艰涩，当时已称作工整，一直流传至今。

注释

❶穆修（979—1032）：字伯长，郓州（今属山东）人。赐进士出身，调泰州司理参军。终蔡州文学参军。尝刻韩愈、柳宗元文集，鬻于东京大相国寺。有

人说北宋古文，始于穆修。张景（970—1018）：字晦之，从学于柳开，有盛名。平文：区别于骈文的散文。

❷马逸：马脱缰狂奔。

集句诗

【原文】

古人诗有“风定花犹落”之句[①]，以谓无人能对。王荆公以对“鸟鸣山更幽”[②]。“鸟鸣山更幽”本宋王籍诗[③]，元对“蝉噪林逾静，鸟鸣山更幽”，上下句只是一意。“风定花犹落，鸟鸣山更幽”，则上句乃静中有动，下句动中有静。荆公始为集句诗，多者至百韵，皆集合前人之句，语意对偶，往往亲切过于本诗。后人稍稍有效而为者。

【译文】

古人诗有“风定花犹落”的句子，认为没有人能对得上。王安石用“鸟鸣山更幽”来对。“鸟鸣山更幽”本来是南朝宋王籍的诗，原来的对仗是“蝉噪林逾静，鸟鸣山更幽”，上下句只是一种意思。“风定花犹落，鸟鸣山更幽”，却是上句静中有动，下句动中有静。王安石开始作集句诗，长的达到百句，都是汇集前人的句子，句意对仗，往往紧密贴切，超过原作。后来有人开始模仿他作集句诗。

注释

❶风定花犹落：南朝谢贞诗句。谢贞，字元正，陈郡阳夏（今河南周口太康）人，谢安九世孙。

❷王荆公：指王安石（1021—1086），神宗朝官至宰相，封荆国公。

❸王籍：字文海，琅琊临沂（今属山东）人。南朝梁诗人，《梁书》有传。沈括盖以其祖王远归之于南朝宋，有误。

女诗人佳句

【原 文】

毗陵郡士人家有一女[1]，姓李氏，方年十六岁，颇能诗，甚有佳句，吴人多得之。有《拾得破钱》诗云："半轮残月掩尘埃，依稀犹有开元字。想得清光未破时，买尽人间不平事。"又有《弹琴》诗云："昔年刚笑卓文君，岂信丝桐解误身。今日未弹心已乱，此心元自不由人。"虽有情致，乃非女子所宜。

【译 文】

毗陵郡的士人家中有一个女子，姓李，年方十六岁，很会写诗，有不少佳句，吴地很多人都有她的诗。她有《拾得破钱》诗说："半轮残月掩尘埃，依稀犹有开元字。想得清光未破时，买尽人间不平事。"又有《弹琴》诗说："昔年刚笑卓文君，岂信丝桐解误身。今日未弹心已乱，此心元自不由人。"诗虽然有情致，但并不是女子所应有的。

注释

❶毗陵郡：今江苏常州。

卷十五

艺文二

导读

本卷内容比较博杂，大抵也与诗文有关，而探讨音韵学的有好几条，这与沈括在宋代较早研究音韵之学有一定关系，如他对反切的研究，认为反切虽出西域，但古已有之，并举了一些例子，可见他对这些问题早有所思考。

《龙龛手镜》介绍该书的流传过程，涉及辽宋间的政治文化政策，颇有意思。《鹳雀楼诗》记录了三首名篇，畅诸、王之涣二诗，司马光《续诗话》也曾拈出，而后人摘引，大多出自《笔谈》，可见其影响。《海陵王墓铭》载沈括少年时偶得石本，其文为《谢朓集》漏载，于是记录在案，可见其留心文献，自小已养成良好习惯。《推挽后学》记述王向因一通判词而受到欧阳修赏识的故事，王向因文章知名，备受曾巩、苏颂等人赞赏。《宋史》将他列入《儒林传》，转录其所作《公默先生传》，而于生平事迹则多漏略，反不及《笔谈》所记，大约是各有侧重吧。

龙龛手镜

【原文】

幽州僧行均集佛书中字为切韵训诂[1]，凡十六万字，分四卷，

【译文】

幽州僧行均辑录佛经中的字，为它们注音、释义，一共有十六万字，

号《龙龛手镜》，燕僧智光为之序，甚有词辩。契丹重熙二年集[2]。契丹书禁甚严，传入中国者法皆死。熙宁中，有人自虏中得之，入傅钦之家[3]。蒲传正帅浙西[4]，取以镂板。其序末旧云“重熙二年五月序”，蒲公削去之。观其字音韵次序，皆有理法，后世殆不以其为燕人也。

分为四卷，题作《龙龛手镜》。辽燕京僧人智光为作序，通达义理。契丹国重熙二年成书。契丹的书禁很严格，将书传入中原依法全要处死。熙宁年间，有人从辽国得到此书，流传到傅尧俞家。蒲宗孟主政浙西，取来刻版印行。书序的末尾原来称“重熙二年五月序”，蒲公将它删去。考察书中字的音韵次序，都有道理规则，后世大概不会认为作者是燕人吧。

注释

❶行均：俗姓于，字广济，辽代蔚州金河寺僧人。谙熟音韵，精于字书，编著《龙龛手镜》以便僧徒领悟佛经，约成书于辽统和十五年（997）。

❷重熙二年：公元1033年。集：编集成书。《龙龛手镜》成书当在辽圣宗耶律隆绪统和十五年（997），沈括所见或为重刊本，而误以重刊时间为成书时间。

❸傅钦之：傅尧俞（1024—1091），字钦之，郓州须城（今山东东平）人。庆历二年（1042）进士。治平间为右司谏，出使契丹还，除侍御史知杂事。熙宁三年（1070），权盐铁副使，后以反对新法被贬。哲宗朝累官给事中、中书侍郎。谥献简。

❹蒲传正：蒲宗孟（1028—1093），字传正，阆州新井（今属四川）人。皇祐五年（1053）进士，调夔州观察推官。熙宁七年（1074），察访荆湖两路。累官至尚书左丞，出知汝州。元祐二年（1087），知杭州，移郓州。卒谥恭敏。帅浙西：蒲宗孟以执政大臣为杭州帅，在元祐初。

鹳雀楼诗

【原 文】

河中府鹳雀楼[1]，三层，前瞻中条，下瞰大河。唐人留诗者甚多，唯李益、王之涣、畅诸三篇能状其景[2]。李益诗曰："鹳雀楼西百尺墙，汀洲云树共茫茫。汉家箫鼓随流水，魏国山河半夕阳。事去千年犹恨速，愁来一日即知长。风烟并在思归处，远目非春亦自伤。"王之涣诗曰："白日依山尽，黄河入海流。欲穷千里目，更上一层楼。"畅诸诗曰："迥临飞鸟上，高出世尘间。天势围平野，河流入断山。"

【译 文】

河中府鹳雀楼，高三层，前望中条山，下瞰黄河。唐代诗人题诗的很多，只有李益、王之涣、畅诸的三篇写景出色。李益诗说："鹳雀楼西百尺墙，汀洲云树共茫茫。汉家箫鼓随流水，魏国山河半夕阳。事去千年犹恨速，愁来一日即知长。风烟并在思归处，远目非春亦自伤。"王之涣诗道："白日依山尽，黄河入海流。欲穷千里目，更上一层楼。"畅诸诗说："迥临飞鸟上，高出世尘间。天势围平野，河流入断山。"

注 释

❶河中府：治所在今山西永济蒲州。

❷李益（748—829）：字君虞，陇西姑臧（今甘肃武威）人。大历四年（769）进士。历任秘书少监、太子宾客、左散骑常侍，以礼部尚书致仕。王之涣（688—742）：字季陵，绛郡（今山西运城）人。以荫补冀州衡水主簿、莫州文安县尉。畅诸：汝州（今属河南）人。开元间进士，又登书判拔萃科，官至许昌尉。

海陵王墓铭

【原 文】

庆历中，予在金陵，有饔人以一方石镇肉[①]，视之若有镌刻，试取石洗濯，乃宋海陵王墓铭[②]，谢朓撰并书[③]，其字如钟繇[④]，极可爱。予携之十余年，文思副使夏元昭借去[⑤]，遂托以坠水，今不知落何处。此铭朓集中不载，今录于此："中枢诞圣，膺历受命。于穆二祖，天临海镜。显允世宗，温文著性[⑥]。三善有声，四国无竞。嗣德方衰[⑦]，时唯介弟。景祚云及，多难攸启。载骤軨猎，高辟代邸。庶辟欣欣，威仪济济。亦既负扆，言观帝则。正位恭已，临朝渊嘿。虔思宝缔，负荷非克，敬顺天人，高逊明德。西光已谢，东龟又良。龙纛夕俨，葆挽晨锵。风摇草色，日照松光。春秋非我，晚夜何长[⑧]！"

【译 文】

庆历年间，我住在金陵，有厨子用一块方形石板来压肉，看石头上面好像有镌刻的痕迹，就试着取来石头清洗干净，原来是齐海陵王的墓铭，由谢朓撰文并书写。书法像钟繇，极其可爱。我将它带在身边十多年，文思副使夏元昭借了去，就借口说掉入水中，现在不知道流落在何处。这篇铭文，谢朓文集中没有收录，现在抄录在这儿："中枢诞圣，膺历受命。于穆二祖，天临海镜。显允世宗，温文著性。三善有声，四国无竞。嗣德方衰，时唯介弟。景祚云及，多难攸启。载骤軨猎，高辟代邸。庶辟欣欣，威仪济济。亦既负扆，言观帝则。正位恭己，临朝渊嘿。虔思宝缔，负荷非克。敬顺天人，高逊明德。西光已谢，东龟又良。龙纛夕俨，葆挽晨锵。风摇草色，日照松光。春秋非我，晚夜何长！"

注释

❶饔（yōng）人：厨师。

❷宋海陵王："宋"当为"齐"之误。齐海陵王萧昭文（480—494），字季尚，东海兰陵（今山东临沂）人。南朝齐第四任皇帝，在位三月，废为海陵郡王。

❸谢朓（464—499）：字玄晖，陈郡阳夏（今河南太康）人。南朝诗人。

❹钟繇（151—230）：字元常，颍川长社（今河南许昌）人。三国曹魏重臣，位列三公。著名书法家，与王羲之并称"钟王"。

❺文思副使夏元昭：事迹不详。文思副使为武官，属西班诸司使，通常无职掌。

❻著：《东观余论》卷下引石本作"者"。

❼衰：石本作"褰"。

❽晚：石本作"晓"。

推挽后学

【原 文】

欧阳文忠好推挽后学。王向少时为三班奉职[①]，勾当滁州一镇[②]，时文忠守滁州[③]。有书生为学子不行束脩[④]，自往诣之，学子闭门不接。书生讼于向，向判其牒曰："礼闻来学，不闻往教[⑤]。先生既已自屈，弟子宁不少高？盍二物以收威[⑥]，岂两辞而造

【译 文】

欧阳修喜好提携后学。王向年轻时为三班奉职，被派往滁州的一个镇办事，当时欧阳修担任滁州太守。有一个书生因为学生不行拜师礼，便亲自前去见他，学生闭门不接待。书生向王向申诉，王向在诉状上判道："按照礼仪，只听说学生前来就学，没听说先生上门去教。先生既然已经屈尊，学生怎么能不自高呢？何不执行体罚以回收师道尊严，哪里用得着各执一词来对簿公堂！"书生认为王

狱。”书生不直向判，径持牒以见欧公[7]，公一阅，大称其才，遂为之延誉奖进，成就美名，卒为闻人。

向的判决不公正，直接拿着诉状去见欧阳修，欧阳修一读判词，大赞其才，于是对他赞扬推荐，造就他的美名，王向最终成了名人。

注释

❶王向：字子直，号公默，侯官（今福建福州闽侯）人。嘉祐二年（1057）进士，为县主簿。嘉祐七年（1062）卒，苏颂作《祭王秘校文》。三班奉职：为低级武臣阶官。

❷勾当：指勾当公事，后避宋高宗讳改作“干当”，指受长官委派处理各种事务。

❸滁州：今江苏滁州。欧阳修于庆历五年（1045）贬官滁州，建醉翁亭，至八年（1048）徙知扬州。

❹束脩：古代入学敬师的礼物。脩，干肉。

❺礼闻来学，不闻往教：语见《礼记·曲礼》，意谓依照礼法，弟子应当登门求教，为师者不当上门教学。

❻盍二物以收威：化用《礼记·学记》“夏楚二物，收其威也”之句。二物指惩罚失礼者用的楸树条（夏）、荆条（楚）。

❼牒：文书，这里指王向的判词。

卷十六

艺文三

导读

《乌鬼》根据地方文献及自身闻见，对杜甫诗句作出了全新的解释，不仅可备一说，还更加贴近事实。《香奁集》记和凝以所作嫁名为韩偓，遂成千古疑案，宋人虽已指出韩偓自有《香奁集》之事，但和凝混淆视听的真相，终大白于天下，沈氏不为无功。《隐士魏野》记载魏野父子均为隐士，且与朝中权贵交往，清名雅望，诗酒往来，令人叹羡。

乌鬼

【原文】

士人刘克博观异书。杜甫诗有“家家养乌鬼，顿顿食黄鱼”①，世之说者，皆谓夔、峡间至今有鬼户②，乃夷人也，其主谓之鬼主③，然不闻有乌鬼之说。又鬼户者，夷人所称，又非人家所养。克乃按《夔州图经》，称峡中人谓鸬鹚为乌

【译文】

士人刘克博览奇书。杜甫有“家家养乌鬼，顿顿食黄鱼”的诗句，世上注释的人都说，夔州、峡州一带现在还有鬼户，是蛮夷人，他们的首领称为鬼主，但没有听说有乌鬼的说法。而且鬼户只是蛮夷人的称呼，并不是家庭饲养的东西。刘克于是查考《夔州图经》，说住在峡中的人称鸬鹚为乌鬼。蜀人住在水边的都饲养鸬鹚，

鬼[4]。蜀人临水居者，皆养鸬鹚，绳系其颈，使之捕鱼，得鱼则倒提出之，至今如此。予在蜀中，见人家养鸬鹚使捕鱼，信然，但不知谓之乌鬼耳。

用绳子拴住鸬鹚的脖颈，用它们去捕鱼，捕到鱼之后把鸬鹚倒提起来，将鱼吐出来，至今也是这样。我在蜀中时，看见人家养鸬鹚用来捕鱼，确实是这样，但是不知道把鸬鹚称为乌鬼。

注释

❶“家家养乌鬼”二句：见杜甫《戏作俳谐体遣闷》之一。乌鬼有不同说法：一是鸬鹚的别名；二是川俗事奉的鬼神名；三是猪的别名。

❷夔、峡：夔州、峡州，指今重庆奉节至湖北宜昌一带。

❸鬼主：唐宋时期生活在云、贵、川交界处的乌蛮及两爨部落首领，称为鬼主。

❹鸬鹚：俗称鱼鹰、鱼老鸦，黑羽毛，有绿光，长嘴尖有钩，善潜水捕食鱼类。

香奁集

【原文】

和鲁公凝有艳词一编[1]，名《香奁集》。凝后贵，乃嫁其名为韩偓[2]，今世传韩偓《香奁集》，乃凝所为也。凝生平著述，分为《演纶》《游艺》《孝悌》《疑狱》《香奁》《籯金》六集，自为《游

【译文】

和凝有一本艳词集，名字叫《香奁集》。和凝后来显贵了，就托名为韩偓。现在世上流传的韩偓的《香奁集》，便是和凝所作。和凝一生的著述分为《演纶》《游艺》《孝悌》《疑狱》《香奁》《籯金》六集。他所写《游艺集序》中说：“我有《香奁》

艺集序》云："予有《香奁》《籯金》二集，不行于世。"凝在政府，避议论，讳其名，又欲后人知，故于《游艺集》序实之，此凝之意也。予在秀州[③]，其曾孙和惇家藏诸书，皆鲁公旧物，末有印记甚完。

《籯金》二集，没有在世上流传。"和凝在朝廷任要职，想避开别人的议论，因此隐瞒了自己的姓名，但又想要后人知道，于是就在《游艺集序》中讲了实话，这是和凝的本意。我在秀州的时候，和凝的曾孙和惇家里收藏有这些书，都是和凝的遗物，书后面的印记很完整。

注释

❶和鲁公凝：和凝（898—955），字成绩，郓州须昌（今山东东平）人。后梁贞明三年（917）进士，历仕后唐、后晋、辽、后汉、后周等朝，在后晋拜中书侍郎、同中书门下平章事，封鲁国公。

❷韩偓（844—923）：字致光，京兆万年（今陕西西安）人。龙纪元年（889）进士，累官中书舍人，授兵部侍郎、翰林承旨。陈正敏《遁斋闲览》谓韩偓自有《香奁集》，《笔谈》所谓和凝嫁名之说误。

❸予在秀州：沈括于元丰八年（1085）冬徙秀州团练副使，本州安置。

隐士魏野

【原 文】

蜀人魏野隐居不仕宦[①]，善为诗，以诗著名。卜居陕州东门之外，有《陕州平陆县》诗云[②]："寒食花藏院，重阳菊绕湾。一声离岸橹，数点别州山。"最为警句。所居颇萧洒，当世显人多与之游，寇忠愍尤爱之[③]。尝有赠忠愍诗云："好向上天辞富贵，却来平地作神仙。"后忠愍镇北都[④]，召野置门下。北都有妓女，美色而举止生梗，士人谓之"生张八"。因府会，忠愍令乞诗于野，野赠之诗曰："君为北道生张八，我是西州熟魏三。莫怪尊前无笑语，半生半熟未相谙[⑤]。"吴正宪《忆陕郊》诗曰[⑥]："南郭迎天使，东郊访隐人。""隐人"谓野也。野死，有子闲[⑦]，亦有清名，今尚居陕中。

【译 文】

蜀人魏野，隐居不做官，擅长写诗，以诗歌著称。居住在陕州东门外，有《陕州平陆县》诗写道："寒食花藏院，重阳菊绕湾。一声离岸橹，数点别州山。"最是警策动人的佳句。魏野生活得十分潇洒，当时的达官贵人多与他交往，寇准尤其欣赏他。魏野曾有一首写给寇准的诗说："好向上天辞富贵，却来平地作神仙。"后来寇准镇守大名府，便把魏野召到他的门下。大名府有一个妓女，长得很美但举止却生硬倔强，当地人称她为"生张八"。一次州府举行宴会，寇准叫她向魏野求诗，魏野赠她诗说："君为北道生张八，我是西州熟魏三。莫怪尊前无笑语，半生半熟未相谙。"吴充《忆陕郊》诗写道："南郭迎天使，东郊访隐人。""隐人"就是指魏野。魏野死后，有一个儿子叫魏闲，也有好名声，现在仍住在陕中。

注释

❶魏野（960—1020）：字仲先，号草堂居士，原为蜀人，后迁居陕州（今属河南）。自筑草堂于郊野，隐居不仕。一时达官如寇准、王旦均与交好。卒赠秘书省著作郎。著有《草堂集》《巨鹿东观集》。

❷平陆县：宋代属陕州，今属山西，与河南三门峡隔河相望。

❸寇忠愍：寇准（961—1023），字平仲，华州下邽（今陕西渭南）人。宋真宗时同中书门下平章事，封莱国公，谥忠愍。

❹忠愍镇北都：大中祥符二年（1009），寇准在大名府，召魏野至府会，令妓张八乞诗。

❺谙：熟悉。

❻吴正宪：吴充（1021—1080），字冲卿，建州浦城（今属福建）人。谥正宪。

❼闲：魏闲（980—1063），字云夫，魏野子，能诗，隐居不仕。皇祐二年（1050），赐号清逸处士。

卷十七

书画

导读

《书画》一卷，以记述书画艺术为主，或探讨创作手法，或品评艺术作品，或记录书画名家的一得之见，或陈述爱好者的学习心得，林林总总，如入宝库，令人对博大精深的古代书画艺术叹为观止。

《牡丹古画》记载丞相吴育精于赏鉴，善于揣摩古人的笔意。《高益匠心》既是对画工匠心独运、观察细致的赞叹，也展现了笔者对音乐和绘画艺术的精深造诣，千古知音难觅，只有遇到懂得欣赏的人，才不枉原创艺术家的一番苦心。《书画神韵》强调绘画要以意境取胜，而不必一味追求形似，而且通过诗画结合的方式，更容易做到“忘形得意”，求得绘画与评画的妙谛。《马不画毛》从物理的角度，探讨以大为小与以大观小在画艺中的应用，并对李成仰画飞檐的技法进行质疑。《天趣活笔》介绍宋迪的画技及他教人练习“活笔”的方法，生动形象，令人神往。《徐铉小篆》不仅介绍了徐铉书法作品的特征，而且还探讨了蠕匾笔法的书写方式。《黄筌忌贤》记载宋朝立国之初，网罗各国书画作品及人才的故事，而同为花鸟派大师的黄筌，则借先入画院的优势打压徐熙，不料却遭到徐熙儿子的反制，留下话柄。这条记载也违背了沈括不言人恶的宗旨，大约他认为人品比才艺更加重要吧。《学书法度》记载了沈辽学习书法的心得，金玉良言，自然颇具参考价值。《王羲之碑帖》记载古碑收藏的曲折历史，昭示了古代文化艺术的厚重与源远流长，是一份十分值得珍惜的遗产。

牡丹古画

【原 文】

欧阳公尝得一古画牡丹丛[1]，其下有一猫，未知其精粗。丞相正肃吴公与欧公姻家[2]，一见曰："此正午牡丹也。何以明之？其花披哆而色燥[3]，此日中时花也；猫眼黑睛如线，此正午猫眼也。有带露花，则房敛而色泽；猫眼早暮则睛圆，日渐中狭长，正午则如一线耳。"此亦善求古人之意也。

【译 文】

欧阳修曾经得到一幅牡丹花古画，花丛下面有一只猫，不知道画得怎么样。丞相吴育与欧阳修是儿女亲家，一看这幅画就说："这是正午的牡丹。怎么知道的呢？这些花的花瓣张开而且色彩干燥，这是中午时的花；猫的黑眼仁就像一条线，这是正午时的猫眼。如果是带露水的花，那么花房收敛而色彩润泽。猫眼在早晨和黄昏的时候都是圆的，接近中午逐渐变得细长，到正午的时候就是一条线了。"这也是善于揣摩古人的笔意啊。

注 释

❶欧阳公：指欧阳修。

❷正肃吴公：吴育（1004—1058），字春卿，建州浦城（今属福建）人。天圣五年（1027）进士。庆历中拜枢密副使、参知政事，嘉祐元年（1056）以资政殿大学士、尚书左丞、判河中府，谥正肃。

❸披哆：散开。

高益匠心

【原　文】

相国寺旧画壁[①]，乃高益之笔[②]。有画众工奏乐一堵，最有意。人多病拥琵琶者误拨下弦，众管皆发“四”字[③]，琵琶“四”字在上弦，此拨乃掩下弦，误也。予以为非误也，盖管以发指为声，琵琶以拨过为声，此拨掩下弦，则声在上弦也。益之布置尚能如此，其心匠可知。

【译　文】

相国寺旧壁画，原是高益的手笔。有一堵墙壁上描绘众多乐工奏乐，最有意思。人们大多质疑怀抱琵琶的乐工拨错了下弦，因为各种乐管都发“四”字的音，而琵琶的“四”字在上弦，这里的一拨却是按着下弦，是画错了。我认为并没有错，大概管乐器是放开指头才发声，而琵琶却是手指拨过琴弦而发声，这一拨虽然按住下弦，声音却是发自上弦的。高益对画面的布局竟然如此精致，他的匠心可想而知。

注　释

❶相国寺：大相国寺，在今河南开封。北齐文宣帝天保六年（555）始建，名建国寺。唐睿宗时重建，改称大相国寺。

❷高益：本契丹涿郡（今河北涿州）人。太祖时卖药于汴京，以绘画知名。太宗时授翰林图画院待诏，善画佛道鬼神及蕃汉人马，传世有《南国斗象》《蕃汉出猎》等作。

❸四：古代工尺谱用字，为表示音节的符号。

书画神韵

【原 文】

书画之妙，当以神会，难可以形器求也。世之观画者，多能指摘其间形象、位置、彩色瑕疵而已，至于奥理冥造者，罕见其人。如彦远《画评》言[①]："王维画物[②]，多不问四时，如画花往往以桃、杏、芙蓉、莲花同画一景。"予家所藏摩诘画《袁安卧雪图》，有雪中芭蕉，此乃得心应手，意到便成，故造理入神，迥得天意，此难可与俗人论也。谢赫云[③]："卫协之画[④]，虽不该备形妙，而有气韵，凌跨群雄，旷代绝笔。"又欧文忠《盘车图》诗云："古画画意不画形，梅诗咏物无隐情。忘形得意知者寡，不若见诗如见画。"[⑤]此真为识画也。

【译 文】

书画的精妙之处，应该用心神来领会，而很难由具体的形象来探求。世间看画的人，很多只能批评画中形象、位置、色彩的瑕疵而已，至于能深刻理解其中奥妙的人，却很罕见。就像张彦远的《画评》所说："王维画景物，经常不区分四季，比如画花卉，往往将桃花、杏花、芙蓉花和莲花画在同一个景中。"我家里收藏的王维画的《袁安卧雪图》，上面有雪中芭蕉，这正是王维得心应手，意到便成的画，所以深达妙理，入于神韵，完全得自天意，这是难与俗人讨论的。谢赫说："卫协的画，虽然不具备完全的形象之妙，但是很有气韵，超越群雄，是前无古人的绝妙之笔。"另外，欧阳修的《盘车图》诗说："古画画意不画形，梅诗咏物无隐情。忘形得意知者寡，不若见诗如见画。"这是真正识画的言论。

注释

❶彦远：张彦远（815—907），字爱宾，蒲州猗氏（今山西运城临猗）人。出身相门，擅长书画。历任舒州刺史、大理卿。著有《历代名画记》《法书要录》《彩笺诗集》等。

❷王维（701—761）：字摩诘，河东蒲州（今山西运城永济）人。开元十九年（731）状元，历官右拾遗、监察御史、河西节度使判官，累官至尚书右丞。能诗善画，被誉为“南宗山水画之祖”。著有《王右丞集》《画学秘诀》等。

❸谢赫：南朝齐梁间人。著有《画品》，是现存最早的绘画理论著述，提出“六法”以品评画家和作品，对后世影响很大。

❹卫协：西晋画家。师于曹弗兴，与张墨并称“画圣”。

❺此四句诗引自欧阳修《盘车图》古体诗，见《欧阳文忠公集》卷六，原是为和梅尧臣而作，意思是：古人绘画追求意境，不注重形似，梅尧臣咏《盘车图》诗对这点讲得很透彻了。知道“忘形得意”的人不多，不如看看此诗就如同在看画一样。

马不画毛

【原 文】

画牛、虎皆画毛，惟马不画。予尝以问画工，工言：“马毛细，不可画。”予难之曰：“鼠毛更细，何故却画？”工不能对。大凡画马，其大不过盈尺，此乃以大为小，所以毛细而不可画；鼠乃如其大，

【译 文】

画牛、画虎都要画毛，只有画马不画毛。我曾因此问画工，画工说：“马毛细，不能画。”我刁难他说：“老鼠的毛更细，为什么反而要画呢？”画工无言以对。一般画马，大小都不过一尺，这是将大的画小，所以毛细而不能画。画老鼠则和本体一般大，自

自当画毛。然牛、虎亦是以大为小，理亦不应见毛，但牛、虎深毛，马浅毛，理须有别。故名辈为小牛、小虎，虽画毛，但略拂拭而已。若务详密，翻成冗长。约略拂试，自有神观，迥然生动，难可与俗人论也。若画马如牛、虎之大者，理当画毛。盖见小马无毛，遂亦不摹，此庸人袭迹，非可与论理也。

又李成画山上亭馆及楼塔之类[①]，皆仰画飞檐。其说以谓自下望上，如人平地望塔檐间，见其榱桷[②]。此论非也。大都山水之法，盖以大观小，如人观假山耳。若同真山之法，以下望上，只合见一重山，岂可重重悉见？兼不应见其溪谷间事。又如屋舍，亦不应见其中庭及后巷中事。若人在东立，则山西便合是远境；人在西立，则山东却合是远境。似此如何成画？李君盖不知以大观小之法，其间折高、折远，自有妙理，岂在掀屋角也[③]？

然应该画毛了。然而画牛、画虎也是将大的画小，按理也不应该看见毛，但牛、虎的毛长，马的毛短，按理说应该有区别。所以名家画小牛、小虎，即使是画了毛，也不过是略微涂抹几笔罢了。假如一意追求清晰细密，反而就变得冗长多余了。略微轻涂几笔，自然有神妙意境，非常生动，这道理难以与俗人讨论。如果像画大牛、大虎一样画马，理应画毛，大概见小马无毛，于是也不画毛了，这是平庸的画工沿袭旧迹，不可与他们讲论画理。

另外，李成画山上亭馆和楼塔一类的建筑，都是向上画飞檐。他认为是从下向上望，就像人在平地上望宝塔檐角之间，只能看见它的椽子。这种说法是错误的。一般画山水的技法，都是以大观小，就像人们观看假山一样。如果用看真山的方法，从下向上看，只应该看见一重山，怎么可能每重山都看得见呢？而且也不应看见溪水山谷间的东西。又如观看屋舍，也不应看见中庭与后巷中的东西。如果人站在东边，那山的西边就应该是远境；人站在西边，山的东边就应该是远境。像这样怎么能够画成一幅画呢？李成大概不知道以大观小的方法，其间对高低、远近按比例折算，自然有微妙的道理，哪里在于仰望屋椽呢？

注释

❶李成（919—967）：字咸熙，营丘（今山东青州）人，故又称李营丘。善画平远寒林，自成一家，当时有“古今第一”的美誉。传世有《寒林平野图》《晴峦萧寺图》《茂林远岫图》等。

❷榱桷（cuījué）：房屋的椽子。

❸掀屋角：指掀起屋角看见椽子，与前“见其榱桷”相应。

天趣活笔

【原文】

度支员外郎宋迪工画[①]，尤善为平远山水[②]。其得意者，有《平沙雁落》《远浦帆归》《山市晴岚》《江天暮雪》《洞庭秋月》《潇湘夜雨》《烟寺晚钟》《渔村落照》，谓之“八景”，好事者多传之。往岁小窑村陈用之善画[③]，迪见其画山水，谓用之曰：“汝画信工，但少天趣。”用之深伏其言，曰：“常患其不及古人者，正在于此。”迪曰：“此不难耳。汝先当求一败墙，张绢素讫，倚之败墙之上，朝夕观之。观之既久，隔素见败

【译文】

度支员外郎宋迪擅长绘画，尤其善于画平阔广远的山水画。他得意的作品有《平沙雁落》《远浦帆归》《山市晴岚》《江天暮雪》《洞庭秋月》《潇湘夜雨》《烟寺晚钟》《渔村落照》，称为“八景”，爱好者广为传播。往年小窑村陈用之善于画画，宋迪看了他画的山水，告诉用之说：“你的画的确很精致，但是少了天然的意趣。”陈用之对这种说法很是信服，说：“我常常担心自己的画比不上古人的地方，正在这里。”宋迪说：“这也不难，你应当先找一堵残败的土墙，把白色的绢全部展开，将它贴在破墙上，从早到晚观察它。观察久了，隔着绢看败墙上面，高低平坦曲

墙之上，高平曲折，皆成山水之象，心存目想，高者为山，下者为水，坎者为谷，缺者为涧，显者为近，晦者为远。神领意造，恍然见其有人禽草木飞动往来之象，了然在目，则随意命笔，默以神会，自然境皆天就，不类人为，是谓活笔。”用之自此画格遂进。

折的地方，都构成了山水的景象。凝目注视，用心思索，高的是山，低的是水，坑穴是山谷，空缺是山涧，清晰的是近景，模糊的是远景。心领神会，恍然见到有人、鸟、草木飞动往来的景象，清清楚楚地映在眼前，这时随意动笔，默默地以心神引导，画中意境浑然天成，而不像是人为的，这就是活笔。”从此以后，陈用之画作的格调日益提高。

注释

❶宋迪：字复古，洛阳（今属河南）人。进士出身，历官度支员外郎。善画山水松石，讲究意境，运思高妙。

❷平远：自近山望远山，意境旷远。宋人郭熙所说画山“三远”（高远、深远、平远）之一。

❸陈用之：疑为陈用志，许州郾城（今属河南）人。天圣中为图画院祗候，未久归居小窑村，人称“小窑陈”。善画道释、人马、山林等，信笔自适，曲尽其妙。

徐铉小篆

【原 文】

江南徐铉善小篆[1]，映日视之，画之中心，有一缕浓墨正当其中。至于曲折处亦当中，无有偏侧处，乃笔锋直下不倒侧，故锋常在画中。此用笔之法也。铉尝自谓："吾晚年始得蠲匾之法[2]。"凡小篆喜瘦而长，蠲匾之法，非老笔不能也。

【译 文】

江南人徐铉擅长写小篆，对着太阳光看他的字，在笔画中有一缕浓墨，正在笔画的正中间。到了笔画弯折的地方，这缕浓墨也在正中间，没有偏斜到两侧的，原来是笔锋直下而不偏倒，所以笔锋一直都在笔画的正中间。这是运笔的方法。徐铉自己曾说："我晚年才学会了蠲匾笔法。"凡是小篆，都喜欢瘦而长，蠲匾笔法，不是老书法家写不出来。

注 释

❶徐铉（916—991）：字鼎臣，广陵（今江苏扬州）人。南唐时历官翰林学士、吏部尚书，入宋后官至散骑常侍，世称徐骑省。曾奉诏校定《说文解字》。工书，好李斯小篆，与弟徐锴合称"二徐"。

❷蠲（wāi）匾：以隶法作篆字的一种写法，字形歪扁瘦直。

黄筌忌贤

【原 文】

国初，江南布衣徐熙、伪蜀翰林待诏黄筌[1]，皆以善画著名，尤长于画花竹。蜀平，黄筌并二子居宝、居实，弟惟亮，皆隶翰林图画院，擅名一时。其后江南平[2]，徐熙至京师，送图画院品其画格。诸黄画花，妙在赋色，用笔极新细，殆不见墨迹，但以轻色染成，谓之写生。徐熙以墨笔画之，殊草草，略施丹粉而已，神气迥出，别有生动之意。筌恶其轧己，言其画粗恶不入格，罢之。熙之子乃效诸黄之格，更不用墨笔，直以彩色图之，谓之没骨图[3]，工与诸黄不相下。筌等不复能瑕疵，遂得齿院品，然其气韵皆不及熙远甚。

【译 文】

本朝初年，江南布衣徐熙、后蜀翰林待诏黄筌，都以擅长绘画著名，尤其长于画花竹。后蜀平定之后，黄筌与两个儿子居宝、居实，弟弟惟亮，都供职于翰林图画院，闻名一时。后来南唐灭亡，徐熙到了京城，把画送交图画院品评画格。黄氏一门画花，妙处在于运用色彩，用笔非常新奇纤细，几乎见不到墨迹，只是用很淡的颜色点染而成，称为写生。徐熙用墨笔作画，很是潦草，只略微点染一些丹粉而已，神韵突出，别有一番生动的意境。黄筌妒忌徐熙超过自己，便说徐熙的画粗俗不入流，不许他入图画院。徐熙儿子于是仿效黄氏父子的风格，更不用墨笔，直接用色彩描画，称为没骨图，工笔与黄氏父子不相上下。黄筌等再也找不出瑕疵来，于是徐熙儿子的画得以列入院品，然而画的神韵都远不及徐熙。

注释

❶徐熙：金陵（今江苏南京）人。出身名门，高雅不仕。善画花竹、林木、蝉蝶、草虫之类，与黄筌并称“黄徐”，均为宋初花鸟画的代表人物。黄筌：字要叔，成都（今属四川）人。前后蜀宫廷画师，仕后蜀官至检校户部尚书兼御史大夫。入宋，任太子左赞善大夫。工花鸟画。时人有“黄家富贵，徐熙野逸”之说。

❷江南平：开宝八年（975），宋军攻占金陵，李煜被俘，南唐灭亡。

❸没骨图：指不用墨笔勾勒，直接以彩色描绘的画。

学书法度

【原文】

予从子辽喜学书①，尝论曰：“书之神韵，虽得之于心，然法度必资讲学。常患世之作字，分制无法。凡字有两字、三四字合为一字者，须字字可拆；若笔画多寡相近者，须令大小均停②。所谓笔画相近，如‘殺’字乃四字合为一，当使‘乂’‘木’‘几’‘又’四者小大皆均。如‘尗’字乃二字合，当使‘上’与‘小’二者大小长短皆均。若笔画多寡相远，即不可强牵使停。寡在左则取上齐，寡在右则取下

【译文】

我的侄子沈辽喜欢学习书法，他曾经讲论说：“书法的神韵虽然得之于心领神会，但是也必须讲究和学习法度。我常常担心世人写字时，字体拆分没有章法。大凡一字是由两字、三字或四字合成的，必须每个字都可以拆分；如果几个字笔画数多少相近，就必须让它们大小匀称。所谓笔画相近，比如‘殺’字就是四个字合为一字，应该让‘乂’‘木’‘几’‘又’四个字的大小都匀称。如‘尗’字由两个字合成，就应该让‘上’与‘小’字的大小长短都匀称。如果字的笔画多少相差很多，就不要勉强拉扯使之均匀。如果笔画少的在左边，就取上对齐；如果笔画少的在右边，就

齐。如从口、从金，此多寡不同也，'唫'则取上齐，'釦'则取下齐。如从未、从又，及从口、从胃三字合者，多寡不同，则'叔'当取下齐，'喟'当取上齐。如此之类，不可不知。"又曰："运笔之时，常使意在笔前。"此古人之良法也。

取下对齐。如字从口、从金，这是笔画多寡不相同的，合成'唫'字就取上面对齐，合成'釦'字就取下面对齐。如字从未、从又，以及从口、从胃，都是三字合成一字的，笔画多少不同，那么'叔'字应当取下对齐，'喟'字应当取上对齐。这一类字形结构，不可以不知道。"他又说："运笔的时候，要常使立意在下笔之前。"这是古人的好方法。

注释

❶从子：侄子。辽：沈辽（1032—1085），字睿达，钱塘（今浙江杭州）人。历将作监主簿、审官西院主簿，监杭州军资库，摄秀州华亭令。罢官后，筑室秋浦齐山，号云巢。能书，以文学知名。著有《云巢编》。

❷均停：均匀。

王羲之碑帖

【原文】

王羲之书[1]，旧传惟《乐毅论》乃羲之亲书于石[2]，其他皆纸素所传。唐太宗裒聚二王墨迹[3]，惟《乐毅论》石本，其后随太宗入昭陵。朱梁时，耀州节度使温韬发昭陵得之[4]，

【译文】

王羲之的书法，从前传说只有《乐毅论》是王羲之亲笔书写刻在石碑上面的，其他的都是写在纸和绢上流传的。唐太宗收集王氏父子的墨迹，只有《乐毅论》的石刻在，后来它们随唐太宗葬入昭陵。五代后梁时，耀州节度使温韬挖掘昭陵得到石碑，又

复传人间。或曰公主以伪本易之，元不曾入圹。本朝入高绅学士家[5]。皇祐中，绅之子高安世为钱塘主簿，《乐毅论》在其家，予尝见之。时石已破缺，末后独有一“海”字者是也。其家后十余年，安世在苏州，石已破为数片，以铁束之。后安世死，石不知所在。或云苏州一富家得之，亦不复见。今传《乐毅论》皆摹本也，笔画无复昔之清劲。羲之小楷字于此殆绝，《遗教经》之类，皆非其比也。

流传于人间。有人说当时公主用假碑刻换走真迹，真迹原来不曾埋入墓穴中。此碑到本朝又流转入高绅学士家。皇祐年间，高绅的儿子高安世担任钱塘县主簿，《乐毅论》碑在他的家中，我曾经见到过。那时石碑已经破缺，末尾单独有一个“海”字的便是。之后十几年，高安世家移居苏州，石碑已经残破成几片，用铁丝捆扎住。后来高安世去世，石碑不知在何处。有人说苏州一个富人家得到了那块石碑，也没有再见到过。现在流传的《乐毅论》都是临摹的本子，笔画不再像原本那么清俊遒劲。王羲之的小楷字书，大概到此就绝迹了，《遗教经》一类的墨迹，都不能与之相提并论。

注释

❶王羲之：字逸少，琅琊（今属山东）人。历任秘书郎、宁远将军、江州刺史，后为会稽内史，领右将军，世称“王右军”。

❷《乐毅论》：三国魏夏侯玄撰，王羲之楷书，已失传，有刻本行世。

❸唐太宗：李世民（599—649），唐高祖李渊之子，唐朝第二位皇帝，庙号太宗，葬于昭陵。爱好书法，有墨宝传世。

❹温韬：华原（今陕西铜川）人，曾用名李彦韬、温昭图、李绍冲，历任耀州刺史、义胜军节度使、匡国军节度使等。盗掘唐十八陵，为后唐明宗所杀。

❺高绅：与真宗朝宰相王钦若亲厚，历京西提刑、知河阳，又以刑部郎中、直昭文馆知越州。

卷十八

技艺

导读

《技艺》一卷，内容涉及古代建筑、算术、机械制造、印刷术、历术、医术等方面，大抵与古代科学技术相关的条目，都集中放在这一卷中，成为《笔谈》最引人注目的一部分。

《木经》一书由宋朝第一木工喻皓撰著，沈括简介其内容，并述说土木营造在近期发展迅猛，旧《木经》已过时，这大概也是这部《木经》失传的原因。《隙积术和会圆术》记载沈括发明的两种算法，一则解决刍童法得数较小的问题，二则解决割圆术误差太大的问题，自称“二类皆造微之术”，足见他对算法的自信与造诣精深。《造弓》研究制造弓箭的技术，既有理论的推测和材质的讲究，又有其长兄造弓实践的支撑，这条记载反映了沈括对制造技术的执著和精益求精、学以致用的科学态度。《围棋局数》以僧一行的算法为引，列出了三种计算围棋变化总局数的算法，并找到了一种最为简捷的算法，由此可见，沈括的算学水平可以说是震古烁今了。《活字印刷》叙述布衣毕昇发明胶泥活字印刷术，成为记录中国古代四大发明之一的重要文献，1990 年在湖北英山草盘地五桂墩村发现毕昇墓碑，更印证了《笔谈》所记信实有据。《卫朴历术》再一次赞叹卫朴的历法算术，沈括对他的赏识，是发自内心的，《笔谈》中谈及天文历象，几乎都有卫朴的影子，便可见一斑。《梵天寺木塔》再记能工巧匠喻皓的传奇故事，并进一步阐释其间的道理，涉及建筑稳固与安全问题，这说明沈括不仅多闻广见，而且勤于思考、推测物理，因此能取得过人的成就。《五石散不可服》谈论医术问题，指出医生不能套用书本知识，必须用心体会，明白医理，才不会误害人命。

木　经

【原文】

营舍之法，谓之《木经》，或云喻皓所撰[①]。凡屋有三分去声：自梁以上为上分，地以上为中分，阶为下分。凡梁长几何，则配极几何[②]，以为榱等[③]。如梁长八尺，配极三尺五寸，则厅堂法也。此谓之上分。楹若干尺[④]，则配堂基若干尺，以为榱等。若楹一丈一尺，则阶基四尺五寸之类，以至承栱、榱桷，皆有定法。谓之中分。阶级有峻、平、慢三等。宫中则以御辇为法：凡自下而登，前竿垂尽臂，后竿展尽臂为峻道；荷辇十二人，前二人曰前竿，次二人曰前絛，又次曰前胁。后二人曰后胁，又后曰后絛，末后曰后竿。辇前队长一人曰传唱，后一人曰报赛。前竿平肘，后竿平肩为慢道；前竿垂手，后竿平肩为平道。

【译文】

记载房屋修建方法的书，叫作《木经》，有人说是喻皓撰写的。一栋房屋大抵可分为三部分：房梁以上为上分，地面以上为中分，台阶为下分。梁长多少，就要搭配相应高度的屋脊，并按比例搭配屋椽等构件。假如梁长八尺，屋脊就应高三尺五寸，这是厅堂的修造法，这叫作上分。楹柱高多少尺，则搭配的堂基也有相应的宽度，并按比例搭配屋椽等构件。如果楹柱高一丈一尺，则台阶基座应该为四尺五寸，以至斗拱、椽子都有固定的比例，这叫作中分。台阶坡度有峻道、平道、慢道三种，皇宫中是以皇帝御轿为标准的：抬御轿从下往上登台阶，前竿下垂尽手臂长度，后竿上举也尽手臂长度，这样才能保持平衡的台阶叫峻道；抬御轿的共十二人，前面二人叫前竿，其次二人叫前絛，又后二人叫前胁。轿后二人叫后胁，其次二人叫后絛，最后二人叫后竿。御轿前队长一人叫传唱，后面一人叫报赛。前竿平着胳膊肘抬，后竿平肩抬，这样才能保持平衡的台阶叫慢道；前竿垂着手抬，后竿平肩抬，这样就能此之谓下分。其书三卷。近岁土木之工，益为严善，旧《木经》多不用，未有人重为之，亦良工之一业也。

保持平衡的台阶叫平道。这就是下分。这本书有三卷。近来土木建筑更加严密完善，很多人都不用旧的《木经》了，还没有人重新编著，这也是好的工匠值得做的一项事业。

注释

❶喻皓：吴越国人，尝助吴越王于杭州梵天寺修建七级木塔。入宋，为汴京都料匠，尝造开宝寺塔，欧阳修称为“国朝以来木工一人而已”。所著《木经》，号称精详，至李诚《营造法式》，陈振孙、晁公武以为胜过喻书。

❷极：屋脊。

❸榱：屋椽。

❹楹：厅堂的前柱。

隙积术和会圆术

【原 文】

算术求积尺之法[1]，如刍萌、刍童、方池、冥谷、堑堵、鳖臑、圆锥、阳马之类[2]，物形备矣，独未有隙积一术。古法，凡算方积之物[3]，有立方[4]，谓六幕皆方者[5]，其法再自乘则得之。有堑堵[6]，谓如土墙者，两边

【译 文】

算术中求物体体积的方法，如刍萌、刍童、方池、冥谷、堑堵、鳖臑、圆锥、阳马等，各种物体的形状都具备了，唯独没有隙积这一种算法。古代的算法，凡计算物体的体积，有立方体，是指六个面都是正方形的物体，它的计算方法是把一条边自乘两次就可以求得了。有堑堵，是指像土墙形状的物体，两边斜，两头的面是垂直的。它的截面

杀[7]，两头齐。其法并上下广折半以为之广，以直高乘之，又以直高为勾，以上广减下广，余者半之为股，句股求弦，以为斜高。有刍童，谓如覆斗者，四面皆杀。其法倍上长加入下长，以上广乘之，倍下长加入上长，以下广乘之，并二位，以高乘之，六而一。隙积者，谓积之有隙者，如累棋、层坛及酒家积罂之类[8]。虽似覆斗，四面皆杀，缘有刻缺及虚隙之处，用刍童法求之，常失于数少。予思而得之，用刍童法为上行、下行，别列下广[9]，以上广减之，余者以高乘之，六而一，并入上位。假令积罂，最上行纵广各二罂，最下行各十二罂，行行相次。先以上二行相次，率至十二，当十一行也。以刍童法求之，倍上行长得四，并入下长得十六，以上广乘之，得三十二。又倍下行长得二十四，并入上长，得二十六，以下广乘之，得三百一十二，并二位得三百四十四，以高乘之，得三千七百八十四。重列

面积的算法，是把上、下底面的宽相加，除以二，作为截面的宽，用直高与它相乘即可求得。再把直高作为勾，用上底面的宽减去下底面的宽，所得差数除以二作为股，用勾股定理计算出弦，就是它的斜边长。有刍童，是说像翻过来的方斗那样的形状，四侧都是斜面。它的计算方法是：把上底面的长乘以二，与下底面的长相加，再与上底面的宽相乘为第一项；把下底面的长乘以二，与上底面的长相加，再与下底面的宽相乘为第二项；将这两项相加，乘以高，再取其六分之一。隙积，是堆积起来有空隙的物体，像堆叠起来的棋子、分层建造的土坛和酒馆里堆积的酒坛一类的东西。它们虽然像倒扣着的斗，四侧都是斜面，但由于边缘有残缺和中间有空隙，如果用刍童法来计算，得数就比实际数少。我想出了一种算法：用刍童法计算出上位、下位数，另外单列下底宽，与上底宽相减，所得差数乘以高，取其六分之一，再加前项就是实际体积。假设有堆垛的酒坛，最上层的长、宽各是两只坛子，最下层的长、宽各为十二只坛子，层层递减。先从最上层的两只数起，数到有十二只坛子处，正好是十一层。用刍童法计算体积，把最上层的长乘二得四，加最下层的长得十六，乘以最上层的宽得三十二；又把最下层的长乘以二得二十四，加最上层的长得二十六，乘以最下层的宽得三百一十二。把这两项相加，得三百四十四，与高相乘得

下广十二，以上广减之，余十，以高乘之，得一百一十，并入上行，得三千八百九十四。六而一，得六百四十九，此为罂数也。刍童求见实方之积，隙积求见合角不尽，益出羡积也。

履亩之法[10]，方圆曲直尽矣，未有会圆之术[11]。凡圆田，既能拆之，须使会之复圆。古法惟以中破圆法拆之[12]，其失有及三倍者，予别为拆会之术。置园田，径半之以为弦，又以半径减去所割数，余者为股，各自乘[13]，以股除弦，余者开方除为勾，倍之，为割田之直径，以所割之数自乘，倍之，又以圆径除所得，加入直径，为割田之弧。再割亦如之，减去已割之弧，则再割之弧也。假令有圆田，径十步[14]，欲割二步，以半径为弦，五步自乘得二十五，又以半径减去所割二步，余三步为股，自乘得九，用减弦外，有十六，开平方，除得四步为勾，倍之，为所割直径。以所割之数二步自乘为四，倍之得为八，退上一位为四尺，以圆径除。今圆径十，已足盈

三千七百八十四。又列出最下层的宽十二，减去上层的宽余十，与高相乘得一百一十，加上前项，得三千八百九十四，取其六分之一，得六百四十九。这就是酒坛的数量。用刍童法算出的是实方体积，用隙积法算出的边角与中间空隙处的体积总和，就是比刍童法所算多出的体积。

丈量田亩的算法，方形、圆形、曲线、直线的算法都齐全了，但没有会圆的算法。凡是圆形的田，既能够拆开它，又必须使它合起来能恢复圆形。古代的算法只是用中破圆法拆开来计算，其误差有达三倍的。我另外设计了一种拆会的算法：设置一块圆形土地，以半径作为直角在角形的弦，再用半径减去所割下的弧形的高，余下的差数作为股。弦、股各自平方，用弦的平方减去股的平方，余下的差数开平方作为勾，再乘以二，就是割下的弧形田的弦长。把割下的弧形田的高平方，乘以二，再除以圆的直径，所得的商加上弧形的弦长，便是割下的弧形田的弧长。再割一块田也像这样计算。把总的弧长减去已割部分的弧长，就是再割田的弧长。假如有一块圆形田，直径为十步，想使割出的圆弧高二步，就用圆半径五步作为弦，五步自乘得二十五，又用半径减去弧形的高二步，剩下三步为股，自乘得九，与弦外相减得十六，开平方得四步为勾，再乘以二，就是所割的弦长。把圆弧的高二步自乘得四，再乘以二得八，退上一位为四尺，用圆的直径相除。现今圆的直径为十，已是整数，不可

数[15]，无可除，只用四尺加入直径，为所割之弧，凡得圆径八步四尺也。再割亦依此法。如圆径二十步，求弧数，则当折半，乃所谓以圆径除之也。此二类皆造微之术，古书所不到者，漫志于此。

除，只用四尺加入圆弧直径，就是所割圆弧的弧长，共得圆弧直径八步四尺。再割一块圆田，也依照这种方法。如果圆弧直径是二十步，要求弧长，就应当折半，这就是所说的要用圆弧直径来除。这两种方法都是非常精微的算法，是古书里所没有的，随笔记录在这里。

注释

❶积尺：体积。

❷刍萌：长方楔形状，底面矩形，两个侧面为梯形。刍童：指上下底均为矩形的棱台体。方池：指上下底均为正方形的棱台体。冥谷：长方台，形状与刍童相同。堑堵：两底面为直角三角形的棱柱，亦即长方体的斜截平分体。鳖臑(nào)：指三角锥体，即四面均为直角三角形的三棱锥。阳马：底面为长方形且有一条棱与底面垂直的四棱锥。

❸方积：体积。

❹立方：指正方体。

❺六幕：六面。

❻堑堵：这里指等腰梯形，与前文的"堑堵"不同。

❼杀：斜。

❽罂：腹大口小的酒坛。

❾别列：文中指另外计算。

❿履亩：丈量田亩。

⓫会圆之术：沈括所创计算圆弓形弧长的近似方法，称会圆术。

⓬中破圆法：三国时刘徽所创割圆术，是用圆内接正多边形的面积去无限逼近圆面积并以此求取圆周率的方法。

⓭各自乘：将弦、股各自平方。

⓮步：古代计量单位，一步为五尺。

⑮盈数：指十、百、万等整数。

造 弓

【原 文】

予伯兄善射，自能为弓。其弓有六善：一者往体少而劲[①]，二者和而有力，三者久射力不屈，四者寒暑力一，五者弦声清实，六者一张便正。凡弓往体少则易张而寿，但患其不劲。欲其劲者，妙在治筋。凡筋生长一尺，干则减半；以胶汤濡而梳之，复长一尺，然后用，则筋力已尽，无复伸弛。又揉其材令仰[②]，然后傅角与筋[③]。此两法所以为筋也。凡弓节短则和而虚[④]，“虚”谓挽过吻则无力。节长则健而柱，“柱”谓挽过吻则木强而不来[⑤]。“节”谓把梢裨木[⑥]，长则柱，短则虚。节得中则和而有力，仍弦声清实。凡弓初射与天寒，则劲强而难挽；射久、

【译 文】

我大哥擅长射箭，自己能够造弓。他造的弓有六个优点：一是弓体外挠的部分少而且强劲，二是容易拉开而有力，三是长时间发射而力道不减，四是无论寒暑弓力始终如一，五是开弓时弦声清脆而坚实，六是拉弓时弓体不偏扭。凡是弓的外挠部分少就容易拉开而且寿命长，只是怕弓力不强劲。要想弓力强劲，诀窍在处理筋。大凡一尺长的生筋，干了后长度就减半，用胶汤浸泡而后梳理拉直，又恢复到一尺，然后再使用，那么筋力已涨到尽头，不能再伸长了。再揉制做弓的材料，使之向开弓的反方向弯曲，然后才缠上角和筋。这两种方法是用来处理筋的。一般弓的把手短就容易拉开，但是弹力弱，“虚”是指将弓弦拉满仍然缺乏弹力。把手长则弓硬而难以拉开，“柱”是指将弓弦拉满，弓臂木材强硬而不随势弯曲。“节”是指弓柄上安装的衬木，衬木长就强硬，短了就会力弱。如果把手长短适中的话，弓就容易拉开而且有弹力，并且弦声清脆坚实。一般弓刚刚开始使用或在天寒时，就强硬而难以拉

天暑，则弱而不胜矣。此胶之为病也。凡胶欲薄而筋力尽，强弱任筋而不任胶，此所以射久力不屈、寒暑力一也。弓所以为正者，材也。相材之法，视其理，其理不因矫揉而直，中绳则张而不跛，此弓人之所当知也。

开；射久了或者天热的时候，就软弱而不能发箭。这都是胶的问题。一般胶要涂得薄而使筋尽力，弓的强弱靠筋不靠胶，这样就能使弓长久发射而力量不衰、无论寒暑而力道一致。弓之所以能端正，取决于所用的材料。挑选材料的方法是观察木材的纹理，木纹不经过矫正就是直的，开弓时就不会偏斜，这是制弓的人应当明白的道理。

注释

❶往体：指弓体的外挠部分。往，原作“性”，据《周礼·考工记·弓人》“往体寡，来体多，谓之王弓之属，利射革与质”改。下一“往”字同改。

❷仰：指开弓的反方向。

❸傅：粘附，缠绕。

❹弓节：指弓体中间供手把持的部位。

❺吻：嘴，这里指将弓弦拉过射箭人的嘴角部位，大意是拉满弓。

❻裨木：衬木。

围棋局数

【原文】

小说，唐僧一行曾算棋局都数①，凡若干局尽之。予尝思之，此固易耳，但数多，非

【译文】

小说记载：唐代一行和尚曾计算围棋的棋局总数，共算了若干局就穷尽了。我也曾经考虑过，这其实不难，但数字太大，不是世间数量单位名称

世间名数可能言之[2]。今略举大数：凡方二路，用四子，可变八十一局；方三路，用九子，可变一万九千六百八十三局；方四路，用十六子，可变四千三百四万六千七百二十一局；方五路，用二十五子，可变八千四百七十二亿八千八百六十万九千四百四十三局；古法：十万为亿，十亿为兆，万亿为秭。算家以万万为亿，万万亿为兆，万万兆为垓。今但以算家数计之。方六路，用三十六子，可变十五兆九十四万六千三百五十二亿八千二百三万一千九百二十六局；方七路以上，数多无名可记；尽三百六十一路，大约连书万字四十三，即是局之大数。万字四十三，最下万字即万局，第二是万万局，第三是万亿局，第四是一兆局，第五是万兆局，第六是万万兆，谓之一垓，第七是万垓局[3]，第八是万万垓[4]，第九是万亿垓[5]。此外无名可纪。但四十三次万倍乘之，即是都大数，零中数不与。其法初一路可变三局，一黑、一白、一空。自后不以横直，但增一子，即三因之，凡三百六十一增，皆

所能表达的。现在略举大数：二路见方的棋盘，用四子，可以变八十一局；三路见方的棋盘，用九子，可以变一万九千六百八十三局；四路见方的棋盘，用十六子，可变四千三百零四万六千七百二十一局；五路见方的棋盘，用二十五子，可变出八千四百七十二亿八千八百六十万九千四百四十三局；按照古法：十万为亿，十亿为兆，万亿为秭。算家是以万万为亿，万万亿为兆，万万兆为垓。现在只以算家的计数方法来进行计算。六路见方的棋盘，用三十六子，可变换十五兆九十四万六千三百五十二亿八千二百零三万一千九百二十六局；七路见方以上的布局，数目太大无法记录；如果将三百六十一路的变局全记下来，大约要连写四十三次万字，就是棋局的大约数字。四十三个万字，最小的是万局，第二是万万局，第三是万亿局，第四是一兆局，第五是万兆局，第六是万万兆局，称为一垓，第七是万垓局，第八是万万垓局，第九是万亿垓局。除此之外，就没有数量名称可用了。只把万乘四十三次，所得的积就是大略的总数，零头小数不算在内。计算棋局的方法，最初一路可以变三局。一黑棋，一白棋，一空格。以后不论是横行还是竖行，只要增加一格子，就乘以三，一共增加三百六十一次，每次都乘以三，所得就是总局

三因之，即是都局数。又法，先计循边一行为“法”，凡十九路，得十一亿六千二百二十六万一千四百六十七局。凡加一行，即以“法”累乘之，乘终十九行，亦得上数。又法，以自“法”相乘，得一百三十五兆八百五十一万七千一百七十四亿四千八百二十八万七千三百三十四局。此是两行，凡三十八路变得此数也。下位副置之，以下乘上，又以下乘下，置为上位，又副置之，以下乘上，以下乘下，加一“法”，亦得上数。有数法可求，唯此法最径捷。只五次乘，便尽三百六十一路。千变万化，不出此数，棋之局尽矣。

数。又有一种算法：先算出靠边一行的局数，以此作为“法”，一行共十九路，有十一亿六千二百二十六万一千四百六十七局。只要增加一行，就用“法”去累乘，乘满十九行，也得到上述的总数。还有一种算法：先用“法”自乘，得到一百三十五兆八百五十一万七千一百七十四亿四千八百二十八万七千三百三十四局。这是两行，共三十八路变化的总局数。把乘积作为乘数，用乘积乘以“法”，再把两次的乘积相乘，得到第三次相乘的积；又把这个数作为乘数，与第二次乘的积数相乘，再把所得的积相乘，又与“法”相乘，也得到上述的数字。计算方法有多种，却只有这种方法最快捷。只需乘五次，便将三百六十一路棋局的变化算尽。纵然千变万化，也不会超过这个数，棋局总数就算尽了。

注释

❶都数：总数。

❷名数：有数量单位名称的数。

❸万：原无，据文意补。

❹万万：原脱一“万”字，据文意补。

❺万亿：原作“万亿万万”，“万万”二字当属之前句，误置于此，径删。

活字印刷

【原 文】

板印书籍[①]，唐人尚未盛为之。自冯瀛王始印五经[②]，已后典籍，皆为板本。庆历中，有布衣毕昇[③]，又为活板。其法用胶泥刻字，薄如钱唇[④]，每字为一印，火烧令坚。先设一铁板，其上以松脂腊和纸灰之类冒之[⑤]。欲印则以一铁范置铁板上，乃密布字印。满铁范为一板[⑥]，持就火炀之[⑦]，药稍镕[⑧]，则以一平板按其面，则字平如砥[⑨]。若止印三二本，未为简易，若印数十百千本，则极为神速。常作二铁板，一板印刷，一板已自布字，此印者才毕，则第二板已具。更互用之，瞬息可就。每一字皆有数印，如“之”“也”等字，每字有二十余印，以备一板内有重复者。不用则以

【译 文】

雕版印刷书籍，唐朝人还没有广泛使用。从五代时冯道奏请雕版五经开始，以后的典籍，就都采用刻版印刷了。庆历年间，有平民毕昇又发明了活字印刷。他的方法是用胶泥刻字，像铜钱的边缘那样厚薄，每一个字做成一枚印，用火烧使它坚固。先准备一块铁板，板上用松脂、蜡和纸灰之类的药料覆盖。要印的时候就将一个铁框放在铁板上，将字密密地排上。排满一铁框为一板，拿到火上去烘烤，等松脂、蜡等逐渐熔化，就用一块平板按在上面，这样铁板上的字印就如磨刀石一般平整了。如果只印两三本的话，还不算简便，如果印数十乃至成百上千本，就极为神速了。一般准备两块铁板，一块正在印刷时，另一块已经开始排字，这块板刚刚印完，第二块板已经排好。两块板交互使用，瞬息之间即可完成。每一个字都有好几枚印，例如“之”“也”等字，每个字有二十多个活字印，以应对一块板内有重复用字的情况。不用的时候，就用纸写成标签贴上，每个韵部

纸贴之，每韵为一贴，木格贮之。有奇字素无备者，旋刻之，以草火烧，瞬息可成。不以木为之者，木理有疏密，沾水则高下不平，兼与药相粘，不可取，不若燔土⑩，用讫再火令药镕，以手拂之，其印自落，殊不沾污。昇死，其印为予群从所得，至今保藏。

做一个标签，用木格把字印储存起来。遇到平时未曾准备的生僻字，马上刻制，用草火烧，转眼间可成。之所以不用木材做字印，是因为木材纹理有疏密，沾上水就高低不平，并且木材和药料相粘，取不下来，不如烧土制印，用完以后再用火烤使药熔化，用手拂拭，字印就自然脱落下来，完全不沾药料。毕昇死后，他的字印被我的侄子们得到，珍藏至今。

注释

❶板印：雕版印刷。

❷冯瀛王：冯道（882—954），字可道，瀛州景城（今河北沧州）人。后唐长兴三年（932），奏请雕印“九经”。历任后唐、后晋、后汉、后周四朝宰相，封瀛王。

❸毕昇：北宋布衣，以发明胶泥活字印刷技术著名。

❹钱唇：铜钱的边缘。

❺腊：同“蜡”。冒：覆盖。

❻铁范：铁模子。

❼炀：烘烤。

❽药：指松脂、蜡等。镕（róng）：熔化。

❾砥（dǐ）：磨刀石。

❿燔：烧。

卫朴历术

【原 文】

淮南人卫朴[①]，精于历术，一行之流也。《春秋》日蚀三十六，诸历通验，密者不过得二十六七，唯一行得二十九，朴乃得三十五，唯庄公十八年一蚀[②]，今古算皆不入蚀法，疑前史误耳。自夏仲康五年癸巳岁，至熙宁六年癸丑，凡三千二百一年，书传所载日蚀，凡四百七十五，众历考验，虽各有得失，而朴所得为多。朴能不用算推古今日月蚀[③]，但口诵乘除，不差一算。凡大历悉是算数[④]，令人就耳一读，即能暗诵，傍通历则纵横诵之[⑤]。尝令人写历书，写讫，令附耳读之，有差一算者，读至其处，则曰："此误某字。"其精如此。大乘除皆不下照位，运筹如飞，人眼不能逐。人有故移其一算

【译 文】

淮南人卫朴精通历法，是唐代僧一行之类的人物。《春秋》记载了三十六次日蚀，用各种历书逐一验证，精密的不过推算出二十六七次，只有一行推算出二十九次，卫朴却推算出三十五次，只有鲁庄公十八年的一次日蚀，用古今的历法演算，都不应该出现日蚀，恐怕是前代史书记载有误。从夏朝仲康五年癸巳岁，至熙宁六年癸丑岁，共有三千二百零一年，史书记载的日蚀共有四百七十五次。用各种历法检验，虽然各有得失，但是卫朴推算出来的最多。卫朴能够不用算筹推算日月蚀，只用口算乘除，一毫不差。凡是官修历书都是经过检验的数据，让人在他耳边读一遍，就能暗中背诵，民间的历法简表他都能够纵横背诵。曾经叫人抄写历书，写完后，让人贴在耳边读给他听，有差错一个数字的，读到那儿，就说："这里错了某字。"他精通历法到了这种地步。大数字的乘除都不用定位，把算码拨得飞快，旁人的眼睛都跟不上。有人故意移动了一个算筹，卫朴用手从上至下摸

者，朴自上至下，手循一遍，至移算处，则拨正而去。熙宁中，撰《奉元历》，以无候簿⑥，未能尽其术。自言得六七而已，然已密于他历。

一遍，摸到移动了算筹的地方，随即拨正而后离去。熙宁年间，编订《奉元历》，因为缺乏天象观测记录，未能充分发挥他的才能。他自称《奉元历》的准确率只有六七成而已，但是已经比其他历法精密了。

注释

❶卫朴：淮南（今江苏淮安）人。精于历算，曾编制《奉元历》。

❷庄公十八年：指鲁庄公十八年（前676）。《左传·庄公十八年》：“春王三月，日有食之。”

❸算：算筹。

❹大历：指官修历法。

❺傍通历：指民间使用的普通历书。

❻候簿：天文观测记录簿。

梵天寺木塔

【原文】

钱氏据两浙时①，于杭州梵天寺建一木塔②，方两三级，钱帅登之③，患其塔动。匠师云：“未布瓦，上轻，故如此。”乃以瓦布之，而动如初。无可奈何，密使其妻见喻皓之

【译文】

钱氏割据两浙时，在杭州梵天寺修建一座木塔，才修到二三层，钱俶登上木塔，担心木塔晃动。工匠说：“还没有铺瓦，上面轻，所以才这样。”于是铺上瓦，而塔依旧晃动。工匠无可奈何，暗中让他的妻子去见喻皓的

妻，赂以金钗，问塔动之因。皓笑曰："此易耳，但逐层布板讫，便实钉之，即不动矣。"匠师如其言，塔遂定。盖钉板上下弥束，六幕相联如胠箧[4]，人履其板，六幕相持，自不能动。人皆伏其精练。

妻子，赠送给她金钗，问塔晃动的原因。喻皓笑着说："这很容易。只要在每层铺上木板后，用钉子钉牢，就不会摇动了。"工匠照他的话去做，木塔就稳定了。大概钉牢的木板上下紧密约束，六面相连像箱子一样，人踏在木板上，六边相互护持，塔自然不能摇动。人们都佩服喻皓精明练达。

注释

❶钱氏据两浙：公元 907 年，吴越王钱镠建都杭州（今属浙江），至公元 978 年钱俶降于宋。两浙：浙东、浙西，在今浙江、上海、江苏南部地区。

❷梵天寺：在今浙江杭州上城区凤凰山东麓。

❸钱帅：指吴越王钱俶（929—988），公元 947—978 年在位，后降于宋。

❹六幕：六面。胠箧：打开的箱子。

五石散不可服

【原 文】

医之为术，苟非得之于心，而恃书以为用者，未见能臻其妙。如术能动钟乳[1]，按《乳石论》曰："服钟乳当终身忌术。"五石诸散用钟乳为主[2]，复用术，理极相反，不知何谓。予

【译 文】

医术如果不是心领神会，而只是套用书本所说的话，是无法达到极妙的境界的。例如白术能激发石钟乳，按照《乳石论》的说法："服用石钟乳，应该终生禁服白术。"五石散一类的药剂以石钟乳为主，又掺用白术，药理完全相反，不知如何解释。我去

以问老医，皆莫能言其义。按《乳石论》云："石性虽温，而体本沈重，必待其相蒸薄然后发。"如此则服石多者，势自能相蒸，若更以药触之，其发必甚。五石散杂以众药，用石殊少，势不能蒸，须藉外物激之令发耳。如火少，必因风气所鼓而后发；火盛，则鼓之反为害。此自然之理也。故孙思邈云[3]："五石散大猛毒。宁食野葛[4]，不服五石。遇此方即须焚之，勿为含生之害。"[5]又曰："人不服石，庶事不佳。石在身中，万事休泰。唯不可服五石散。"盖以五石散聚其所恶，激而用之，其发暴故也。古人处方，大体如此，非此书所能尽也。况方书仍多伪杂，如《神农本草》[6]，最为旧书，其间差误尤多，医不可以不知也。

问老医生，而他们都说不清其中的道理。根据《乳石论》所说："石性虽然温和，而石的质体原本沉重，一定要等到药物相互作用以后才能激发药性。"这样说来，服用石钟乳多的人，势必会自己发生作用，如果再用其他的药去激发，药性就会发散得很厉害。在五石散中配有各种药，用石钟乳极少，势必不能自己起作用，必须借助其他的药物来刺激使它发挥药性。如同小火，一定要被风吹动后才猛烈燃烧；火势已旺，再鼓风反而有害。这是自然的道理。所以孙思邈说："五石散是大猛急毒，宁可吃野葛，也不要服食五石散。遇到这一医方，必须立即烧掉，不要成为生民的祸害。"又说："人不服食石钟乳，诸事都不顺心；乳石在体内，万事安宁。只是不能服用五石散。"大概是五石散中聚集了石钟乳的毒性，又加上白术的激发，毒性发作更加猛烈的缘故。古人处方大致如此，不是这本书能概括完的。何况药方书真伪掺杂，像《神农本草》是最古老的书，里面的错误尤其多，做医生的不可以不知道。

注释

❶术（zhú）：白术，多年生草本，根茎可入药，具有补脾健胃、燥湿利水、

止汗安胎等功能。

❷五石诸散：五石散，又称寒食散，以紫石英、白石英、赤石脂、钟乳石、硫黄等五石混合而成，故名。相传其方始于汉代，盛行于魏晋，据说能养生，实则具有毒性。

❸孙思邈（541—682）：京兆华原（今陕西铜川）人。道士、医药学家，著有《备急千金要方》《千金翼方》，被后人尊为“药王”。

❹野葛：钩吻，又称葫蔓藤、断肠草、大茶药，常绿灌木，根、茎、叶有剧毒。

❺含生：一切有生命者，多指人类。

❻《神农本草》：又称《神农本草经》，大约成书于汉代，托名神农，是现存最早的本草学专著，奠定了中医药学的基础。

卷十九

器用

导读

本卷以《器用》为名，所涉及的多为古器物，如黄铜彝、铜罍、矢服、吴钩、铜弩机、神臂弓、古剑、凸面镜、肺石、古钱、透光镜、铜匜、铠甲、玉钗、印章、玉辂等，大多为作者亲眼所见的实物，经其考证研究而记录下来，篇幅虽然比不上同时期刘敞的《先秦古器记》、欧阳修的《集古录》、李公麟的《古器图》等，但要在精当，因而后世引用较多。本卷原载共19条，我们选录了11条。

《<礼图>未可为据》通过对黄彝、铜钲、蒲璧、谷璧的相互比照，质疑《三礼图》的记载不可信，彰显了宋代疑古辨伪思潮下的学术风范。《神臂弓》记载了神臂弓发明者李定的事迹，这种弓堪称宋军利器，在对外作战中发挥了巨大作用。《沈卢鱼肠》记载古剑锻炼及命名因由，指出古剑多因剑身色泽与花纹而得名，可见沈括善于观察和总结。《汉墓壁画》通过对朱鲔墓的考古，发现古今人物从冠服乃至祭器，多有相似，于是得出“人情不相远”的结论，说明中华民族源远流长的文明，总是一脉相承的。《凸面镜》既感叹古人造镜的精巧技艺，又为今人磨平古镜的无知而悲伤。知音难觅，这不仅是音乐家，也是古器物学家的心声吧。《顺天得一钱》通过古钱币考证安史之乱的历史，不过三百余年，“得一”是钱名还是年号，当时人已难知晓，所以沈括特为拈出。《透光镜》记载古人高超的制镜技艺，反映我国古代金属加工业不仅历史悠久，还达到了相当高的水准。沈括对透光现象的原理进行考察，认为是铸造时冷凝快慢不同所致，他的结论已为现代科学证明是正确的。《海州弩机》叙述在海州掘出的弩机刻有矩度，沈括据以考察弩机的机制，利用勾股定理分析望山仰角，并对《尚书》中相关深奥语句作出了比较合理的解释，且在实物上做了一些测试，他的见解符合射击原理，对世人有所启迪。《瘊子甲》介绍青堂羌锻甲的工艺，并对后世仿造瘊子徒为虚饰的行为予以揭露，这些当是沈括坐镇边关时的所见所闻，兵器铠甲，乃战争利器，不仅关乎将士的生命，也和国家命运息息相关，沈括表面说不关心“国事”，只是掩人耳目罢了。《龙凤玉钗》吊古伤今，面对长安和金陵挖掘出的古董，沈括对其精巧的工艺叹为观止的同时，也对时人粗糙的做工愤懑不已，这不仅是对今不如昔的伤逝，也是对世风日下、民风不淳的哀痛，所以“致君尧舜上，再使风俗淳”的改革势在必行。《唐代玉辂》赞叹唐代工艺的神奇，宋时两度仿造均告失败，而唐车坚固耐用，有点神乎其神的意思了。

《礼图》未可为据

【原 文】

《礼书》所载黄彝[1]，乃画人目为饰，谓之黄目。予游关中，得古铜黄彝，殊不然。其刻画甚繁，大体似缪篆[2]，又如栏盾间所画回波曲水之文[3]，中间有二目，如大弹丸，突起煌煌然，所谓黄目也。视其文，仿佛有牙角口吻之象。或谓黄目乃自是一物。又予昔年在姑熟王敦城下土中得一铜

【译 文】

《礼书》记载的黄彝，是画人眼睛作为装饰，称之为黄目。我游历关中时，得到一件古铜黄彝，完全不是这样。上面刻画繁缛，花纹屈曲缠绕大体上类似缪篆，又像栏杆上所画回旋的水波纹，中间有两只眼睛，如大弹丸，突出于表面十分醒目，这就是所说的黄目。观察上面的花纹，仿佛有牙、角、嘴、唇的图像。有人说黄目本身就是一件器物。另外，我当年在姑熟王敦城下泥土中得到一面铜钲，

钲[4]，刻其底曰“诸葛士全茖鸣钲”。“茖”即古“落”字也，此部落之“落”，“士全”，部将名。其钲中间铸一物，有角，羊头，其身亦如篆文，如今时术士所画符。傍有两字，乃大篆“飞廉”字，篆文亦古怪。则钲间所图，盖飞廉也。飞廉，神兽之名。淮南转运使韩持正亦有一钲[5]，所图飞廉及篆字，与此亦同。以此验之，则黄目疑亦是一物。飞廉之类，其形状如字非字，如画非画，恐古人别有深理。大抵先王之器，皆不苟为。昔夏后铸鼎以知神奸[6]，殆亦此类。恨未能深究其理，必有所谓。或曰：“《礼图》樽彝皆以木为之，未闻用铜者。”此亦未可质，如今人得古铜樽者极多，安得言无？如《礼图》瓮以瓦为之[7]，《左传》却有瑶瓮[8]；律以竹为之，晋时舜祠下乃发得玉律。此亦无常法。如蒲、谷璧[9]，《礼图》悉作草稼之象，今世人发古冢得蒲璧，乃

底部刻有“诸葛士全茖鸣钲”字样。“茖”即古代的“落”字，就是部落的“落”，“士全”是部将的名字。铜钲中间铸有一种动物，有角，羊头，它的身子也像篆文，类似现在术士画的符咒。旁边有两个字，是大篆书“飞廉”二字，篆文书法也古怪，显然铜钲中间铸的图案就是飞廉了。飞廉是神兽的名字。淮南转运使韩持正也有一面铜钲，所画飞廉和篆字，与此相同。据此推测，怀疑黄目也是一种动物。飞廉一类的动物，其图形像文字又不是文字，像图画又不是图画，恐怕古人另有深意。大概先王的器皿，都不是随意制作。从前夏后氏铸造大鼎，是为了让人们知晓神奸，大都也属此类。可惜我未能深刻探究其中的道理，必然是有讲究的。有人说：“《礼图》中所记的酒樽都是木制的，从未听说过用铜的。”这一说法也经不起质疑，例如现在的人得到古铜樽的很多，怎能说没有呢？又如《礼图》说瓮用陶器制作，而《左传》中却有玉瓮；说律管是竹制的，而晋代时在舜祠地下却发掘出玉制的律管。这也没有固定的规则。比如蒲璧和谷璧，《礼图》所画都是草、禾苗的图像，今人发掘古墓得到的蒲璧，镂刻的花纹茂盛如同

刻文蓬蓬如蒲花敷时[10]，谷璧如粟粒耳，则《礼图》亦未可为据。

蒲花绽放之时，谷璧花纹如谷子颗粒，可见《礼图》也不能作为依据。

注释

❶《礼书》：似指聂崇义所撰《三礼图集注》，又称《三礼图》或《礼图》，所载黄彝图，见该书卷一四，上下均画人目。本条下文言及该书，均明言《礼图》，而此称《礼书》，或因聂氏尝“博采《三礼》旧图”，画人目或非聂氏创举，故沈括审慎言之。

❷缪篆：六体书之一，其文屈曲缠绕，用以摹刻印章，也称摹印篆。

❸栏盾：栏杆。

❹姑熟：一作“姑孰”，今安徽马鞍山当涂。王敦城：在今安徽芜湖。王敦（266—324），字处仲，琅琊临沂（今山东临沂）人，东晋大将、宰相。晋明帝太宁初年（323），王敦屯兵芜湖，欲攻南京，遂依鸡毛山筑城，故号“王敦城”。钲（zhēng）：古乐器，形似钟而狭长，击之发声，行军时用以节止步伐。

❺韩持正：韩存中，颍川（今河南许昌）人。熙宁间为成都府路转运判官，后为淮南转运使。官至侍郎，在从班十八年，为蔡京摈斥，宣和间守郑州。

❻夏后铸鼎：相传夏后氏首领大禹曾铸九鼎于荆山，《左传·宣公三年》所谓“铸鼎象物，百物而为之备，使民知神奸”，大意是将鬼神百物铸在鼎上，让民众了解神灵鬼怪，以求福祛灾。

❼瓦：泛指陶制品。

❽瑶瓮：玉制的瓮。

❾蒲、谷璧：刻有香蒲状花纹的扁平圆形玉器，为男爵所执信物。谷璧为子爵所执信物。

❿蓬蓬：茂盛、蓬勃的样子。

神臂弓

【原 文】

熙宁中，李定献偏架弩[1]，似弓而施干镫[2]。以镫距地而张之，射三百步，能洞重札[3]，谓之神臂弓，最为利器。李定本党项羌酋[4]，自投归朝廷，官至防团而死[5]。诸子皆以骁勇雄于西边。

【译 文】

熙宁年间，李定进献偏架弩，与弓相似，而又加装了脚踏发射架。用脚踩镫抵地而开弓，可以射三百步远，能把多层铠甲射透，称为神臂弓，是一种很厉害的武器。李定原是党项羌首领，自愿归附朝廷，历官到防御团练使才去世。他的儿子都以骁勇善战称雄于西部边地。

注 释

❶李定：朱弁《曲洧旧闻》卷九作“李宏”，称“神臂弓，熙宁初百姓李宏造”。弩：用机械发箭的弓。

❷干镫（gàndèng）：安装在弩身的脚踏发射装置。干，弩身。镫，铁制圆形踏板。

❸重（chóng）札：多层铠甲。

❹党项羌：古羌的一支，处于今甘肃、宁夏、陕西北部一带，在宋时曾建立西夏国。

❺防团：指防御使、团练使，皆为武臣阶官。

沈卢鱼肠

【原 文】

古剑有沈卢、鱼肠之名[①]。“沈”音湛。沈卢，谓其湛湛然黑色也。古人以剂钢为刃[②]，柔铁为茎干，不尔则多断折。剑之钢者，刃多毁缺，巨阙是也[③]，故不可纯用剂钢。鱼肠即今蟠钢剑也[④]，又谓之松文，取诸鱼燔熟，褫去胁[⑤]，视见其肠，正如今之蟠钢剑文也。

【译 文】

古代名剑有沈卢、鱼肠之名。“沈”，读音“湛”。沈卢，是说它颜色黝黑而有光泽。古人用剂钢作剑刃，用柔铁作剑身，不然的话就容易折断。过分刚硬的剑，剑刃大多缺毁，像巨阙剑就是这样，因而不能纯粹用剂钢制造。鱼肠剑就是现在的蟠钢剑，又称作松文剑，取名缘于鱼烧熟后，剥开肋骨两边的肉，看到鱼肠的形状，正如现今蟠钢剑的花纹。

注 释

❶沈：同“沉”。卢：黑色。

❷剂钢：一种质地坚硬的铁合金。

❸巨阙：古代名剑。

❹蟠钢剑：古名剑，即蟠龙剑，又名松文剑、鱼肠剑。

❺褫（chǐ）：夺去。胁：腋下至腰以上的部分，亦指肋骨。

汉墓壁画

【原 文】

济州金乡县发一古冢[1]，乃汉大司徒朱鲔墓[2]，石壁皆刻人物、祭器、乐架之类。人之衣冠多品，有如今之幞头者，巾额皆方，悉如今制，但无脚耳。妇人亦有如今之垂肩冠者，如近年所服角冠[3]，两翼抱面，下垂及肩，略无小异。人情不相远，千余年前冠服已尝如此。其祭器亦有类今之食器者。

【译 文】

济州金乡县挖掘一座古墓，是汉代大司徒朱鲔的墓，石壁上都刻有人物、祭器、乐架之类的图画。人的衣冠多种多样，有像今天的幞头的，头巾前片都是方的，全都像现在的样式，只是没有垂下带子罢了。妇女所戴也有像今人的垂肩冠的，很像近年戴的角冠，两翼包住脸部，下垂到肩膀，与现在的样式毫无差别。可见风俗人情相距不远，一千多年前的衣冠服饰就已经是这样了。墓中祭器也有类似今天的饮食器具的。

注 释

❶济州金乡县：今属山东济宁。

❷朱鲔：字长舒，汉阳（今湖北武汉汉阳区）人。因拥立刘玄为帝，拜大司马。后投降光武帝刘秀，为平狄将军，封扶沟侯。

❸角冠：唐宋时流行的一种宽大的白角女冠，或下垂及肩，又称垂肩冠。

凸面镜

【原 文】

古人铸鉴，鉴大则平，鉴小则凸。凡鉴洼则照人面大[①]，凸则照人面小。小鉴不能全观人面，故令微凸，收人面令小，则鉴虽小而能全纳人面。仍复量鉴之小大，增损高下，常令人面与鉴大小相若。此工之巧智，后人不能造[②]。比得古鉴[③]，皆刮磨令平，此师旷所以伤知音也[④]。

【译 文】

古人制作镜子，镜面大就做成平的，镜面小就做成凸面的。凡是凹面的镜子，照出的人面就大，镜面凸，照出的人面就小。小镜子无法照出人脸的全部，所以让它微微凸起，使照出的人脸缩小，那么镜子虽小却能照全人脸。再反复测量镜子的大小，据此增减镜面的高低，总是使照出的人脸与镜子的大小相当。这是古代工匠的奇巧智慧，后人办不到。等得到古镜后，都将镜面刮磨成平面，这正是师旷感伤知音难遇的原因。

注 释

❶洼：凹面。

❷造：到达。

❸比：等到。

❹师旷：字子野，春秋时晋国宫廷乐师。

顺天得一钱

【原 文】

熙宁中，尝发地得大钱三十余千文[1]，皆“顺天得一”。当时在庭皆疑古无“得一”年号，莫知何代物。予按《唐书》[2]，史思明僭号[3]，铸“顺天得一”钱。“顺天”乃其伪年号，“得一”特以名铸钱耳，非年号也。

【译 文】

熙宁年间，曾经从地下挖掘出大钱币三十多千文，钱上都有“顺天得一”的字样。当时在场的人都怀疑古代没有“得一”这一年号，不知道是哪个朝代的钱。我查阅《唐书》，史思明僭越称帝，铸造“顺天得一”钱币。“顺天”是他的伪年号，“得一”只是所铸钱的名称，而不是年号。

注 释

❶大钱：面值大的钱币。据《文献通考》卷八载，史思明铸“得一元宝”钱，径一寸四分，以当开元通宝之百。又觉“得一”不吉利，改为“顺天元宝”。

❷《唐书》：指《新唐书》。

❸史思明（703—761）：宁夷州突厥人。唐天宝十四载（755）随安禄山反叛，后任范阳节度使。乾元二年（759）自称大燕皇帝，改元顺天。后被其长子史朝义所杀。僭号：冒用帝王的称号。

透光镜

【原 文】

世有透光鉴，鉴背有铭文，凡二十字，字极古，莫能读。以鉴承日光，则背文及二十字皆透在屋壁上[①]，了了分明[②]。人有原其理，以为铸时薄处先冷，唯背文上差厚[③]，后冷而铜缩多。文虽在背，而鉴面隐然有迹，所以于光中现。予观之，理诚如是。然予家有三鉴，又见他家所藏，皆是一样，文画铭字无纤异者，形制甚古，唯此一样光透，其他鉴虽至薄者，皆莫能透。意古人别自有术。

【译 文】

世上有透光镜，镜背面有铭文，共二十字，字体极为古朴，没有人能识读。把镜子放在阳光下，镜背面的花纹和二十个字就都透到墙上，非常清晰。有人分析它的原理，认为在铸造时薄处先冷却，唯独有花纹和字的地方较厚，冷得慢而导致铜收缩多。纹饰虽然在背面，而镜面上隐隐有痕迹，所以在阳光下显现出来。据我观察，道理确实如此。然而我家中有三面镜子，又见到别人家收藏的镜子，都是一样的形制，字画花纹没有丝毫差别，样式都很古朴，却只有这一面镜子能透光，其他镜子即使很薄，也都不能透光。我估计古人还有别的技术。

注释

❶文：同“纹”，纹饰。

❷了了：十分清楚。

❸差：稍微。

海州弩机

【原 文】

予顷年在海州[①]，人家穿地得一弩机[②]，其望山甚长[③]，望山之侧为小矩，如尺之有分寸。原其意，以目注镞端[④]，以望山之度拟之，准其高下，正用算家勾股法也[⑤]。《太甲》曰："往省括于度则释。"[⑥]疑此乃度也。汉陈王宠善弩射[⑦]，十发十中，中皆同处。其法以"天覆地载，参连为奇[⑧]，三微三小。三微为经，三小为纬，要在机牙"。其言隐晦难晓。大意"天覆地载"，前后手势耳；"参连为奇"，谓以度视镞、以镞视的，参连如衡，此正是勾股度高深之术也。三经、三纬，则设之于堋[⑨]，以志其高下左右耳。予尝设三经三纬，以镞注之，发矢亦十得七八。设度于机，定加密矣。

【译 文】

我近年在海州，见到有一户人家挖地得到了一件弩机，弩机的望山很长，望山的旁边有小的刻度，像尺子一样有分寸。推测其用意，是用眼睛瞄准箭头，以望山的刻度来校准，从而确定箭头的高低。这正是使用算术家的勾股之法。《尚书·太甲》记载说："看准箭尾和刻度相合时就放箭。"估计就是这种刻度。汉代陈王刘宠擅长射弩箭，十发十中，而且都射中同一处。他的方法是"天覆地载，参连为奇，三微三小。三微为经，三小为纬，要在机牙"。这些话隐晦难懂。揣测其大意，"天覆地载"指发射前后的手势；"参连为奇"是说用望山的刻度对准箭头、箭头对准目标，三点连成一条平直的线，这正是使用勾股定理测定高低的方法。三经、三纬，是刻在箭靶上的三根垂直线和三根水平线，用来标明上下左右的位置。我曾经在箭靶上刻出三经、三纬，用箭头瞄准它发射弩矢，发十支也能射中七八支。如果再在弩机上标出刻度，就一定射得更准。

注释

❶顷年：近年。海州：治所在今江苏连云港海州区。

❷弩机：弩弓的发射装置。

❸望山：弩机的瞄准部件，类似于现代的准星。

❹镞（zú）：箭头。

❺勾股法：勾股定理。

❻省（xǐng）：观察。括：同“栝”，指箭的末端，与弓弦交会处。释：发射。

❼陈王宠：东汉明帝之玄孙刘宠，封陈国。擅长弩射，曾镇压黄巾军，后为袁术所杀。

❽参：同“叁”。

❾堋（péng）：箭垛子，箭靶。

瘊子甲

【原文】

青堂羌善锻甲①，铁色青黑莹彻，可鉴毛发，以麝皮为緉旅之②，柔薄而韧。镇戎军有一铁甲③，椟藏之④，相传以为宝器。韩魏公帅泾原⑤，曾取试之，去之五十步，强弩射之不能入。尝有一矢贯札⑥，乃是中其钻空⑦，为钻空所刮，铁皆反卷，其坚如此。凡锻甲之法，其始甚厚，不用火，冷

【译文】

青堂羌人很会锻造铁甲，铁甲颜色青黑，表面光亮，可以照见毛发，用麝皮为带子串起来，柔薄而又坚韧。镇戎军有一副铁甲，用柜子珍藏着，作为宝物相传。韩琦为泾原路主帅时，曾拿出来试验过，距铁甲五十步的地方，用强弩射击，射不进去。曾有一支箭射透了甲片，原来是射在穿绳的孔眼中，箭头被孔眼所刮，铁片都反卷过来，铁甲坚硬如此。大凡锻甲的方法，开始时铁片很厚，不加热而冷

锻之，比元厚三分减二乃成。其末留箸头许不锻[8]，隐然如瘊子[9]，欲以验未锻时厚薄，如浚河留土笋也[10]，谓之瘊子甲。今人多于甲札之背隐起，伪为瘊子。虽置瘊子，但元非精钢，或以火锻为之，皆无补于用，徒为外饰而已。

锻，比原来的厚度减少三分之二就成了。在末端留有筷子头大小的一块不锻，突出来像瘊子，用来检验没有锻打时的厚薄，好像在疏浚河渠时留下的土桩，这种甲称为瘊子甲。现在的人往往在甲的背面造出突起的一块，假充瘊子，虽然有瘊子，但并不是用精钢锻制，或经加热锻打而成，都无补于实用，仅仅作为装饰罢了。

注释

❶青堂羌：原为吐蕃族的一支，后据青唐（今青海西宁）建立政权。

❷緌（xiǔ）：带子。旅：陈列，串连。

❸镇戎军：治所在今宁夏固原。

❹椟：柜子。

❺韩魏公：韩琦（1008—1075），字稚圭，相州安阳（今属河南）人。天圣五年（1027）进士，授淄州通判。庆历间，累迁右谏议大夫，充陕西四路沿边都总管、经略安抚招讨等使，与范仲淹久镇边郡，名重一时，时称“韩范”。累拜枢密使、同中书门下平章事，封魏国公，谥忠献。

❻札：甲片。

❼钻空：指甲片上用来穿带子的小孔。

❽箸：筷子。

❾瘊（hóu）子：皮肤上长的小瘤子。

❿土笋：古代挖土工程中为计算土方而预留的土桩子，状如直立之笋，故称。

龙凤玉钗

【原 文】

朝士黄秉少居长安，游骊山，值道士理故宫石渠，石下得折玉钗，刻为凤首，已皆破缺，然制作精巧，后人不能为也。郑嵎《津阳门》诗曰“破簪碎钿不足拾，金沟浅溜和缨绥”[①]，非虚语也。予又尝过金陵，人有发六朝陵寝[②]，得古物甚多。予曾见一玉臂钗，两头施转关，可以屈伸，合之令圆，仅于无缝，为九龙绕之，功侔鬼神。世多谓前古民醇，工作率多卤拙，是大不然。古物至巧，正由民醇故也，民醇则百工不苟。后世风俗虽侈，而工之致力不及古人，故物多不精。

【译 文】

朝官黄秉年轻时居住在长安，曾经游览骊山，正遇见道士清理旧宫殿的石沟渠，在石头下面得到一支折断的玉钗，雕刻成凤头形状，已经破损了，但是制作十分精巧，后世的工匠造不出来。郑嵎《津阳门》诗说“破簪碎钿不足拾，金沟浅溜和缨绥”，不是浮夸。我曾经路过金陵，有人发掘了六朝的陵墓，得到很多古代器物。我曾经见到一个玉柄宝钗，两头都装有旋转的机关，可以伸缩弯曲，合拢起来就变成圆形，几乎没有缝隙，刻有九条龙缠绕在上，真是鬼斧神工。世人都说远古民风淳朴，工艺大多粗糙，这种说法全然不对。古物如此精巧，正是因为民风淳朴的缘故。民风淳朴，工匠制作都一丝不苟。后世风俗虽然奢侈，但工匠下功夫不如古人，因此制作的器物大多不够精致。

注释

❶郑嵎：字宾先，大中五年（851）进士，以《津阳门》诗知名。津阳门：唐代长安华清宫的外门。缨绥（ruí）：冠带与冠饰。

❷六朝陵寝：是指六朝（三国吴、东晋、南朝宋、南朝齐、南朝梁、南朝

陈）在都城建康（今南京）建造的帝王陵墓。

唐代玉辂

【原 文】

大驾玉辂[1]，唐高宗时造[2]，至今进御[3]。自唐至今，凡三至太山登封[4]，其他巡幸，莫记其数。至今完壮，乘之安若山岳。以措杯水其上而不摇。庆历中，尝别造玉辂，极天下良工为之，乘之动摇不安，竟废不用。元丰中，复造一辂，尤极工巧，未经进御，方陈于大庭，车屋适坏，遂压而碎，只用唐辂，其稳利坚久，历世不能窥其法。世传有神物护之，若行诸辂之后，则隐然有声。

【译 文】

皇帝乘坐的玉辂，为唐高宗时所造，至今仍供皇帝御用。从唐朝到现在，一共三次登泰山封禅，其他的巡视出行，记不清次数了。车子至今完整结实，乘坐它安稳如山岳。把一杯水放在车上面，水也不会摇晃。庆历年间，曾经另外造了一辆玉辂，召集天下良工来制造，乘坐时却动摇不定，最终废而不用。元丰年间，又造了一辆玉辂，做工极其精巧，还没有供皇上御用，正陈列在大庭中，恰好车屋倒塌，于是压碎了新车，只得使用唐代的玉辂，它稳定坚固耐久，历经多年都不能破解其制作方法。世人相传有神物保护它，如果行驶在其他车辆之后，就隐隐约约发出声响。

注 释

❶玉辂（lù）：用玉装饰的帝王所乘的专车。

❷唐高宗：李治（628—683），字为善，唐朝第三位皇帝，649—683 年在位。

❸进御：为皇帝所御幸。

❹太山登封：指封禅泰山。太山，即今山东泰山。

卷二十

神奇

导读

《神奇》一卷，所记多神异之事，尤其是当时人所不能理解的事，沈括将之记录下来，既有猎奇心态，也不乏研究之意。其中有些属于自然现象，如雷击、陨石等，今人不难理解。有些属于超自然现象的，不免诡异，甚至有迷信的成分，自是时代局限性所致，读者自能明辨是非。

《雷斧雷楔》中作者将雷击现象与地理位置相联系，拾得“雷楔”之说迹近虚妄，而辨别“雷州多雷”的是非尚属理智，可见沈括对“神奇”之事抱有怀疑态度，进而竭尽所能地予以释疑解惑，这种辨伪求真的态度无疑是值得肯定的。《陨石》记载常州天坠星石的情况，众人亲眼所见，又有人写文章记述，因而娓娓道来，颇为传神。《雷火》记载李舜举家被雷击，金银器皿均被熔化，而草木无损分毫，这在今天看来，只是电磁感应和是否导电体的简单问题，却令当时人大惑不解，沈括也认为“非人情所测”，所以说科学知识是需要不断积累和进步的。《尹洙悟道》记载尹洙因贬官抑郁成疾，得高僧开导，想做到进退两忘，以至于在临死前颠三倒四、死去活来，让人越发迷糊了。《事非前定》驳斥凡事有定数的谬论，如果事皆有定而且可以预知的话，不好的事情就因预知而躲开，从而不会发生，也就不是“前定”了；既然能躲开而导致没有发生，又哪来的“前知”呢？沈括用这样的思维方式，以子之矛攻子之盾，足以破除迷信了。

雷斧雷楔

【原 文】

世人有得雷斧、雷楔者①，云雷神所坠，多于震雷之下得之，而未尝亲见。元丰中，予居随州②，夏月大雷震一木折，其下乃得一楔，信如所传。凡雷斧多以铜铁为之，楔乃石耳，似斧而无孔。世传雷州多雷③，有雷祠在焉，其间多雷斧、雷楔。按《图经》，雷州境内有雷、擎二水，雷水贯城下，遂以名州。如此，则雷自是水名，言多雷乃妄也。然高州有电白县④，乃是邻境，又何谓也？

【译 文】

世人有拾得雷斧、雷楔的，说是天上的雷神掉下来的，常在雷击后获得，但是我不曾亲眼见到。元丰年间，我居住在随州，夏天大雷震断了一棵树，在树下拾得一个雷楔，确实像传说的一样。大凡雷斧多用铜、铁做成，雷楔则用石头做成，像斧头但没有孔。世人传说雷州多雷，在那里有雷祠，里面有很多雷斧、雷楔。查阅《图经》，雷州境内有雷水和擎水两条河，雷水穿过城下，于是用“雷”作为州名。如此说来，“雷”自然是河流的名称，“多雷”的说法就是妄言了。但是，高州有电白县，与雷州相邻近，又怎么解释呢？

注 释

❶雷斧、雷楔：传说中雷神用以发霹雳的工具，其形如斧楔，故称。楔，楔子，指插入榫缝或空隙中起固定作用的木、竹、石片等。

❷随州：在今湖北北部。沈括于元丰五年（1082）从知延州任上被贬为均州团练副使，随州安置。

❸雷州：今广东湛江雷州。

❹高州：今属广东。电白县：今广东茂名电白区。

陨 石

【原 文】

治平元年[①]，常州日禺时[②]，天有大声如雷，乃一大星，几如月，见于东南。少时而又震一声，移著西南，又一震，而坠在宜兴县民许氏园中[③]。远近皆见，火光赫然照天，许氏藩篱皆为所焚。是时火息[④]，视地中只有一窍，如杯大，极深。下视之，星在其中，荧荧然[⑤]，良久渐暗，尚热不可近。又久之，发其窍，深三尺余，乃得一圆石，犹热，其大如拳，一头微锐，色如铁，重亦如之。州守郑伸得之[⑥]，送润州金山寺[⑦]，至今匣藏，游人到则发视。王无咎为之传甚详[⑧]。

【译 文】

治平元年，常州日近中午时，天上有如雷鸣般的巨响，只见一颗大星，几乎像月亮那样大，出现在东南方。一会儿又有一声巨响，大星移到西南方，又一声巨响后，坠落在宜兴县民许氏的园子里。远近的人都看见了，火光熊熊映照天空，许家的篱笆全被烧毁。等火熄灭后，只见地里有个如杯子一般大小的洞，非常深。往下看，陨星在深洞中，亮光闪烁，过了很久才慢慢暗下来，但还很热，不能接近。又过了很久，挖开那个洞，有三尺多深，得到一块圆石，还在发热，像拳头大小，一头稍微尖细，颜色像铁，重量也与铁相似。知州郑伸得到了陨石，送到润州金山寺，至今用匣子收藏着，游人来了才打开匣子展示。王无咎为此写了一篇文章，叙述得很详细。

注释

❶治平元年：1064年。

❷常州：治所在今江苏常州。日禺（yú）：指“禺中”，白天近中午的时辰。

❸宜兴县：今江苏宜兴。

❹息：熄灭。

❺荧荧然：亮光闪烁的样子。

❻郑伸：身世不详。至和间知潮州，治平间知常州，历官驾部员外郎。

❼润州金山寺：今江苏镇江金山寺。

❽王无咎（1024—1069）：字补之，南城（今属江西）人。嘉祐二年（1057）进士，初补江都县尉，调卫真县主簿、天台县令。后弃官从王安石学，补南康县主簿。

雷　火

【原　文】

内侍李舜举家曾为暴雷所震①。其堂之西室，雷火自窗间出，赫然出檐。人以为堂屋已焚，皆出避之。及雷止，其舍宛然，墙壁窗纸皆黔②。有一木格，其中杂贮诸器，其漆器银扣者③，银悉镕流在地，漆器曾不焦灼。有一宝刀极坚钢，就刀室中镕为汁④，而室亦俨然。人必谓火当先焚草木，

【译　文】

内侍官李舜举的家曾经被巨雷轰击。家中堂屋西边的房室，雷火从窗口冒出来，明晃晃地蹿上屋檐。人们认为堂屋已被烧掉，都逃出去躲避。等雷击停止后，房子依然还在，墙壁和窗纸都变成了黑色。有一个木格架，里面杂乱地放着各种器具，其中漆器上镶嵌的银饰品，全部熔化流到了地上，漆器却没有烧焦。有一把宝刀非常坚硬，在刀鞘中熔化成液体，但刀鞘俨然完好。人们一定会说火应该先烧毁草木，然后才熔

然后流金石，今乃金石皆铄[5]，而草木无一毁者，非人情所测也。佛书言："龙火得水而炽，人火得水而灭。"此理信然。人但知人境中事耳，人境之外，事有何限，欲以区区世智情识，穷测至理，不其难哉？

化金石，可现在金属全都熔化了，草木无一被毁，这不是人的常识所能揣测的。佛书上说："龙火遇水更旺盛，人火遇水而熄灭。"这个道理的确可信。人们只知道人世间的事情，人世间以外，事情哪有止境，想凭区区的世俗知识及情理，去穷究天理，不是太难了吗？

注释

❶内侍：宦官。李舜举（1033—1082）：字公辅，汴京（今河南开封）人。历文思使、文州刺史、内侍押班，元丰间参议泾原路军吏大事，尝与沈括共御西夏，战死于永乐城，谥忠敏。

❷黔：黑。

❸银扣：用银饰镶嵌或包边。

❹刀室：刀鞘。

❺铄：熔化。

尹洙悟道

【原文】

知道者苟未至脱然，随其所得浅深，皆有效验。尹师鲁自直龙图阁谪官[1]，过梁下[2]，与一佛者谈[3]。师鲁自言以静退为乐，其人曰："此

【译文】

悟道的人如果没有达到超脱的境界，依照他所领悟的深浅，都会有所应验。尹洙自直龙图阁学士贬官，经过汝州，同一位高僧交谈。尹洙自称以清静恬退为乐，高僧说："这样还是

犹有所系，不若进退两忘。”师鲁顿若有所得，自为文以记其说。后移邓州[④]，是时范文正公守南阳[⑤]。少日，师鲁忽手书与文正别，仍嘱以后事。文正极讶之，时方馔客[⑥]，掌书记朱炎在坐[⑦]，炎老人，好佛学，文正以师鲁书示炎，曰：“师鲁迁谪失意，遂至乖理[⑧]，殊可怪也。宜往见之，为致意开譬之，无使成疾。”炎即诣尹，而师鲁已沐浴衣冠而坐，见炎来道文正意，乃笑曰：“何希文犹以生人见待？洙死矣。”与炎谈论顷时，遂隐几而卒[⑨]。炎急使人驰报文正，文正至，哭之甚哀。师鲁忽举头曰：“早已与公别，安用复来？”文正惊问所以，师鲁笑曰：“死生常理也，希文岂不达此？”又问其后事。尹曰：“此在公耳。”乃揖希文，复逝。俄顷，又举头顾希文曰：“亦无鬼神，亦无恐怖。”言讫，遂长往。师鲁所养至此，可谓

有所牵挂，不如进退两忘。”尹洙顿时像是有所感悟，自己写文章记下高僧的说法。后来尹洙转移到邓州，当时范仲淹为南阳主官。没过几天，尹洙忽然寄来亲笔信和范仲淹诀别，同时嘱托身后事。范仲淹十分惊讶，当时正在宴请宾客，掌书记朱炎在坐，朱炎是一位老人，喜好佛学，范仲淹把尹洙的信给朱炎看，说道：“尹洙遭贬官失意，于是行事违背道理，很是奇怪。应当前去看他，向他致意并开导他，不要使他忧虑成疾。”朱炎就前去拜会尹洙，而尹洙已经沐浴干净、更换衣冠坐着，见朱炎来转达范仲淹的意思，就笑道：“仲淹为什么还把我当活人对待？尹洙已经死了。”与朱炎谈论了一会儿，便靠着几案死去。朱炎急忙派人骑马向范仲淹报告，范仲淹赶来，哭得十分哀伤。尹洙突然抬起头来说：“早已与您告别了，哪里用得着再来？”范仲淹吃惊地问怎么回事，尹洙笑着说：“死生是人之常理，您难道不明白这一道理？”又问尹洙身后事，尹洙说：“这就拜托您了。”于是向范仲淹作揖，就又死去了。一会儿，又抬头回望范仲淹说：“既没有鬼神，也没有恐怖。”说完，就与世长辞了。尹洙的涵养到了这种程度，可以说很

有力矣，尚未能脱有无之见，何也？得非进退两忘犹存于胸中欤？

有定力了，尚且不能超脱有无的见解，这是什么原因呢？莫非是进退两忘的说法还存留在心中吗？

注释

❶尹师鲁：尹洙（1001—1047），字师鲁，西京河南府（今河南洛阳）人。天圣二年（1024）进士，复应书判拔萃科试，知河南府伊阳县。历太子中允、陕西经略判官，兵败好水川，降濠州通判，历知泾、渭、庆、潞州。庆历五年（1045），坐公使钱事自直龙图阁贬崇信军节度副使。次年底，贬监均州酒税。

❷梁下：指汝州。

❸佛者：指昭禅师，居汝州，与尹洙交往三十余年。

❹邓州：治所在今河南南阳邓州。庆历七年（1047），尹洙因病至邓州。

❺范文正公：范仲淹（989—1052），累官参知政事，罢政后出知邠州，庆历五年（1045）改知邓州，皇祐初移知杭州。卒谥文正。

❻馔：陈设或准备食物，这里指宴请。

❼朱炎：身世不详。庆历七年（1047）为邓州掌书记。

❽乖理：违背常理。

❾隐几：靠着几案。

事非前定

【原文】

人有前知者，数十百千年事皆能言之，梦寐亦或有之，以此知万事无不前定。予以谓不然，事非前定。方其知时，即是今日。中间年岁，亦与此同时，元非先后。此理宛然[①]，熟观之可谕。或曰："苟能前知，事有不利者，可迁避之[②]。"亦不然也。苟可迁避，则前知之时，已见所避之事，若不见所避之事，即非前知。

【译文】

有号称先知的人，数十成百上千年的事都能预言，就是睡梦中的事或许也能够预知，由此可知万事都是早就预定好了的。我认为不是这样的，事情并非早有预定。当他知道将来之事的时候，也就成"今日"了。从现在到将来之间的岁月，也都与这个"今日"同时，根本不分先后。这个道理真切可见，仔细观察就会明白。有人说："如果能预先知道，有不利的事情，就可以躲开。"这也不对。如果能够躲避，那么预知的时候，就已经看见了需要躲避的事，如果见不到需要躲避的事，就不是预知了。

注释

❶宛然：真切可见的样子。

❷迁避：迁移以避开。

卷二十一

异事异疾附

导读

《异事》一卷，所记多以奇异的自然现象为主，也对“神奇”之事偶有记述，但迷信的成分少了，科学考证的内容多了，因此本卷的价值大于前卷，可供阅读欣赏的内容也较多。

《虹》记载日光折射而产生虹的奇特现象，这是沈括在使辽途中所见，因而实地观察，推考成因，并引用孙思恭“虹乃雨中日影”之语作结，这一见解无疑是正确的。《夹镜之谜》记载作者沉迷于古代的制镜工艺，经过外表观察和敲击辨音等一系列检测手段，都找不到合理的解释，只能归于奇异之事而记录下来。《奇光》记载了几件奇异发光的物体，可能与发光蛋白体或发光细菌有关，沈括通过观察思考，将它们归为一类，不是没有道理的。《印子金》讲述楚地出土各种铸金的情况，都是作者在寿春、随州亲眼所见，甚至是亲自收得的金饼，并印证古籍，颇具参考价值。《奇疾》记载了作者耳闻目见的几种怪病，有萎缩症、饥饿症及视神经病变等怪症，当时人无法治疗，沈括记录下来，对后世医学无疑是有帮助的。《海市》记录海市蜃楼的奇特现象，沈括对时人“蛟蜃之气所为”之说不以为然，并将欧阳修所见鬼神过空之事一并记载，认为“大略相类”，审慎的态度和严谨的推理，使他的见识远远高过时人。《竹笋化石》记载不长竹子的地方居然发现竹笋化石，因而产生疑问，并怀疑是远古时代的产物，因沧海桑田的地质变化而造成，是很有道理的。《蛇蜃化石》记述泽州发现“鳞甲皆如生物”的化石，怀疑是“蛇蜃所化”，说明沈括对远古至今的地质变化已有所认知，尽管现代人认为这种化石可能是名为鳞木的植物，而不是所谓

“蛇蜃”一类的动物所化。《息石》记载作者不同意前人将息石视作丹砂的看法，认为它不仅形状颜色与丹砂不同，而且具有自己生长的规律，不能轻易下结论，这自然是审慎科学的态度。《舒屈剑》记载使用钢材制成的神奇宝剑，这种钢材类似于现代的弹簧钢，不仅锋利，还伸缩自如，显示古人已经拥有了高超的冶炼技术。《鳄鱼》客观记载了鳄鱼的特点及其生存环境，在孵化率不高的情况下，又被人捕杀，处境堪忧，这与韩愈《祭鳄鱼文》又是威胁又是劝诱鳄鱼搬迁的情况大不相同。《海蛮师》记载了一种虎头鱼身的动物，是各种书籍都没有记载的，但也有人说这是虎头鲨，能变虎。沈括不仅将它记录下来，还很细致，对后人识别物种，无疑是有帮助的。《龙卷风》记载了熙宁年间发生的一次大风灾害，县城化为废墟，百姓损失无数，作为奇异之事记录下来，说明龙卷风在当时并不常见，但危害之大，足以警醒世人。《冰花》记录大自然形成的冰花奇景，如人工笔折枝图画，美不胜收。

虹

【原 文】

世传虹能入溪涧饮水，信然。熙宁中，予使契丹①，至其极北黑水境永安山下卓帐②。是时新雨霁③，见虹下帐前涧中。予与同职扣涧观之④，虹两头皆垂涧中。使人过涧，隔虹对立，相去数丈，中间如隔绡縠⑤。自西望东则见，盖夕虹也。

【译 文】

世人相传虹能到溪涧中喝水，确实如此。熙宁年间，我出使契丹，到了最北边的黑水境永安山下扎帐宿营。当时刚刚雨过天晴，看见一道虹下到营帐前的溪涧中。我和同事来到涧边观察，虹的两端都垂到涧中。派人过涧，隔着虹与我们相向而立，相距几丈远，中间像隔着一层薄纱。从西往东看，可以看到虹，大概这是傍晚的虹。

立涧之东西望，则为日所铄[6]，都无所睹。久之稍稍正东，逾山而去。次日行一程，又复见之。孙彦先云[7]：“虹乃雨中日影也，日照雨则有之。”

而站在涧的东边往西看，因为阳光耀眼，什么都看不见。过了好久，虹渐渐向正东方向移动，越过山岭远去。第二天走了一段路，又看到了虹。孙彦先说：“虹是雨中太阳光的影像，阳光照在雨上就有了虹。”

注释

❶予使契丹：熙宁八年（1075），沈括为提举河北西路保甲，出使辽国。

❷永安山：后改称庆云山，又名大黑山，在今内蒙古巴林右旗索博日嘎苏木驻地北，是辽代皇帝游猎、避暑地。卓帐：安扎帐篷。

❸霁：雨过天晴。

❹扣：同“叩”，靠近。

❺绡縠（xiāohú）：丝织薄纱。

❻铄：同“烁”，光辉闪烁。

❼孙彦先：孙思恭（1016—1076），字彦先，登州（今山东蓬莱）人。擢进士第，历宛丘令、国子直讲、秘阁校理，神宗即位，擢天章阁待制，出知江宁府、邓州，以疾移单州，管干南京留司御史台。思恭精历数之学，著有《尧年至熙宁长历》。

夹镜之谜

【原 文】

予于谯亳得一古镜[1]，以手循之[2]，当其中心，则摘然如灼龟之声[3]。人或曰："此夹镜也[4]。"然夹不可铸，须两重合之。此镜甚薄，略无焊迹，恐非可合也。就使焊之，则其声当铣塞[5]，今扣之，其声泠然纤远[6]。既因抑按而响，刚铜当破，柔铜不能如此澄莹洞彻。历访镜工，皆罔然不测[7]。

【译 文】

我在亳州得到一面古镜，用手抚摸，当抚摸到中心时，就发出像灼烧龟甲时的爆裂声响。有人说："这是夹镜。"然而夹镜无法直接铸造，必须两片合起来。这面镜子很薄，丝毫没有焊接的痕迹，恐怕不是合成的。如果是焊接的，那么它的声音就应该重浊沉闷，现在敲击它，声音却清细悠长。既然是因为按压而发出声响，那么硬铜就应该破裂，而柔铜又不能像这样声音清脆通透。我遍访铸镜工匠，他们都茫然不能解释。

注 释

❶谯亳：今安徽亳州。

❷循：抚摸。

❸摘然：形容开裂的声音。灼龟：用火灼烧龟甲使其开裂，古人根据裂纹占卜吉凶。

❹夹镜：由两层铜合制而成的镜子。

❺铣塞：指因闭塞而使敲击声重浊沉闷。

❻泠然纤远：形容声音清脆纤细而传得很远。

❼罔然：犹"茫然"，恍惚不解的样子。

奇光

【原文】

卢中甫家吴中[1]，尝未明而起，墙柱之下，有光熠然[2]，就视之，似水而动，急以油纸扇挹之[3]，其物在扇中滉漾[4]，正如水银，而光艳烂然，以火烛之，则了无一物。又魏国大主家亦尝见此物[5]。李团练评尝与予言[6]，与中甫所见无少异，不知何异也。予昔年在海州，曾夜煮盐鸭卵，其间一卵烂然通明如玉[7]，荧荧然，屋中尽明。置之器中十余日，臭腐几尽，愈明不已。苏州钱僧孺家煮一鸭卵[8]，亦如是。物有相似者，必自是一类。

【译文】

卢秉家住吴中，曾经在天不亮时起床，发现墙柱下面有光亮闪耀，靠近一看，见光像水一样浮动，他急忙用油纸扇将它舀起来，这团光便在扇子上荡漾，和水银相似，而光亮灿烂，点燃烛火照视，却什么也没有。另外，魏国大长公主家也曾经看到这种东西。团练使李评曾与我谈起此事，与卢秉所见的没有什么差别，不知道是什么怪异的东西。我以前在海州时，曾经在晚上煮咸鸭蛋，其中一只蛋，像玉石一样光亮透明，亮晶晶的，把整个屋子都照亮了。把它放在容器中十多天，几乎全部腐烂发臭了，却更加光亮不止。苏州钱僧孺家里煮过一只鸭蛋，也像这样。这些东西有此相似的现象，必然自成一类。

注释

❶卢中甫：卢秉，字仲甫，湖州德清（今属浙江）人。皇祐元年（1049）进士，调吉州推官历，州县官二十年，后以诗受王安石称赏，累进制置发运副使，加集贤殿修撰，知渭州、荆南。吴中：泛指今江苏苏州一带。

❷熠然：闪烁貌。

❸挹：舀取。

❹滉漾：荡漾，浮动。

❺魏国大主：指魏国大长公主，宋太祖长女。

❻李团练评：李评，字持正，上党（今山西长治）人。历东头供奉官、西上阁门使、枢密都承旨，熙宁八年（1075）沈括使辽时，荣州刺史李评假四方馆使副之。累官成州团练使、知蔡州。

❼烂然：明亮貌。

❽钱僧孺：苏州（今属江苏）人。熙宁初为苏州长洲县主簿，与沈括同为张牧孙女婿。

印子金

【原　文】

寿州八公山侧土中及溪涧之间[1]，往往得小金饼，上有篆文“刘主”字，世传淮南王药金也[2]。得之者至多，天下谓之印子金是也[3]。然止于一印，重者不过半两而已，鲜有大者。予尝于寿春渔人处得一饼，言得于淮水中[4]，凡重七两余，面有二十余印，背有五指及掌痕，纹理分明。传者以谓泥之所化[5]，手痕正如握泥之迹。襄、随之间[6]，故春陵白水地[7]，发

【译　文】

寿州八公山旁边的土中与溪涧之间，常常能发现小金饼，上面篆书“刘主”二字，世人传说是淮南王药金。拾到的人很多，天下人称它为印子金。但是，金饼往往只有一个印，重的不过半两罢了，很少有大的。我曾在寿春一个渔民那儿得到一块金饼，说是在淮河中捞的，共重七两多，上面有二十多个印，背面有五指及手掌的痕迹，纹路清晰。传说金饼是由湿泥变化而成，手印正是手握湿泥的痕迹。襄阳、随州之间，是古代春陵白水的地域，挖掘土地常有人拾

土多得金麟趾、袅蹄[8]。麟趾中空，四傍皆有文，刻极工巧。袅蹄作团饼，四边无模范迹，似于平物上滴成，如今干柿，土人谓之柿子金。《赵飞燕外传》[9]："帝窥赵昭仪浴[10]，多裒金饼以赐侍儿私婢。"殆此类也。一枚重四两余，乃古之一斤也。色有紫艳，非他金可比。以刀切之，柔甚于铅，虽大块亦可刀切，其中皆虚软。以石磨之，则霏霏成屑[11]。小说谓麟趾、袅蹄乃娄敬所为药金[12]，方家谓之娄金，和药最良。《汉书》注亦云"异于他金"。予在汉东[13]，一岁凡数家得之。有一窖数十饼者，予亦买得一饼。

到麟趾金和马蹄金。麟趾金中间是空的，四边都有文字，刻镂极为精巧。马蹄金为圆饼形，四边没有模铸的痕迹，好像是在平的物件上滴成的，如今天的干柿饼，当地人称它为柿子金。《赵飞燕外传》记载："皇上偷看赵昭仪洗浴，怀揣许多金饼，赐给赵昭仪的侍从婢女。"大概就是这种金饼。金饼一枚重四两多，就是古时候的一斤。其中有紫色鲜艳的，其他金子都不能与之相比。用刀切开，比铅还柔软，即使是大块金也可用刀切，中间都是松软的。用石头打磨，就纷纷变成金屑。小说上说麟趾金、马蹄金是娄敬炼制的药金，方术家称为娄金，用来和药效果最佳。《汉书》注中也说"不同于其他金子"。我在汉东时，一年中有好几家获得这种金块。有一窖挖得几十饼的，我也买到一饼。

注释

❶寿州：治今安徽淮南凤台、寿县。八公山：在寿春北，相传淮南王刘安好黄白之术，曾召集术士"八公"于寿春北山筑炉炼丹，八公山因此得名。

❷淮南王：刘安（前179—前122），汉高祖刘邦之孙。好读书，编著有《淮南子》。后因谋反被杀。

❸印子金：爰金，战国时流行于楚国等地的方形货币，上铸"郢爰"等字。

❹淮水：淮河。

❺泥：湿土。

❻襄、随：今湖北襄阳、随州。

❼春陵白水：指春陵白水乡，在今湖北襄阳枣阳吴店镇。西汉宗室刘仁于此重建春陵城池，仍封春陵侯。

❽金麟趾：麟趾形的铸金。褭蹄：马蹄形的铸金。

❾《赵飞燕外传》：旧题汉伶玄撰，记汉成帝皇后赵飞燕佚事。

❿赵昭仪：赵飞燕之妹赵合德，为汉成帝宠妃。

⓫霏霏：纷乱貌。

⓬娄敬：西汉初齐地人。事汉高祖刘邦有功，赐姓刘，拜为郎中。

⓭汉东：汉东郡，治随县（今湖北随州）。

奇　疾

【原　文】

世有奇疾者。吕缙叔以知制诰知颍州[1]，忽得疾，但缩小，临终仅如小儿。古人不曾有此疾，终无人识。有松滋令姜愚，无他疾[2]，忽不识字，数年方稍稍复旧。又有一人家妾，视直物皆曲，弓弦界尺之类，视之皆如钩，医僧奉真亲见之[3]。江南逆旅中一老妇[4]，啖物不知饱。徐德占过逆旅[5]，老妇诉以饥，其子耻之，对德占以蒸饼啖之，尽一竹篑[6]，

【译　文】

世上有奇怪的疾病。吕夏卿以知制诰出知颍州，忽然患病，身体一直缩小，临终时只有小孩那般大。古人不曾有这种病，最终没有人能说清楚。还有松滋令姜愚，没有其他疾病，忽然不识字，好几年后才渐渐恢复。又有一人家的妾，看直的物体都是弯曲的，弓弦、界尺之类的东西，在她看来都像弯钩。医僧奉真亲自给她诊断过。江南的旅舍中有一个老妇人，吃东西不知道饱。徐禧经过那家旅舍，老妇人向他诉说肚子饥饿，她儿子为此羞愧，当着徐禧面拿蒸饼给老妇人

约百饼，犹称饥不已。日饭一石米，随即痢之，饥复如故。京兆醴泉主簿蔡绳[7]，予友人也，亦得饥疾，每饥立须啖物，稍迟则顿仆闷绝。怀中常置饼饵，虽对贵官，遇饥亦便龁啖[8]。绳有美行，博学有文，为时闻人，终以此不幸。无人识其疾，每为之哀伤。

吃，整整吃了一竹筐，大约有一百个饼，还不停地说肚子饿。老妇人每天要吃一石米的饭，随即就腹泻排出，又饥饿如故。京兆府醴泉县主簿蔡绳是我的朋友，也得了饥饿病，每当饥饿必须立刻吃东西，稍迟一点就会倒地休克。因此怀里经常揣着饼食，即使是面对达官贵人，到饥饿时也要吞嚼。蔡绳品德高尚，博学有文采，是当时的名人，最终因此而不幸。没人知道这是什么病，我每每为他哀伤。

注释

❶吕缙叔：吕夏卿（1015—1068），字缙叔，泉州晋江（今属福建）人。庆历二年（1042）进士，授江宁尉。与欧阳修、宋祁同修《新唐书》。熙宁初，出知颍州，得奇疾卒。颍州：治所在今安徽阜阳。

❷松滋：今属湖北。姜愚，字子发，开封（今属河南）人。师从邵雍，进士第，治平间知寿州六安县，累官太学博士，以目疾分司居新乡，后失明。

❸医僧奉真：号善济，鄞（今属浙江宁波）人。善医，熙宁中名闻京师。

❹逆旅：旅店。

❺徐德占：徐禧（1035—1082），字德占，洪州分宁（今江西修水）人。不事科举，王安石变法，禧上《治策》二十四篇，授镇安军节度推官，累官御史中丞、给事中，阵亡于永乐城。

❻篑：筐。

❼京兆醴泉：今陕西咸阳礼泉。蔡绳：山阳（今江苏淮安）人，沈括友人。

❽龁（hé）：咀嚼。

海　市

【原　文】

登州海中时有云气[1]，如宫室、台观、城堞、人物、车马、冠盖[2]，历历可见，谓之海市[3]。或曰："蛟蜃之气所为[4]。"疑不然也。欧阳文忠曾出使河朔[5]，过高唐县，驿舍中夜有鬼神自空中过[6]，车马人畜之声，一一可辨。其说甚详，此不具纪。问本处父老，云："二十年前尝昼过县，亦历历见人物。"土人亦谓之海市，与登州所见大略相类也。

【译　文】

登州海面上随时有云气出现，像宫室、楼台、城墙、人物、车马、衣帽，清晰可见，人们称为海市。有人说："这是蛟龙吐出的气形成的。"恐怕不是这样。欧阳修出使黄河之北，经过高唐县，驿舍里夜间有鬼神从空中经过。车马、人、牲畜的声音可以一一分辨，他叙述得十分详细，这就不全部记载了。我访问过那里的老人，他们说："二十年前，曾在白天经过本县，也很清楚地看到人物。"当地人也称为海市，这与登州所见到的景象大略相同。

注释

❶登州：治所在今山东烟台蓬莱区。

❷城堞：城上的矮墙。冠盖：泛指官员的冠服和车乘。

❸海市：指出现在海滨的山川城郭现象，这是由于光线透过大气层时发生折射而出现的奇景，又称"海市蜃楼"。

❹蛟蜃：传说中蛟龙一类的动物，能吐气成海市蜃楼。

❺河朔：泛指黄河以北的地区。

❻驿舍：驿站，古代供官员歇息的馆舍。

竹笋化石

【原 文】

近岁延州永宁关大河岸崩[①]，入地数十尺，土下得竹笋一林，凡数百茎，根干相连，悉化为石。适有中人过[②]，亦取数茎去，云欲进呈。延郡素无竹，此入在数十尺土下，不知其何代物。无乃旷古以前，地卑气湿而宜竹邪？婺州金华山有松石[③]，又如核桃、芦根、鱼蟹之类，皆有成石者，然皆其地本有之物，不足深怪。此深地中所无，又非本土所有之物，特可异耳。

【译 文】

近年延州永宁关附近的黄河堤岸崩塌，土地下陷几十尺，在下面发现一丛竹笋，共有几百根，竹根和竹竿相连，都已化作石头。正好有宦官经过，也拿走了几根，说要进献给皇上。延州一带历来没有竹子，这些竹笋化石埋在几十尺深的地下，不知道是哪个时代的。莫非是远古以前，这里地势低下、气候潮湿而适宜竹子生长吗？婺州金华山有松树化石，又如核桃、芦根、鱼、蟹之类的东西都有变成石头的，但都是本土原来就有的东西，不足为奇。这种竹笋是深土中所没有的，又不是本地出产的东西，这才特别值得奇怪啊。

注 释

❶延州：今陕西延安一带。永宁关：今陕西延安延川东南延水关。

❷中人：宦官。

❸婺州：今浙江金华。金华山：在金华城北，为道教圣地。

蛇蜃化石

【原 文】

治平中，泽州人家穿井[1]，土中见一物，蜿蜒如龙蛇状，畏之不敢触。久之，见其不动，试扑之，乃石也。村民无知，遂碎之。时程伯纯为晋城令[2]，求得一段，鳞甲皆如生物。盖蛇蜃所化，如石蟹之类。

【译 文】

治平年间，泽州有人家挖井，在土中发现一个东西，蜿蜒曲折像龙蛇的形状，人们害怕它，不敢触摸。过了很久，见它不动，就试着去捕捉它，原来是石头。村民没有知识，就把它敲碎了。当时程伯纯任晋城县令，取得一段，石上的鳞甲就像活的生物一样。这大概是蛇蜃一类的化石，如同螃蟹变成石蟹那样。

注释

❶泽州：治所在今山西晋城。

❷程伯纯：程颢（1032—1085），字伯淳，世称明道先生，河南人。嘉祐二年（1057）进士，调鄠县、上元主簿。治平三年（1066），知晋城县。历太子中允、监察御史里行，因反对变法，签书镇宁军判官。元丰初知扶沟县。南宋时赐谥纯公，封河南伯。

息 石

【原 文】

随州医蔡士宁尝宝一息石[①]，云数十年前得于一道人。其色紫光，如辰州丹砂[②]，极光莹如映。人搜和药剂，有缠纽之纹，重如金锡。其上有两三窍，以细篾剔之[③]，出赤屑如丹砂，病心狂热者，服麻子许即定。其斤两岁息，士宁不能名，乃以归予。或云："昔人所炼丹药也。"形色既异，又能滋息，必非凡物，当求识者辨之。

【译 文】

随州医生蔡士宁曾经珍藏一块息石，说是几十年前从一个道士那儿得到的。这块息石有紫色光泽，就像辰州的丹砂一样，特别晶莹透亮。人们收集来入药，表面有缠绕的纹路，重量如金、锡。石上有两三个小孔，用细篾片挑挖，可以挖出像丹砂一般的红色粉末，给躁狂患者服用，只需芝麻粒大小就能使其安定下来。它的重量逐年增加。蔡士宁叫不出它的名称，就送给我了。有人说："这是前人所炼的丹药。"但是它的形状颜色既然不同，又能自行生长，肯定不是寻常的东西，应该请行家来辨认。

注 释

❶随州：今属湖北。蔡士宁：身世不详。息石：又称息土、息壤，干则为矿石，遇水可膨胀而成泥土，据说大禹用以治洪水。

❷辰州：治今湖南怀化沅陵。丹砂：指朱砂，深红色晶体，入药有安神之用。古代道教徒用以化汞炼丹。

❸细篾：细竹片。

舒屈剑

【原 文】

钱塘有闻人绍者[1]，尝宝一剑。以十大钉陷柱中，挥剑一削，十钉皆截，隐如秤衡[2]，而剑锋无纤迹。用力屈之如钩，纵之铿然有声，复直如弦。关中种谔亦畜一剑[3]，可以屈置盒中，纵之复直。张景阳《七命》论剑曰[4]：“若其灵宝，则舒屈无方。”盖自古有此一类，非常铁能为也。

【译 文】

钱塘人闻人绍曾经藏有一把宝剑。把十枚大钉子钉在木柱上，挥剑一削，十枚钉子一齐截断，就像秤杆上的秤星一样平整，而剑刃没有丝毫损伤痕迹。用力使剑弯曲如钩，然后放开，剑铿然一声，又重新恢复成直线。关中的种谔也收藏有一把剑，可以弯曲起来放在盒子里，取出来又能伸直。张协的《七命》论剑说：“要是它像灵宝剑，那就可以随意伸直弯曲，不受限制。”大概自古就有这一类宝剑，不是普通的铁能铸成的。

注 释

❶闻人绍：钱塘（今浙江杭州）人，身世不详。

❷秤衡：秤杆，这里指被剑削断的钉子隐在柱中就像秤杆上的秤星一样平整。

❸关中：指东潼关、西散关、南武关、北萧关之内的地域，泛指今陕西省中部地区。种谔（1027—1083）：字子正，洛阳（今属河南）人。以父种世衡荫入仕，历知青涧城，累迁鄜延经略安抚副使，知延州。

❹张景阳：张协，字景阳，安平（今属河北）人。累迁中书侍郎、河间内史。《七命》为他仿枚乘《七发》之作。

鳄　鱼

【原　文】

《岭表异物志》记鳄鱼甚详[1]。予少时到闽中[2]，时王举直知潮州[3]，钓得一鳄，其大如船，画以为图，而自序其下。大体其形如鼍[4]，但喙长等其身，牙如锯齿。有黄、苍二色，或时有白者。尾有三钩，极铦利[5]，遇鹿豕，即以尾戟之以食[6]。生卵甚多，或为鱼，或为鼍、鼋[7]，其为鳄者不过一二。土人设钩于大豕之身，筏而流之水中，鳄尾而食之，则为所毙。

【译　文】

《岭表异物志》对鳄鱼的记载十分详尽。我少年时到闽中，当时王举直知潮州，钓得一条鳄鱼，有一条船那么大，画成图画，亲自在图画下面作序。大体上鳄鱼的形状像鼍，但是嘴巴与身子一样长，牙齿像锯齿。鳄鱼有黄色、青色两种，偶尔有白色的。尾部有三个钩，非常锋利，遇到鹿或猪，就用尾巴将其叉死而吃掉。鳄鱼产卵很多，有的孵成鱼，有的孵成鼍、鼋，孵成鳄的不过十分之一二。当地人把铁钩安在大猪身上，用竹筏载着放到水中漂流，鳄鱼尾随着来吃猪，就被捕获送命。

注释

❶《岭表异物志》：指《岭表录异》，唐刘恂撰，记载岭南风物。

❷予少时到闽中：康定元年（1040），父沈周为泉州守，沈括随父到闽中。

❸王举直：康定初知潮州，其他事迹不详。

❹鼍（tuó）：指扬子鳄。

❺铦（xiān）利：锐利。

❻戟（jǐ）：古长兵器。此用作动词，用戟钩刺之意。

❼鼋（yuán）：大鳖，俗称癞头鼋。

海蛮师

【原 文】

嘉祐中，海州渔人获一物，鱼身而首如虎，亦作虎文。有两短足在肩，指爪皆虎也。长八九尺，视人辄泪下。舁至郡中[①]，数日方死。有父老云："昔年曾见之，谓之海蛮师。"然书传、小说未尝载。

【译 文】

嘉祐年间，海州渔民捕获了一种动物，长着鱼的身子而头像老虎，也有老虎的花纹。在它的肩上长有两只短足，指爪都和老虎一样。体长八九尺，见到人就会流泪。把它抬到城中，过了几天才死。有父老说："往年也见过这种动物，称为海蛮师。"然而各种史书、传记、小说中都没有记载。

注释

❶舁（yú）：抬。

龙卷风

【原 文】

熙宁九年[①]，恩州武城县有旋风自东南来[②]，望之插天如羊角。大木尽拔，俄顷，旋风卷入云霄中。既而渐近，乃经县城，官舍民居略尽，悉卷

【译 文】

熙宁九年，恩州武城县有旋风从东南方刮来，望去像羊角直插云天。大树尽被拔起，很快被旋风卷入云霄中。不久，旋风逐渐移近，经过县城，官舍民房一扫而尽，都被卷入云中。

入云中。县令儿女、奴婢卷去，复坠地，死伤者数人。民间死伤亡失者不可胜计。县城悉为丘墟，遂移今县。

县令的儿女、奴婢被风卷走，又坠落到地上，死伤了几个人。民间死亡、受伤、失踪的人不计其数。县城全部成为废墟，于是就迁移到现在的新县城。

注释

❶熙宁九年：据《续资治通鉴长编》记载，武城县大风发生在熙宁十年（1077）六月。

❷武城县：今属山东。

冰 花

【原 文】

宋次道《春明退朝录》言[1]："天圣中，青州盛冬浓霜[2]，屋瓦皆成百花之状。"此事五代时已尝有之，予亦自两见如此。庆历中，京师集禧观渠中冰纹[3]，皆成花果林木。元丰末，予到秀州[4]，人家屋瓦上冰亦成花，每瓦一枝，正如画家所为折枝[5]，有大花如牡丹、芍药者，细花如海棠、萱草辈者，皆有枝叶，无毫发不具，气象生动，虽

【译 文】

宋敏求《春明退朝录》记载："天圣年间，青州在隆冬季节出现浓霜，屋瓦都成了百花的形状。"这种事五代时就曾经发生过，我自己也两次亲眼见到。庆历年间，京城集禧观沟渠中的冰霜，都凝结成花果树木的图纹。元丰末年，我在秀州，居民屋瓦上的冰也结成花的形状，每片瓦上有一枝，正如画家所画的折枝图，有大花像牡丹、芍药的，有小花如海棠、萱草的，都有枝叶，一丝一毫也不欠缺，气韵形象生动，

巧笔不能为之。以纸拓之，无异石刻。

即使是能工巧笔也画不出来。用纸拓下来，与石刻没有差别。

注释

❶宋次道：宋敏求（1019—1079），字次道，赵州平棘（今河北石家庄赵县）人。以父荫为秘书省正字，充馆阁校勘，参撰《新唐书》及《仁宗实录》，拜右谏议大夫、龙图阁直学士。著《春明退朝录》，多记唐宋典故。

❷青州：今属山东。

❸集禧观：原为会灵观，供奉三山五岳神灵，仁宗时毁于火，重建后改名集禧观。

❹秀州：今属浙江嘉兴。沈括于元丰八年（1085）冬徙秀州团练副使，本州安置。

❺折枝：指不画全株、只画折枝部分的画法。

卷二十二

谬误谲诈附

导读

《谬误》记录的不只是书本上的错误，也有生活中荒唐可笑的事件，更有形形色色的诈骗伎俩，所以大凡“谲诈”一类的故事，也附入本门。

《丁谓上表》属于谲诈，记述丁谓费尽心机，借大臣之手给皇帝上表，从而获得宽恕而向北迁移之事。《〈酉阳杂俎〉多误》指摘段成式记事率意而没有根据，并对所记“一木五香”进行驳斥，证其“尤谬”。《科举卖卜》揭露占卜者利用举人心态获取暴利的骗术，可惜从古至今，乐于被骗者大有人在。《包拯被卖》叙述吏人作奸犯科手段高明，在明察秋毫的包拯面前，依然卖权受贿，最终奸谋得逞。《车渠》记载了海中大贝类生物车渠，因外壳上有像车渠的沟垄而得名，但经学大师郑玄不认识这种海洋生物，因而望文生义，将其释作“车罔”，所以沈括特为拈出，可见注释古书的不易。《李淑雅言》记载李淑喜欢讲一些古雅的话，如将吃饭说成“餐来”，结果导致听者误会，令人哭笑不得。语言本是方便人与人交流的，如果故作高深，就会造成交流障碍，沈括记下这则故事，想必是有深意的。

丁谓上表

【原 文】

丁晋公之逐[①]，士大夫远嫌，莫敢与之通声问。一日，忽有一书与执政，执政得之不敢发，立具上闻。洎发之[②]，乃表也[③]，深自叙致，词颇哀切，其间两句曰："虽迁陵之罪大[④]，念立主之功多[⑤]。"遂有北还之命。谓多智变，以流人无因达章奏，遂托为执政书，度以上闻，因蒙宽宥。

【译 文】

丁谓被斥逐之后，士大夫为避嫌，不敢与他通信问候。有一天，突然有一封信送交执政大臣，执政大臣得到信不敢拆看，立即上奏皇帝。等打开信封，原来是一份奏表，自陈委婉脱罪，言词很是哀痛，其中有两句说："虽然迁移陵寝的罪过大，想来拥立主上的功劳也多。"于是有了北还的命令。丁谓多智谋权变，因为流放的人没有缘由上奏章，于是假托给执政大臣写信，估计他们会奏报皇上，因此获得宽恕。

注 释

❶丁晋公：丁谓（966—1037），字谓之，苏州长洲（今江苏苏州）人。淳化三年（992）进士，为大理评事，通判饶州。累官参知政事，除枢密使，拜同中书门下平章事，封晋国公。仁宗即位，罢相，分司西京，再贬崖州司户参军。天圣三年（1025），徙雷州。

❷洎（jì）：及。

❸表：上给皇帝的奏表。

❹迁陵：真宗逝世，丁谓为山陵使，雷允恭擅自改移真宗陵址，伏诛。丁谓包庇雷允恭，遂罢相。

❺立主：真宗去世，仁宗即位，丁谓为宰相兼太子少师，故称有"立主之功"。

《酉阳杂俎》多误

【原 文】

段成式《酉阳杂俎》记事多诞[1]，其间叙草木异物，尤多谬妄，率记异国所出，欲无根柢。如云一木五香：根，旃檀[2]；节，沈香；花，鸡舌[3]；叶，藿[4]；胶，薰陆[5]。此尤谬。旃檀与沈香，两木元异。鸡舌即今丁香耳，今药品中所用者亦非。藿香自是草叶，南方至多。薰陆小木而大叶，海南亦有，薰陆乃其胶也，今谓之乳头香。五物迥殊，元非同类。

【译 文】

段成式《酉阳杂俎》记事有很多荒诞之处，其中记述那些草木异物，更多错谬，所记大多产自外国，想让人查无所据。比如说一木五香：根是旃檀香，枝节是沉香，花是鸡舌香，叶是藿香，胶是薰陆香。这种说法更为荒谬。檀香与沉香，两种植物原本不一样。鸡舌就是现在的丁香，但现在作为药用的也不是丁香。藿香本是草叶，南方很多。薰陆树小而叶大，海南也有，薰陆香就是它分泌的胶，现在叫作乳头香。五种东西差别很大，根本不是同一种东西。

注 释

❶段成式（约803—863）：字柯古，临淄（今山东淄博临淄区北）人。历任秘书省校书郎，庐陵、缙云、江州刺史，终至太常寺少卿。所著《酉阳杂俎》二十卷，续集十卷，博及陨星、化石、矿产、动植物以及中外传说、神话故事等，内容丰富，多为人征引。

❷旃檀（zhāntán）：指檀香。

❸鸡舌：鸡舌香，通称丁香，热带植物，花供药用，种子可榨丁香油，种仁由形似鸡舌的两片子叶抱合而成。

❹藿：藿香，多年生草本植物，嫩叶可为香料，茎、叶入药有清凉解热、健胃止吐的作用。

❺薰陆：乳香，为树脂凝固而成，可为薰香原料，又供药用。

科举卖卜

【原　文】

京师卖卜者，唯利举场时举人占得失，取之各有术：有求目下之利者，凡有人问，皆曰必得，士人乐得所欲，竞往问之；有邀以后之利者，凡有人问，悉曰不得，下第者常过十分之七，皆以为术精而言直，后举倍获[1]。有因此著名，终身飨利者[2]。

【译　文】

京城中靠占卜为生的人，最爱给参加科举考试的举人占卜得失，各有各的牟利手段：有贪求眼前利益的，只要有人来问，都说定能考中，士人喜欢听自己想听的，就抢着去问卜；有追求以后利益的，只要有人来问，就都说考不中，落榜的人通常超过十分之七，都说他卦术精准而且敢于直言，下次科举时就能成倍获利。有人因此而出名，终身享受利益。

注　释

❶倍获：成倍获利。

❷飨（xiǎng）：同“享”，享受。

包拯被卖

【原 文】

包孝肃尹京[1]，号为明察。有编民犯法[2]，当杖脊[3]，吏受赇[4]，与之约曰："今见尹，必付我责状[5]，汝第呼号自辩[6]，我与汝分此罪。汝决杖[7]，我亦决杖。"既而包引囚问毕，果付吏责状，囚如吏言，分辩不已。吏大声诃之曰[8]："但受脊杖出去，何用多言！"包谓其市权[9]，捽吏于庭[10]，杖之十七，特宽囚罪，止从杖坐[11]，以抑吏势。不知乃为所卖，卒如素约。小人为奸，固难防也。孝肃天性峭严，未尝有笑容，人谓"包希仁笑比黄河清"。

【译 文】

包拯为开封府尹，号称明察。有平民犯法，当受杖背的刑罚，吏人接受了贿赂，与他约定说："等下见到府尹，必定将判决书交由我来具结。到时候你只管大声呼叫辩解，我与你分担刑罚。你被判杖刑，我也判杖刑。"不久，包拯传囚犯审讯完毕，果然将判决书交由吏人来具结，囚犯按吏人吩咐，分辩不已，吏人大声呵叱道："只管受杖背之刑出去，何必多说！"包拯认为他以权谋私，将吏人揪到大堂上，处杖刑十七，特地放宽对囚犯的惩罚，仅处以杖臀之刑，以此来抑制吏人的威势。却不知还是被吏人骗了，结果就像他们事先约定的那样。小人作奸犯科，本来就难以防备。包拯天性刚直严肃，不苟言笑，有人说"要包希仁笑，比让黄河清还难"。

注 释

❶包孝肃：包拯（999—1062），字希仁，庐州合肥（今属安徽）人。天圣五年（1027）进士，除大理评事、知建昌县，历监察御史、知谏院，除龙图阁直学士、河北都转运使。嘉祐元年（1056）权知开封府，累官至枢密副使，谥孝

肃。尹京：为京城府尹，指权知开封府事。

❷编民：编入户籍的平民。

❸杖脊：以刑杖击打脊背，是杖刑中最重的一种。

❹赇：贿赂。

❺责状：判定罪责并由犯人签字画押的具结书。

❻第：只管。

❼决：判决。

❽诃（hē）：大声斥责。

❾市权：以权谋私。

❿捽（zuó）：揪。

⓫杖坐：指从杖脊改为杖臀。

车　渠

【原　文】

海物有车渠[①]，蛤属也，大者如箕，背有渠垄，如蚶壳，故以为器，致如白玉[②]，生南海。《尚书大传》曰[③]：“文王囚于羑里[④]，散宜生得大贝如车渠[⑤]，以献纣[⑥]。”郑康成乃解之曰[⑦]：“渠，车罔也[⑧]。”盖康成不识车渠，谬解之耳。

【译　文】

海产中有车渠，属于蛤蜊一类，大的如同簸箕，壳背有隆起的沟垄，就像蚶的壳一样，用壳雕琢成器具，细腻如白玉，产于南海。《尚书大传》记载：“周文王囚禁在羑里，散宜生得到大贝壳像车渠，拿去献给纣王。”郑玄解释说：“渠是车轮的外框。”大概郑玄不认识车渠，所以解释错了。

注释

❶车渠：海中贝类生物，厚壳，表面有沟垄如车轮之渠，故名。

❷致：精致，细密。

❸《尚书大传》：旧题汉伏生撰，是阐释《尚书》的著作，原本已佚，仅存辑本。

❹文王：指周文王姬昌，岐周（今陕西岐山）人。商纣王封其为西伯，西周追封为文王。羑（yǒu）里：在今河南安阳汤阴，相传周文王被纣王囚于此地。

❺散宜生：西周开国功臣，文王被囚，尝与姜尚、太颠等共同营救，后辅佐武王灭商。

❻纣：殷纣王。

❼郑康成：郑玄（127—200），字康成，北海高密（今属山东）人。著名经学家，是两汉经学的集大成者。

❽罔：同“辋”，车轮的外框。

李淑雅言

【原 文】

李献臣好为雅言[①]，曾知郑州，时孙次公为陕漕[②]，罢赴阙，先遣一使臣入京，所遣乃献臣故吏，到郑庭参。献臣甚喜，欲令左右延饭，乃问之曰：“餐来未?”使臣误意“餐”者谓次公也，遽对曰：“离长安日，都运待制已治

【译 文】

李淑喜欢说文雅的话，他任郑州知州时，孙长卿为陕西都转运使，卸任回京，先派遣一位使臣进京，所派的使臣正好是李淑原来的部下，过郑州时入官府参见。李淑很高兴，想让手下人准备饭食，就问他说：“餐来没有?”使臣误以为“餐”是指孙长卿，急忙回答说：“我离开长安的时候，都转运使、待制大人已整理行装了。”李

装。”献臣曰：“不问孙待制，官人餐来未?”其人惭沮而言曰：“不敢仰昧③，为三司军将日，曾吃却十三。”盖鄙语谓遭杖为“餐”。献臣掩口曰：“官人误也。问曾与未曾餐饭，欲奉留一食耳。”

淑说：“不是问孙待制，是问你餐来没有?”这人羞惭而且沮丧地说：“不敢隐瞒，我担任三司军将的时候，曾经吃过十三杖。”当时俗语称受杖刑为“餐”。李淑掩口笑道：“你误解我的意思了。就是问你吃过饭没有，想留你吃顿饭罢了。”

注释

❶李献臣：李淑（1002—1059），字献臣，号邯郸，徐州丰县（今属江苏）人。赐进士及第，历秘书郎，除知制诰、翰林学士、中书舍人，嘉祐中，迁户部侍郎，兼龙图阁学士，知河中府。博览群书，熟知朝廷典故，著有《书殿集》《邯郸集》等。

❷孙次公：孙长卿（1004—1069），字次公，扬州（今属江苏）人。以外祖朱巽任为秘书省校书郎，通判河南府，提点益州路刑狱，历江东淮南河北转运使、江浙荆淮发运使、陕西都转运使、河东都转运使，拜龙图阁直学士、知定州，官至兵部侍郎。陕漕：陕西转运使。

❸昧：隐瞒。

卷二十三

讥谑谬误附

导读

《讥谑》记载士大夫圈子中的趣事，或讥嘲，或戏谑，或幽默，或诙谐，读之既添情趣，又增见闻。

《石延年戏谑》记载石延年不拘小节，谑浪人间，因此挨了板子的故事。《文章弊病》讽刺古代名作不切实际的浮夸，是沈括以科学考证的态度去看待文学作品，诗人将夸张的修辞手法换算成数字计算，令人哭笑不得。《热中允不博冷修撰》是对宋代官场的讥嘲，宋代冗官现象严重，阙少员多的情况下，无论是低阶官还是高阶官，都不免有冷与热的情况，扰乱了正常升迁途径，毕竟不是好事。《老卒快活》叙述翰林学士梅询因构思诏书内容而苦闷，对不识字而躺着晒太阳的老兵无比羡慕。宋代冗官现象日益严重，官员升迁贬谪频繁，因此翰林学士草写制诏的工作量很大。《凌床》叙述劳动人民因地制宜，制作乘坐工具以避蚊虻毒害，却因一句“运使凌床”“提刑凌床”而使人忍俊不禁。《落第诗》叙述真宗时补录三举进士的事，石延年面对考中又被黜落、次日又被补录的大起大落，始终淡然处之，与“啜泣者”形成鲜明对比，并以一首藏尾诗戏谑而过。沈括对怀才不遇的石延年，一直是欣赏且为之惋惜的。

石延年戏谑

【原 文】

石曼卿为集贤校理[1]，微行倡馆[2]，为不逞者所窘[3]。曼卿醉，与之校，为街司所录[4]。曼卿诡怪不羁，谓主者曰："只乞就本厢科决[5]，欲诘旦归馆供职[6]。"厢帅不喻其谑，曰："此必三馆吏人也。"杖而遣之。

【译 文】

石延年任集贤校理时，穿便服到妓院游乐，被为非作歹之徒为难。石延年喝醉了，同他们争执起来，被街司拘捕。石延年行为怪诞、不拘小节，对主事者说："只请求在本厢依法判决，希望明天早晨回馆里供职。"厢军长官没听出戏谑之意，说道："这必定是三馆吏人。"于是杖打一顿后将他放走。

注 释

❶石曼卿：石延年（994—1041），字曼卿，好酒，能诗。累举进士不第，后以三举进士补为三班奉职。康定元年（1040）为秘阁校理，迁太子中允，同判登闻鼓院。

❷微行：指隐匿身份，便装出行。倡馆：妓院。

❸不逞：泛指为非作歹之徒。

❹街司：指金吾街仗司，属卫尉寺。录：拘捕。

❺厢：军队编制单位，统兵官为厢都指挥使。科决：依法判决。

❻诘旦：明天早晨。

文章弊病

【原 文】

司马相如叙上林诸水曰[①]：“丹水、紫渊、灞、浐、泾、渭[②]，八川分流[③]，相背而异态，灏溔潢漾[④]，东注太湖。”李善注[⑤]：“太湖，所谓震泽。”按，八水皆入大河[⑥]，如何得东注震泽？又白乐天《长恨歌》云[⑦]：“峨嵋山下少人行，旌旗无光日色薄。”峨嵋在嘉州[⑧]，与幸蜀路全无交涉。杜甫《武侯庙柏》诗云：“霜皮溜雨四十围[⑨]，黛色参天二千尺。”四十围乃是径七尺，无乃太细长乎？防风氏身广九亩[⑩]，长三丈，姬室亩广六尺，九亩乃五丈四尺。如此，防风之身乃一饼餤耳[⑪]。此亦文章之病也。

【译 文】

司马相如《上林赋》叙述上林苑的各条河流说：“丹水、紫渊，灞水、浐水、泾水、渭水，八条河流流向不同，方向相反而形态有别，浩荡无际，向东流入太湖。”李善注释说：“太湖，就是所谓的震泽。”按，八条河都流入黄河，怎么会东流注入震泽？另外，白居易的《长恨歌》写道：“峨嵋山下少人行，旌旗无光日色薄。”峨嵋山在嘉州，与唐玄宗巡幸蜀地的道路完全没有关系。杜甫的《武侯庙柏》诗说：“霜皮溜雨四十围，黛色参天二千尺。”四十围就是直径七尺，岂不是太细长了吗？防风氏身体宽九亩，高三丈，按周代标准，一亩宽六尺，九亩就是五丈四尺。照此算来，防风氏的身体竟是一块馅饼。这也是文章的弊病。

注 释

❶司马相如（前179—前118）：字长卿，成都（今属四川）人。景帝时为武骑常侍，武帝时得任为郎。为著名辞赋家，本篇引文出自《上林赋》。上林：指

上林苑，汉武帝时扩建秦故园，故址在今陕西西安一带。

❷丹水：源出今陕西商洛商州区，流入汉江。紫渊：源出今山西吕梁离石区。灞：指灞水，源出今陕西蓝田，流入渭河。浐：浐水，源出今陕西蓝田，流入渭河。泾：泾水，源出今宁夏六盘山，流入渭河。渭：渭河，源出今甘肃渭源，流入黄河。

❸八川：指灞、浐、泾、渭、沣、滈、涝、潏八条河流。

❹灏溔潢漾：水无边无际貌。

❺李善：江都（今江苏扬州）人。历任录事参军、泾城县令。曾为《文选》作注。

❻大河：黄河。

❼白乐天：白居易（772—846），字乐天，号香山居士，又号醉吟先生。贞元十六年（800）进士，官至翰林学士、左赞善大夫、太子少傅，以刑部尚书致仕。著有《白氏长庆集》。《长恨歌》：咏唐玄宗与杨贵妃爱情故事的长篇叙事诗，白居易代表作之一。

❽峨嵋：峨嵋山，在今四川峨嵋山。嘉州：今四川乐山地区。

❾霜皮：指柏树皮因苍老而呈白色。

❿防风氏：古代传说中部落领袖名。传说其躯体极为庞大。

⓫饼餤：馅饼。

热中允不博冷修撰

【原　文】

旧日官为中允者极少[①]，唯老于幕官者[②]，累资方至，故为之者多潦倒之人。近岁州县官进用者多除中允，遂有冷中允、

【译　文】

从前的官员担任中允的非常少，只有长期任幕僚的官员，积累资历才能任此职，因此担任中允的人大多是失意的人。近年来州县官员受到提拔任用的，大多数被任命为中允，于是有冷中允、

热中允。又集贤殿修撰[3]，旧多以馆阁久次者为之，近岁有自常官超授要任[4]，未至从官者[5]，多除修撰。亦有冷撰、热撰。时人谓："热中允不博冷修撰。"

热中允。另外，集贤殿修撰一职，从前大多让长期在馆阁中供职的人担任，近年来有从一般官员越级委任要职，没有做到侍从官的人，大多任命为修撰。也有冷修撰、热修撰。当时的人说："热中允瞧不上冷修撰。"

注释

❶中允：指太子中允，东宫属官。

❷幕官：地方官名，为幕职州县官的省称。

❸集贤殿修撰：宋代文官高等贴职，地位在待制之下、学士之上。

❹常官：指按正常秩序升迁的常调官。

❺从官：指侍从官。宋称殿阁学士、直学士、待制、翰林学士、给事中、六部尚书、侍郎为侍从。

老卒快活

【原文】

梅询为翰林学士[1]，一日书诏颇多，属思甚苦，操觚循阶而行[2]。忽见一老卒，卧于日中，欠伸甚适，梅忽叹曰："畅哉！"徐问之曰："汝识字乎？"曰："不识字。"梅曰："更快活也。"

【译文】

梅询担任翰林院学士，有一天，要草拟的诏书很多，构思十分辛苦，拿着纸笔沿台阶行走。突然看见一名老兵躺着晒太阳，伸展着身子十分舒适，梅询顿时感叹说："真舒畅啊！"慢慢地问老兵说："你认识字吗？"老兵回答："不认识。"梅询说道："更快活了。"

注释

❶梅询（964—1041）：字昌言，宣城（今属安徽）人。端拱二年（989）进士，为利丰监判官。累迁龙图阁待制，纠察在京刑狱，判流内铨。宝元初改翰林侍读学士、群牧使，迁给事中。卒谥文肃。

❷操觚（gū）：执简。此指拿着纸笔。

凌床

【原文】

信安、沧、景之间[1]，多蚊虻。夏月牛马皆以泥涂之，不尔多为蚊虻所毙。郊行不敢乘马，马为蚊虻所毒，则狂逸不可制。行人以独轮小车，马鞍蒙之以乘，谓之木马。挽车者皆衣韦裤[2]。冬月作小坐床，冰上拽之[3]，谓之凌床[4]。予尝按察河朔，见挽者相属，问其所用，曰："此运使凌床[5]，此提刑凌床也[6]。"闻者莫不掩口。

【译文】

信安、沧州、景州之间的地域，多蚊子牛虻。到夏天，牛和马都要涂抹上泥巴，不这样的话，牛马大多会被蚊子牛虻叮咬致死。在野外行走不敢骑马，马受蚊虫之毒刺激，就会发狂奔跑，不可控制。出行的人使用独轮小车，放上马鞍用来乘坐，叫作木马。拉车的人全都穿着皮裤子。冬天制作小的坐床，放在冰面上拖拉，叫作凌床。我曾经巡察黄河以北，看见推拉冰床的人一个接一个，问他们床的用处，回答说："这是转运使的凌床，这是提刑官的凌床。"听到的人都掩口而笑。

注释

❶信安：在今河北廊坊霸州东北信安镇。沧、景：治所都在今河北。

❷挽：拉，牵引。韦裤：皮裤。

❸拽：拉扯。

❹凌床：冰床，冰上交通工具，用人推、拉使滑行。

❺运使凌床：本为转运使乘坐冰床，因“凌床”与“灵床”同音，所以闻者想笑又不敢出声。

❻提刑：提点刑狱公事的省称，掌司法、诉讼、刑狱及缉拿盗贼诸事。

落第诗

【原 文】

石曼卿初登科①，有人讼科场，覆考落数人，曼卿是其数。时方期集于兴国寺②，符至，追所赐敕牒、靴服③。数人皆啜泣而起，曼卿独解靴袍还使人，露体戴幞头④，复坐语笑，终席而去。次日，被黜者皆授三班借职⑤。曼卿为一绝句曰：“无才且作三班借，请俸争如录事参⑥。从此罢称乡贡进，且须走马东西南⑦。”

【译 文】

石延年刚考中进士，有人申诉科场舞弊，进行覆考，黜落了几人，石延年就是其中之一。当时新科进士正在兴国寺聚会，朝廷命令到了，追回颁赐的文诰、靴子、袍服。有几人哭着起身离去，只有石延年自行脱下靴子、袍服还给使者，赤身露体戴着头巾，又坐下来继续谈笑，直到宴会结束才离去。第二天，被黜落的人都授予三班借职。石延年作了一首绝句诗说：“无才且作三班借，请俸争如录事参。从此罢称乡贡进，且须走马东西南。”

注 释

❶石曼卿：石延年，字曼卿，累举进士不第，真宗录三举进士，补为三班奉职。

❷兴国寺：位于河南开封，后被拆毁。

❸敕牒：诏令文书。

❹幞头：头巾。

❺三班借职：武官闲职。

❻录事参：录事参军，置于各州府，掌州府庶务，纠诸曹过失。

❼这是一首藏尾诗，首句藏"职"字，次句藏"军"字，三句藏"士"字，末句藏"北"字，倒过来就是"北士军职"，意为落选进士的疗治军职。北，败北。

卷二十四

杂志一

导读

《杂志》两卷，收录的应是随笔杂记不便归类的条目。实际上《笔谈》全书归类并不严谨，甚至说全书均以杂记为主也不过分。因此，这两卷的内容并不因“杂”而逊色，恰恰相反，其中包含不少令《笔谈》大放异彩的记载，如关于石油、食盐、指南针等记载，尤其值得关注。

《延川石液》记载沈括发现并利用石油的事迹，他断言石油“必大行于世”，并宣称“自予始为之”，可见这一发现令他十分骄傲。他的预言也早就成事实，石油在今天已成为重要的战略资源。《盐南风与许州风》探讨大风随地而起的原因，虽以不知何故作结，但提出问题留等后人解决的科学态度，难能可贵。《契丹跳兔》记载跳鼠的特性，并考证其在古书中的记载，说明其历史悠久。《白雁》记述了一种候鸟的形态、特点，以及在人们生活中的角色、在文献中的记载等，可见沈括不仅了解动物，还洞悉它们生存的人文环境。《淤田法》记载熙宁变法措施之一的“淤田”的来源，上起汉代，下至唐朝，人们都在用此方法，并得到人民的拥戴，这也是沈括从另一角度对变法的肯定与支持。《海陆变迁》探讨沧海变桑田的原因，认为都是由于河沙沉积而形成陆地，并说“此理必然”，他的自信源于科学考证及严密的推理，令人信服。《雁荡山》论述悬崖奇峰是由于流水侵蚀而形成的道理，与黄土高原“立土动及百尺”的成因有相似处，用流水侵蚀来解释山脉的成因，这是沈括的首创，较之欧洲早了700多年。《指南针》记述磁针的制作方法及特性，他发现磁石能使铁针磁化，发现磁针“微偏东，不全南”的偏差现象，并通过对水浮、指爪、碗唇、缕悬四种安装方法的认真比较，得出缕悬法最好的结论。事实上，他的发现远远领先于西方各国，他所推荐的缕悬法也一直沿用至今。《鹿奴诗》记载妇女刚分娩三天便被逼上道、最终惨死的故事，反映了封建时代妇女受欺凌的事实。值得留意的是，“不言人恶”的作者，也忍不住在篇末点出其身份，大约也有不平则鸣的意思吧。《氏族相高》叙述世家大姓的形成，不仅中原如此，“四夷则全以氏族为贵贱”，而且有愈演愈烈之势。宋代崇尚科举，士人入仕门径虽有所放开，但世家大族仍尾大不掉，是形成冗官的重要原因。“氏族相高”的风气一旦形成，其危害不是一朝一夕就能解决的。《茶芽》论茶叶的品第，其与茶叶的品种及种植的土壤密切相关，而不是以茶芽老嫩来说短长。《芋梗疗伤》通过蜘蛛被蜂螫伤借用芋梗解毒的故事，既能悟出适者生存的道理，也可见人们取法自然的成功。大自然是奇妙的，只有认真学习、认真观察的人，才能体会其间的奥妙。

延川石液

【原 文】

鄜延境内有石油[①]，旧说“高奴县出脂水”[②]，即此也。生于水际，沙石与泉水相杂，惘惘而出[③]，土人以雉尾裛之[④]，乃采入缶中，颇似淳漆，燃之如麻，但烟甚浓，所沾幄幕皆黑。予疑其烟可用，试扫其煤以为墨[⑤]，黑光如漆，松墨不及

【译 文】

鄜延境内有石油，古书说“高奴县出脂水”，就是指这个。石油产于水边，与砂石和泉水相混杂，汪汪流出，当地人用野鸡尾毛沾起石油，采入瓦罐中，石油很像纯漆，烧起来像麻秆，只是烟很浓，把帐幕都熏黑了。我估计它的烟可以利用，就试着扫些烟灰用来制墨，制成的墨又黑又亮，松烟墨都不如它，于是大量制

也[6]，遂大为之，其识文为“延川石液”者是也[7]。此物后必大行于世，自予始为之。盖石油至多，生于地中无穷，不若松木有时而竭。今齐鲁间松林尽矣[8]，渐至太行、京西、江南[9]，松山太半皆童矣[10]。造煤人盖未知石烟之利也[11]。石炭烟亦大[12]，墨人衣。予戏为《延州》诗云：“二郎山下雪纷纷[13]，旋卓穹庐学塞人[14]。化尽素衣冬未老[15]，石烟多似洛阳尘。”

作，墨上刻有“延川石液”四字的就是。石油今后一定会在世上大量应用，是从我使用它们开始的。大概石油蕴藏极多，从地下生出，无穷无尽，不像松木那样有时会枯竭。现今齐鲁一带的松林已经砍伐完了，渐渐延伸到太行、京西、江南一带，松山大都变得光秃秃的了。制墨的人大概不知道石油烟的好处。石炭烟也大，会熏黑人的衣服。我戏作了一首《延州》诗：“二郎山下雪纷纷，旋卓穹庐学塞人。化尽素衣冬未老，石烟多似洛阳尘。”

注释

❶鄜（fū）延：治所在延州（今陕西延安）。

❷高奴县：秦置，治所在今陕西延安延河东岸，东汉末废。

❸惘惘：同“汪汪”，液体聚集充盈的样子。

❹裛：同“浥”，沾湿。

❺煤：烟灰。

❻松墨：松烟墨，用松烟和胶捣制而成。

❼识文：标记，指墨上刻印的文字。

❽齐鲁：指今山东省境。

❾太行：指太行山。京西：指京西路，辖境包括今河南西部、陕西东部、湖北北部一带。江南：指江南路，辖境包括今江西及江苏、安徽、湖北部分地区。

❿童：光秃秃。

⓫造煤：造墨。

⑫石炭：指煤灰。

⑬二郎山：在今陕西延安宝塔区。

⑭旋卓穹庐：很快支起帐篷。旋，旋即。卓，直立、撑起。穹庐，圆形毡帐。

⑮冬未老：指冬天还未过去。

盐南风与许州风

【原 文】

解州盐泽之南[①]，秋夏间多大风，谓之盐南风。其势发屋拔木，几欲动地。然东与南皆不过中条[②]，西不过席张铺[③]，北不过鸣条[④]，纵广止于数十里之间。解盐不得此风不冰[⑤]，盖大卤之气相感，莫知其然也。又汝南亦多大风[⑥]，虽不及盐南之厉，然亦甚于他处，不知缘何如此。或云自城北风穴山中出，今所谓风穴者已夷矣[⑦]，而汝南自若，了知非有穴也。方谚云："汝州风，许州葱[⑧]。"其来素矣。

【译 文】

解州盐池的南边，秋夏之间常刮大风，称为盐南风。风势可以摧毁房屋，拔起树木，几乎要震动大地。然而这股风往东往南都不越过中条山，往西不越过席张铺，往北不越过鸣条岗，其范围仅在数十里之内。解盐如果没有这种风就不会结晶，大概是盐卤的气与风相感应的缘故，其中的道理始终弄不明白。另外，汝南也多大风，风势虽然不及盐南风猛烈，但也强过其他地方，不知道是什么原因。有人说风是从城北风穴山吹出来的，现在所谓的风穴山已经夷为平地，但汝南风依旧如故，由此可知并非风穴的缘故。谚语说："汝州风，许州葱。"可见此风由来已久。

注 释

❶解州：治所在今山西运城盐湖区解州镇。

❷中条：指中条山，在今山西南部与河南交界处。

❸席张铺：在今山西运城西。

❹鸣条：指鸣条岗，在今山西运城北，位于夏县与临猗之间。

❺冰：结晶。

❻汝南：汝州（今属河南）以南。

❼夷：铲平，削平。

❽许州：治今河南许昌。

契丹跳兔

【原 文】

契丹北境有跳兔[1]，形皆兔也，但前足才寸许，后足几一尺。行则用后足跳，一跃数尺，止则蹶然仆地[2]，生于契丹庆州之地大漠中。予使虏日[3]，捕得数兔持归。盖《尔雅》所谓“蟨兔”也[4]，亦曰“蛩蛩巨虚”也[5]。

【译 文】

契丹北部有跳兔，形状完全像兔子，只是前腿才一寸长，后腿却几乎有一尺。行走时就用后腿跳，一跃可以达到数尺，停下来时就扑倒在地上，生在契丹庆州地域的大沙漠中。我出使契丹时捕得几只带回去。这大概是《尔雅》中所说的“蟨兔”，也叫作“蛩蛩巨虚”。

注 释

❶契丹北境：泛指今东北大兴安岭一带。跳兔：跳鼠。

❷蹶然：颠扑貌

❸使虏：沈括于熙宁八年（1075）出使辽国。

❹《尔雅》：收集古代汉语词汇，是最早的辞书。蟨（jué）：兽名。

❺蛩蛩巨虚：传说中的异兽。

白雁

【原文】

北方有白雁[1]，似雁而小，色白，秋深则来。白雁至则霜降，河北人谓之霜信[2]。杜甫诗云“故国霜前白雁来”[3]，即此也。

【译文】

北方有一种白雁，像雁但更小，白色，深秋时飞来。白雁一来，就开始下霜，黄河以北的人称它为霜信。杜甫诗中说“故国霜前白雁来”，指的就是这种雁。

注释

❶白雁：候鸟。形态似雁而小，色白。

❷河北：黄河以北。

❸“故国”句：出自杜甫《九日》诗。

淤田法

【原文】

熙宁中，初行淤田法[1]，论者以谓《史记》所载[2]“泾水一斛[3]，其泥数斗，且粪且溉[4]，长我禾黍”，所谓“粪”，即淤也。予出使至宿州，得一

【译文】

熙宁年间，开始推行淤田法，议论者认为《史记》中记载的“泾水一斛，其泥数斗，且粪且溉，长我禾黍”，所谓“粪”，就是指淤田。我出使到宿州的时候，得到一块石碑，是

石碑，乃唐人凿六陡门[5]，发汴水以淤下泽，民获其利，刻石以颂刺史之功。则淤田之法，其来盖久矣。

唐人开凿六座斗门，引汴水对下游的沼泽进行淤田，百姓获得了好处，故刻石碑来颂扬刺史的功劳。可见淤田的方法，由来大概很久了。

注释

❶淤田法：王安石变法的措施之一，引河中淤泥流入农田以改良土壤。

❷《史记》：应为《汉书》之误。后面引文见《汉书·沟洫志》，为歌颂汉武帝时引泾水灌溉渭中一带的歌谣。

❸斛：容量单位，十斗为一斛。

❹粪：原指肥料，此作动词用，指给田施肥。

❺陡门：又称斗门，堤堰的闸门。

海陆变迁

【原文】

予奉使河北[1]，遵太行而北，山崖之间，往往衔螺蚌壳及石子如鸟卵者，横亘石壁如带。此乃昔之海滨，今东距海已近千里。所谓大陆者，皆浊泥所湮耳[2]。尧殛鲧于羽山[3]，旧说在东海中，今乃在平陆。凡大河、漳水、滹沱、涿水、桑干之类[4]，悉是浊流。今关

【译文】

我奉命察访河北，沿太行山向北走，山崖之间，往往有螺蚌壳以及如鸟卵一样的石子横亘在石壁中，像一条带子。可见这里原是海滨，而现在东距大海已经近千里远了。所谓大陆，都是水中混浊的泥土沉积而成的罢了。尧杀死鲧的地方在羽山，以前传说羽山在东海中，而现在那里已经是陆地了。像黄河、漳水、滹沱河、涿水、桑干河之类的河流，都是夹带泥沙的浊流。现在关陕以西的

陕以西[5]，水行地中，不减百余尺。其泥岁东流，皆为大陆之土，此理必然。

地方，水在地面下流动，低于地面不下一百多尺。那些泥沙每年东流，最后都沉积为陆地，这是必然的道理。

注释

❶奉使河北：熙宁七年（1074）八月，沈括为河北西路察访使。

❷湮（yān）：埋没。

❸尧殛鲧于羽山：据《左传·昭公七年》载，传说鲧奉尧命治水失败，被尧杀死在羽山。又派禹治水，终于成功。

❹大河：指黄河。漳水：今山西、河北一带的漳河。滹沱（hūtuó）：滹沱河，在今河北西部。涿水：发源于涿鹿山，北流注入永定河。桑干：桑干河，源出山西北部，为永定河上游水系。

❺关陕：泛指陕西地区。

雁荡山

【原 文】

温州雁荡山，天下奇秀，然自古图牒[1]，未尝有言者。祥符中，因造玉清宫，伐山取材，方有人见之，此时尚未有名。按西域书[2]，阿罗汉诺矩罗居震旦东南大海际雁荡山芙蓉峰龙湫[3]。唐僧贯休为《诺矩罗赞》，有“雁荡经行云漠漠，龙

【译 文】

温州雁荡山，是天下风景奇秀之处，然而自古以来的方志图书中都没有提到过。大中祥符年间，因为建造玉清宫，进山砍伐木材，才有人发现了它，当时还没有名气。按西域佛教典籍的记载，阿罗汉诺矩罗居住在中国东南大海之滨的雁荡山芙蓉峰龙湫。唐僧贯休作《诺矩罗赞》，有“雁荡经行云漠漠，龙湫宴坐雨蒙蒙”的句子。

湫宴坐雨蒙蒙”之句。此山南有芙蓉峰，峰下芙蓉驿，前瞰大海，然未知雁荡、龙湫所在。后因伐木，始见此山。山顶有大池，相传以为雁荡，下有二潭水，以为龙湫。又有经行峡、宴坐峰，皆后人以贯休诗名之也。谢灵运为永嘉守，凡永嘉山水，游历殆遍，独不言此山，盖当时未有雁荡之名。予观雁荡诸峰，皆峭拔险怪，上耸千尺，穹崖巨谷[4]，不类他山，皆包在诸谷中，自岭外望之，都无所见。至谷中，则森然干霄[5]。原其理，当是为谷中大水冲激，沙土尽去，唯巨石岿然挺立耳。如大小龙湫、水帘、初月谷之类，皆是水凿音漕，去声之穴。自下望之，则高岩峭壁，从上观之，适与地平，以至诸峰之顶，亦低于山顶之地面。世间沟壑中水凿之处，皆有植土龛岩[6]，亦此类耳。今成皋、陕西大涧中[7]，立土动及百尺，迥然耸立，亦雁荡具体而微者，但此土彼石

这座山的南面有芙蓉峰，峰下有芙蓉驿，前可俯瞰大海，然而不知道雁荡、龙湫在何处。后来因为砍伐木材，才发现这座山。山顶有大池，相传就是雁荡；池下有两个水潭，相传就是龙湫。还有经行峡、宴坐峰，都是后人根据贯休的诗来命名的。谢灵运任永嘉太守的时候，凡是永嘉境内的山水，他都游历遍了，唯独不提雁荡山，大概当时还没有“雁荡”这一名称吧。我观察雁荡山各个山峰，都陡峭挺拔险怪，向上高耸千尺，高崖深谷，与别的山不相同，完全被包围在各个山谷之中，从山岭往外看，根本看不到什么。到了山谷中，就看到山峰陡峭，直插云霄。推究其中道理，应该是山谷受大水冲击，沙土都冲走了，只有巨石笔直挺立在那里。像大小龙湫、水帘、初月谷等，都是流水凿成的洞穴。从下向上望，则是高耸的山崖峭壁；从上向下看，则恰好与地面相平，甚至许多山峰的峰顶，还比山顶的地面低。世上的沟壑中，凡是被水冲凿的地方，都有直立的土柱和满是坑洞的岩石，也是这种情况。现在成皋、陕西的大山涧中，直立的土柱往往有几百尺高，突出地耸立在那里，也是雁荡山这种情况的缩影，只不过这里

耳。既非挺出地上，则为深谷林莽所蔽，故古人未见，灵运所不至，理不足怪也。

是土而那里是岩石罢了。雁荡山既然没有挺出于地面，又被深谷山林遮蔽起来，所以古人未能发现，谢灵运也没有去过，按理也不值得奇怪。

注释

❶图牒：方志图书。

❷西域书：指经西域传入的佛教书籍。

❸阿罗汉：指佛教中的得道者。诺矩罗：相传为佛教十六大阿罗汉之第五。震旦：中国。龙湫：水池名。

❹穹：高大。

❺干霄：高入云霄。

❻植土：直立的土柱。龛岩：指布满小坑的岩壁。

❼成皋：治所在今河南郑州荥阳汜水镇。陕西：陕西路，辖境包括今陕西、宁夏、甘肃部分地区。

指南针

【原 文】

方家以磁石磨针锋[1]，则能指南，然常微偏东，不全南也。水浮多荡摇。指爪及碗唇上皆可为之[2]，运转尤速，但坚滑易坠，不若缕悬为最善。其法：取新纩中独茧缕[2]，以

【译 文】

方家用磁石磨针尖，针尖就能指南，然而常常略微偏东，不是指着正南。将磁针浮在水上，大多会摇晃不定。在指甲上或碗边沿都可以安放磁针，针运转得尤其迅速，但是这些东西坚硬而光滑，容易掉下来，不如用丝线悬吊磁针最好。方法是：取新产

芥子许蜡缀于针腰[4]，无风处悬之，则针常指南。其中有磨而指北者。予家指南、北者皆有之。磁石之指南，犹柏之指西，莫可原其理。

的单根蚕丝，用芥菜籽大小的蜡将丝粘在针腰处，挂在没有风的地方，这样，针尖就经常指向南方了。其中有用磁石磨过而指北的。我家指北、指南的磁针都有。磁石指南，就像侧柏树向西生长一样，不明白是什么道理。

注释

❶方家：指精通某种技艺之人，如医、卜、星、相等。

❷碗唇：碗口，指碗的边缘。

❸纩（kuàng）：丝棉。独茧缕：单根茧丝。

❹芥子：芥菜的种子。

鹿奴诗

【原文】

信州杉溪驿舍中[1]，有妇人题壁数百言，自叙世家本士族，父母以嫁三班奉职鹿生之子，鹿忘其名。娩娠方三日，鹿生利月俸，逼令上道，遂死于杉溪。将死，乃书此壁，具逼迫苦楚之状，恨父母远，无地赴诉。言极哀切，颇有词藻，读者无不感伤。既死，藁葬之驿后山

【译文】

信州杉溪驿站中，有妇人在墙壁上题了几百字，叙述出身世家士族，父母将她嫁给三班奉职鹿生的儿子，忘了鹿生的名字。分娩刚三天，鹿生为了多领一个月的俸禄，逼迫她上路，因此死在了杉溪。临死前，便写了这些文字在墙壁上，详细叙述受逼迫的苦楚，只恨父母远离，无法前去倾诉。言辞极哀婉痛切，很有文采，读过的人无不感伤。她死后，草草地埋在驿舍后山下。行路人

下[②]。行人过此，多为之愤激，为诗以吊之者百余篇。人集之，谓之《鹿奴诗》，其间甚有佳句。鹿生，夏文庄家奴[③]，人恶其贪忍，故斥为鹿奴。

经过此地，大多为此愤激，为吊唁她而作的诗有一百多篇。有人汇集起来，称为《鹿奴诗》，中间有不少佳句。鹿生是夏竦的家奴，人们都憎恶他的贪婪狠心，所以贬斥他为鹿奴。

注释

❶信州：治所在今江西上饶。

❷藁（gǎo）葬：草草埋葬。

❸夏文庄：夏竦（985—1051），字子乔，江州德安（今属江西）人。真宗朝累迁右正言，仁宗朝拜右谏议大夫、枢密副使、参知政事、枢密使，庆历七年（1047）拜同中书门下平章事，封英国公，谥文庄。

氏族相高

【原 文】

士人以氏族相高，虽从古有之，然未尝著盛。自魏氏铨总人物[①]，以氏族相高，亦未专任门地。唯四夷则全以氏族为贵贱，如天竺，以刹利、婆罗门二姓为贵种[②]；自余皆为庶姓，如毗舍、首陀是也[③]。其下又有贫四姓，如工、巧、纯、陀是也。其他诸国亦如

【译 文】

士人按氏族来分高下，虽说自古就有，但不曾盛行。自从曹魏用九品中正制铨选人物，就按氏族分高低了，但还没有专以门第为标准。只有四方蛮夷以姓氏种族作为区别贵贱的标准。如天竺国，以刹利、婆罗门两姓为贵种；其余都是平民种姓，如毗舍、首陀就是。再往下又有四种贫民族姓，如工、巧、纯、陀就是。其他各国也

是，国主、大臣各有种姓，苟非贵种，国人莫肯归之；庶姓虽有劳能，亦自甘居大姓之下，至今如此。自后魏据中原[④]，此俗遂盛行于中国，故有八氏、十姓、三十六族、九十二姓。凡三世公者曰“膏粱”[⑤]，有令仆者曰“华腴”[⑥]，尚书、领、护而上者为“甲姓”[⑦]，九卿、方伯者为“乙姓”[⑧]，散骑常侍、太中大夫者为“丙姓”，吏部正员郎为“丁姓”，得入者谓之四姓。其后迁易纷争，莫能坚定，遂取前世仕籍，定以博陵崔、范阳卢、陇西李、荥阳郑为甲族。唐高宗时，又增太原王、清河崔、赵郡李，通谓七姓。然地势相倾，互相排诋，各自著书，盈编连简，殆数十家，至于朝廷为之置官撰定。而流习所徇，扇以成俗，虽国势不能排夺。大率高下五等，通有百家，皆谓之士族，此外悉为庶姓，婚宦皆不敢与百家齿。陇西李氏乃皇族，亦自列在第

是如此，国王、大臣各有自己的种姓，如果不是高贵种姓，那么国民不会归顺他；平民种姓的人虽然有才能，也自己甘居于大姓之下，至今仍是如此。自从后魏割据中原，这种风俗便在中国盛行起来，因而有八氏、十姓、三十六族、九十二姓的说法。凡三代内担任过三公的称为“膏粱”，担任过尚书令、仆射官职的称为“华腴”，担任过尚书、领军、护军以上官职的称为“甲姓”，担任过九卿、州郡长官的称为“乙姓”，担任过散骑常侍、太中大夫的称为“丙姓”，担任过吏部正员郎的称为“丁姓”，得以列入这四类的叫作四姓。后来不断变更纷争，难以固定下来，于是就按照前世仕宦的名籍，定下了博陵崔姓、范阳卢姓、陇西李姓、荥阳郑姓为甲族。唐高宗时，又增加太原王姓、清河崔姓、赵郡李姓，通称为七姓。由于门第势力相互倾轧，相互排挤攻击，各自著书立说，连篇累牍，大概不下数十家，以至于朝廷为此设官撰写谱牒，确定等第。然而习俗相沿，渐成风气，即使国家也不能定夺。大概高下分为五等，总共有一百家，都称为士族，其余的都是平民庶姓，婚姻、仕宦都不敢与这一百家并列。陇西李氏是唐时的皇族，也

三，其重族望如此。一等之内，又如冈头卢、泽底李、土门崔、靖恭杨之类，自为鼎族⑨。其俗至唐末方渐衰息。

只把自己排在第三，可见当时重视族望达到如此地步。第一等的士族中，如冈头卢姓、泽底李姓、土门崔姓、靖恭杨姓之类，自是豪门贵族。这种风俗到唐朝末年才逐渐衰落。

注释

❶魏氏：指三国曹魏政权。铨总人物：指以九品中正制选拔人才。这一制度是曹丕篡汉时为拉拢士族而开始推行的，发展完善于两晋时期，经南北朝而逐渐衰落，废除于隋朝，而后科举制兴起。

❷天竺：印度的古称。刹利：刹帝利，古印度第二族姓，掌握政治和军事权力，为世俗王族。婆罗门：居于种姓之首，为僧侣，执掌神权。

❸毗舍：又译作“吠舍”“吠奢”，为平民，从事农牧业、手工业和商业。首陀：首陀罗，为奴隶。

❹后魏：指鲜卑族拓跋珪建立的政权，国号魏，亦称北魏、拓跋魏、元魏。

❺公：指太尉、司徒、司空三公。

❻令仆：指尚书令与仆射，为股肱大臣。

❼尚书：指各部长官。领、护：指领军将军和护军将军。

❽九卿：指太常、光禄勋、卫尉、太仆、廷尉、大鸿胪、宗正、司农、少府。方伯：指州府等地方长官。

❾鼎族：豪门贵族。

茶芽

【原文】

茶芽，古人谓之雀舌、麦颗[1]，言其至嫩也。今茶之美者，其质素良，而所植之土又美，则新芽一发，便长寸余，其细如针。唯芽长为上品，以其质干、土力皆有余故也[2]。如雀舌、麦颗者，极下材耳，乃北人不识，误为品题。予山居有《茶论》，《尝茶》诗云："谁把嫩香名雀舌，定知北客未曾尝。不知灵草天然异，一夜风吹一寸长。"

【译文】

茶的新芽，古人称为雀舌、麦颗，是说它们非常嫩。现在的好茶，品种本来就优良，而且栽种的土壤又肥美，所以新芽一发出来，就有一寸多长，如针一般细。只有芽长的才是上品，这是因为它的品种、枝干和土壤都有余力的缘故。如雀舌、麦颗之类的，都是极下等的材质，只是北方人不懂，才把它们误作上等而加以品题。我在山村居住的时候，著有《茶论》，《尝茶》诗说："谁把嫩香名雀舌，定知北客未曾尝。不知灵草天然异，一夜风吹一寸长。"

注释

❶雀舌、麦颗：并指嫩芽，以其形状与雀舌、麦颗相似而命名，可用嫩芽焙制上等茶叶。

❷质干：品种与枝干。

芋梗疗伤

【原 文】

处士刘易隐居王屋山[1]，尝于斋中见一大蜂罥于蛛网[2]，蛛搏之，为蜂所螫坠地[3]。俄顷，蛛鼓腹欲裂，徐行入草，蛛啮芋梗微破[4]，以疮就啮处磨之，良久，腹渐消，轻躁如故。自后人有为蜂螫者，挼芋梗傅之则愈。

【译 文】

处士刘易隐居在王屋山，曾在书斋中看见一只大蜂被蛛网缠绕，蜘蛛与蜂搏斗，被毒刺刺中落在地上。片刻间，蜘蛛腹部鼓胀得像要破裂，它慢慢爬进草丛，用牙齿将芋梗咬破一点，将疮口贴上去摩擦，过了一阵，肿胀的腹部渐渐消退，轻便灵动如旧。从此以后，若有人被蜂螫伤，揉搓芋梗敷在伤处就能治愈。

注 释

❶刘易：忻州（今属山西）人。隐居不仕。知定州韩琦上其所著《春秋论》，授太学助教、并州州学，仍不仕。赵抃荐其行谊，赐号退安处士。王屋山：在今河南济源。

❷罥（juàn）：缠绕。

❸螫（shì）：毒虫咬刺。

❹芋梗：芋头的茎。

卷二十五

杂志二

导读

本卷除一些有科技含量的条目，记西夏、辽国以及一些野史逸事较多，往往出之传闻，有一些错误，价值有所降低。但有一些条目，仍然光彩夺目。

《枳首蛇》记载两头蛇的奇异之处，这种蛇不多见，有人说遇见就不吉利，沈括显然没有这样的顾虑，他只是对这类奇怪的动物感兴趣而已。《建溪茶》叙述唐宋时期的茶叶品牌，对建溪茶尤为推崇。《信州苦泉》记载古代用胆矾水提取铜的技术，并推测其原理，又用五行学说解释这种物质之间的转化现象，按照现代科学来看，是显得牵强的。《测量汴渠》记载沈括采用分级筑堰的方法，筑成梯形水堰，通过测量静水水位从而测算出汴渠沿河段的高差，这是我国测绘史上的重大成就。《避风术》介绍江湖间行船避免遭遇风暴的经验，就是天将亮时起来观测天象，星月皎洁，天边无云，方可开船，这既是生活经验的总结，也与现代天气预报有相合之处，有一定科学道理。《契丹语诗》记载刁约《使契丹戏作》诗，以契丹语入诗，以记出使之事，沈括觉得很有特点，将其记录下来，并加以解释。《廉洁之士》列举李及和张咏的事迹，认为李及因在任时买了一本书而遗憾终身，虽有些偏激，但廉洁本性值得推崇，张咏坐怀不乱则可作为登徒子的检束。《天子请客》记述宋真宗在宫中宴请大臣的故事，君臣尽欢，不拘礼节，可见北宋时文臣地位高，天下太平，有欣欣向荣的气象。《武臣奏事》记载因河决而大水泛滥，而武臣奏报灾情，动辄引经据典，不得要领，于是下令武臣奏事不得文饰。此事也从侧面说明，宋代重文抑武，致使武官也咬文嚼字。《边州木图》记载了沈括制作边境木图的过程，先是踏勘地形，再用面糊、木屑、蜡等做成地图模型，随后再雕刻成图。这种地理模型图的制作，领先欧洲700余年。《李顺起义》记录李顺起义的历史，对其主张、军纪以及李顺遇害的过程，都作了较为客观的记述，虽有称李顺为“蜀中剧贼”的历史局限性，但仍难掩史家“直笔”的珍贵价值。《李氏骂敌》记载西夏举兵入侵，娼妇李氏登城骂敌，大揭西夏太后丑事，遂令敌兵退走的故事，情节跌宕，如读小说。沈括慨叹“鸡鸣狗盗皆有所用”，可见他在用人方面不仅没有门第之见，还唯才是举。《校书如扫尘》记载宋绶总结的校勘经验，以扫尘土作比喻，旋扫旋生，难以穷尽，形象地说明了校书难的问题。同样校勘过三馆图书的沈括，更是感同身受，所以记录下来。

枳首蛇

【原 文】

宣州宁国县多枳首蛇[1]，其长盈尺，黑鳞白章[2]，两首文彩同，但一首逆鳞耳。人家庭槛间动有数十同穴，略如蚯蚓。

【译 文】

宣州宁国县多两头蛇，蛇身长足有一尺，有黑鳞和白色花纹，两个头的花纹相同，只是有一头的鳞片逆生罢了。在人家的庭院里，常常有几十条蛇同在一个洞穴中，大略与蚯蚓相似。

注 释

❶宣州宁国县：今属安徽宣城。枳（zhǐ）首蛇：两首在两端，即两头蛇。

❷章：斑纹。

建溪茶

【原 文】

古人论茶，唯言阳羡、顾渚、天柱、蒙顶之类[1]，都未言建溪[2]。然唐人重串茶粘黑者[3]，则已近乎建饼矣[4]。建茶皆乔木，吴、蜀、淮南唯丛茇而已[5]，品自居下。建茶胜处曰郝源、曾坑，其间又岔根、山顶二品尤胜。李氏时号为“北苑”[6]，置使领之。

【译 文】

古人品评茶叶，只提到阳羡、顾渚、天柱、蒙顶之类的茶，都没有提到建溪茶。然而唐代人看重的粘黑串茶，就已经接近建溪饼茶了。建溪的茶树都是乔木，而江浙、四川、淮南的茶树都是丛生的灌木，品质自然居于建茶之下。建茶中最著名的产地是郝源、曾坑，其中又以岔根、山顶两个品种最好。南唐时号称“北苑”，设置专员管理。

注 释

❶阳羡：今江苏宜兴。顾渚：在今浙江湖州长兴水口乡顾渚村，盛产紫笋茶。天柱：山名，在今安徽潜山西。蒙顶：山名，在今四川雅安名山区。

❷建溪：源出福建武夷山，经产茶区，流入闽江。

❸串茶粘黑：唐代茶名，类似于现在的砖茶。

❹建饼：产自建溪一带的团茶。

❺丛茇：指丛生的灌木。

❻李氏：指五代十国时期在江南地区建立的南唐政权。

信州苦泉

【原 文】

信州铅山县有苦泉[1]，流以为涧，挹其水熬之[2]，则成胆矾[3]。烹胆矾则成铜，熬胆矾铁釜久之亦化为铜。水能为铜，物之变化，固不可测。按《黄帝·素问》，有“天五行，地五行，土之气在天为湿，土能生金石，湿亦能生金石”[4]，此其验也。又，石穴中水，所滴皆为钟乳、殷孽[5]。春、秋分时，汲井泉则结石花[6]；大卤之下，则生阴精石[7]，皆湿之所化也。如木之气在天为风，木能生火，风亦能生火，盖五行之性也。

【译 文】

信州铅山县有苦泉，泉水流出来形成小溪，舀出泉水熬煎，就形成胆矾。再熬胆矾就生成铜，熬胆矾的铁锅，时间长了也变成铜锅。水可以变成铜，物质的变化，真是难以揣测。按照《黄帝·素问》的说法，“天有五行，地有五行，土气在天为湿，土能生金石，湿也能生金石”，胆矾水变铜的现象就是验证。另外，石洞中滴下的水都能生成石钟乳和石笋。在春分、秋分时，打来的井水或泉水能凝结成石花；盐池底部，也生长出石膏，这都是湿气所化。就像木气在天为风，木能生火，风也能生火，这大概是五行的本性。

注 释

❶铅山县：今属江西。苦泉：含有胆矾的泉水。

❷挹：舀取。

❸胆矾：硫酸铜与水的化合物，我国古代用以炼铜。

❹《黄帝·素问》：《黄帝内经》是我国现存最早的医学理论著作，由《素

问》和《灵枢》两部分组成。五行：指金、木、水、火、土，是我国古代用来解释生成天地万物的五种物质要素，《素问》称之为“地五行”，与之对应的燥、风、湿、热、寒则称为“天五行”。

❺般孽：指石笋，直立于石灰岩溶洞底部。

❻石花：井水中状似花朵的碳酸钙沉积物。

❼阴精石：指石膏。

测量汴渠

【原 文】

国朝汴渠[①]，发京畿辅郡三十余万夫岁一浚[②]。祥符中，阁门祇候、使臣谢德权领治京畿沟洫[③]，权借浚汴夫。自尔后三岁一浚，始令京畿邑官皆兼沟洫河道[④]，以为常职。久之，治沟洫之工渐弛，邑官徒带空名，而汴渠有二十年不浚，岁岁堙淀[⑤]。异时京师沟渠之水皆入汴，旧尚书省都堂壁记云“疏治八渠，南入汴水”是也。自汴流堙淀，京城东水门下至雍丘、襄邑[⑥]，河底皆高出堤外平地一丈二尺余，自汴堤下瞰，民居如在深

【译 文】

本朝的汴渠，每年要调发京城周围三十多万的民夫疏浚一次。大中祥符年间，阁门祇候、使臣谢德权负责治理京城沟渠，暂时借用疏浚汴渠的民夫。从此以后，每三年疏浚一次，开始时让京郊附近主管民政的官员都兼管修理沟渠之事，将此作为日常的工作。时间久了，治理沟渠的工作逐渐松弛下来，州县官员只是徒有治理沟渠的虚名，而汴渠有二十年没有疏浚，河道年年淤积。从前京师沟渠中的水都流入汴河，原尚书省都堂的厅壁记上说“疏通了八条河渠，往南流入汴水”，就指这件事。自从汴渠淤积以后，从京城的东水门往下到雍丘、襄邑，河底都高出堤外平地一丈二尺多，从汴渠堤上往下看，居民房舍仿

谷。熙宁中，议改疏洛水入汴[7]，予尝因出使，按行汴渠，自京师上善门量至泗州淮口[8]，凡八百四十里一百三十步。地势，京师之地比泗州凡高十九丈四尺八寸六分。于京城东数里白渠中穿井，至三丈，方见旧底。验量地势，用水平、望尺、干尺量之[9]，不能无小差。汴渠堤外，皆是出土故沟，水令相通，时为一堰节其水。候水平，其上渐浅涸，则又为一堰，相齿如阶陛[10]。乃量堰之上下水面相高下之数，会之，乃得地势高下之实。

佛在深谷中。熙宁年间，曾经商议引导洛水流入汴渠，我曾因为外出巡视，奉命勘察汴渠，从京城上善门测量到泗州淮口，一共八百四十里零一百三十步。按照地势，京城的地面比泗州共高出十九丈四尺八寸六分。在京城东边几里的白渠中挖井，挖到三丈深，才看见旧的河床。测量地势时，用水平、望尺、干尺等工具，难免会有小的误差。汴渠堤外，都是原来修堤取土挖出的旧沟，引水让沟与沟相通，隔一段就筑起一道堤堰拦截沟中的水。等沟中水与堤堰持平，沟的上段渐渐干涸，就再筑一道堰，堰与堰之间相次排列如阶梯。于是测量上下堰之间水面的高低差，汇总起来，就得出地势高低的实际落差。

注释

❶汴渠：隋通济渠、唐广济渠的东段，为北宋重要的水运航道。自今河南荥阳北引黄河东南流，经开封、商丘、宿州、泗洪等地，流入淮河。

❷京畿辅郡：指京城附近州县。

❸谢德权（953—1010）：字士衡，福州（今属福建）人。仕南唐，为庄宅副使。入宋，补殿前承旨、阁门祗候、供备库使，大中祥符二年（1009），疏浚京师河道。出知泗州，改西染院使。

❹邑官：指各州县主持民政的官吏。

❺堙淀：淤积沉淀。

❻雍丘：今河南开封杞县。襄邑：今河南商丘睢县。

❼洛水：源出陕西商洛洛南，在河南郑州巩义注入黄河。

❽泗州：治所在今江苏盱眙。

❾水平、望尺、干尺：测量工具。水平即测量水平程度的水平仪，望尺即测高的标杆，干尺即测距的量杆。

❿阶陛：台阶。

避风术

【原 文】

江湖间唯畏大风。冬月风作有渐，船行可以为备。唯盛夏风起于顾盼间[①]，往往罹难。曾闻江国贾人有一术[②]，可免此患。大凡夏月风景[③]，须作于午后，欲行船者五鼓初起[④]，视星月明洁，四际至地[⑤]，皆无云气，便可行，至于巳时即止[⑥]。如此，无复与暴风遇矣。国子博士李元规云[⑦]："平生游江湖，未尝遇风，用此术。"

【译 文】

在江湖中行船，就怕大风。冬天的风都是渐渐刮起的，行船的人可以先做准备。只有盛夏的风起于转眼之间，行船的人往往遇难。曾经听说江湖间贩运货物的商人有一办法，可以避免这种祸难。一般夏季的大风，总是起于午后，想要行船的人在天将亮时起来，看到星月明亮皎洁，天空四周直到地面都没有云气，就可以行船，到巳时的时候就停下来。这样一来，便不会再与暴风遭遇了。国子博士李元规说："我平生游历江湖，从来没有遇到风暴，用的就是这种方法。"

注 释

❶顾盼间：形容时间极短。

❷江国：泛指河流众多的地方。一说指江南，一说指江淮。

❸风景：指刮风时的情景。景，疑为“暴”之形误。

❹五鼓：五更，也特指天将亮时。

❺四际：指四周天边。

❻巳时：指上午九时至十一时。

❼国子博士：国子监学官名。李元规：身世不详。

契丹语诗

【原 文】

刁约使契丹[1]，戏为四句诗曰：“押燕移离毕[2]，看房贺跋支[3]。饯行三匹裂，密赐十貔狸。”皆纪实也。移离毕，官名，如中国执政官。贺跋支，如执衣、防阁[4]。匹裂，似小木罂[5]，以色绫木为之[6]，加黄漆。貔狸，形如鼠而大，穴居，食果谷，嗜肉，狄人为珍膳，味如㹠子而脆[7]。

【译 文】

刁约出使契丹国，戏谑地作了四句诗说：“押燕移离毕，看房贺跋支。饯行三匹裂，密赐十貔狸。”都是记录的实际情况。移离毕是官名，犹如中国的执政大臣。贺跋支，犹如中国的执衣、防阁。匹裂像小木罐，用色绫木制成，表面涂上黄漆。貔狸，形体像老鼠而更大，住在洞中，吃果子、谷物，喜欢吃肉，契丹人用来烹制佳肴，味道犹如小猪，但更脆嫩。

注 释

❶刁约（994—1077）：字景纯，丹徒（今江苏镇江）人。天圣八年（1030）进士及第，为诸王宫教授。出使契丹，事在嘉祐元年（1056）。

❷押燕：主持宴会。

❸看房：护卫使者住处。

❹执衣、防阁：唐代官员的侍从及护卫。

❺木罂：小木罐。

❻色绫木：纹理如绫纹的树木。

❼㹠：同"豚"，小猪。

廉洁之士

【原文】

蔡君谟尝书小吴笺云[①]："李及知杭州[②]，市白集一部，乃为终身之恨。此君殊清节，可为世戒。张乖崖镇蜀[③]，当遨游时，士女环左右，终三年未尝回顾。此君殊重厚，可以为薄夫之检押[④]。"此帖今在张乖崖之孙尧夫家[⑤]。予以谓买书而为终身之恨，近于过激，苟其性如此，亦可尚也。

【译文】

蔡襄曾经在小吴笺上写道："李及任杭州知州，离任时买了一部《白居易集》，就引为终身憾事。此君特别清廉，可作为世上贪婪者的警戒。张咏镇守蜀中，当游赏玩乐时，美女环绕左右，满三年时间不曾回顾过。此君特别稳重厚道，可以作为轻薄者的约束。"这幅手帖如今在张咏的曾孙尧夫家中。我认为因为买书而引为终身遗憾，近于偏激，如果他生性就是如此，也是值得推崇的。

注释

❶蔡君谟：蔡襄（1012—1067），字君谟，兴化军仙游（今属福建）人。天圣八年（1030）进士，为漳州军事判官。庆历中知谏院，曾作《四贤一不肖》诗言范仲淹罢职事，朝野盛传。累官翰林学士，权三司使。英宗即位，拜端明殿学士，知杭州，谥忠惠。擅长诗文，为宋代书法名家。吴笺：吴地所产之

笺纸。

❷李及：字幼几，新郑（今属河南）人。进士出身，累官枢密直学士、给事中，乾兴元年（1022）知杭州。天圣六年（1028）为御史中丞，旋卒。

❸张乖崖：张咏（946—1015），字复之，自号乖崖，濮州鄄城（今属山东）人。太平兴国五年（980）进士，授大理评事。累官枢密直学士、知通进银台司兼门下封驳事。淳化五年（994）知益州，为政明肃，安集远民。咸平六年（1003）又以刑部侍郎充枢密直学士再知益州。官至礼部尚书，谥忠定。

❹检押：约束。

❺尧夫：张尧夫，张咏曾孙，熙宁间为元城主簿。

天子请客

【原　文】

陈文忠为枢密[①]，一日日欲没时，忽有中人宣召。既入右掖，已昏黑，遂引入禁中，屈曲行甚久，时见有帘帏灯烛，皆莫知何处。已而到一小殿，殿前有两花槛，已有数人先至，皆立廷中，殿上垂帘，蜡烛十余炬而已。相继而至者凡七人，中使乃奏班齐。唯记文忠、丁谓、杜镐三人[②]，其四人忘之。杜镐时尚为馆职。良久，乘舆自宫中出，灯烛亦不过数十

【译　文】

陈尧叟担任枢密使，有一天，太阳将要落山之时，忽然有宦官宣召他进宫。走到右掖门时，天已昏黑，宦官就将他引入宫中。弯弯曲曲走了很久，时而见到有帘幕、灯烛，完全不知道是在哪里。不久来到一座小殿堂，殿前有两列雕花栏杆。已经有几个人先到了，都站立在殿廷中。殿上垂着帘幕，只点了十多支蜡烛而已。相继而来的共有七人，宦官于是奏报说人已到齐。来人中只记得有陈尧叟、丁谓、杜镐三人，其余四人忘了名字。杜镐当时还在三馆任职。过了很久，皇上乘轿从宫中出来，随行灯烛也不过几十盏而已。宴席准备得很丰盛，

而已。宴具甚盛，卷帘令不拜，升殿就坐。御座设于席东，设文忠之坐于席西，如常人宾主之位[③]。尧叟等皆惶恐不敢就位，上宣喻不已，尧叟恳陈，自古未有君臣齐列之礼，至于再三，上作色曰[④]："本为天下太平，朝廷无事，思与卿等共乐之。若如此，何如就外朝开宴？今日只是宫中供办，未尝命有司，亦不召中书辅臣[⑤]。以卿等机密及文馆职任侍臣，无嫌，且欲促坐语笑，不须多辞。"尧叟等皆趋下称谢[⑥]，上急止之，曰："此等礼数，且皆置之。"尧叟悚栗危坐[⑦]，上语笑极欢。酒五六行，膳具中各出两绛囊，置群臣之前，皆大珠也。上曰："时和岁丰，中外康富，恨不得与卿等日夕相会。太平难遇，此物助卿等燕集之费。"群臣欲起谢，上云："且坐，更有。"如是酒三行，皆有所赐，悉良金重宝。酒罢，已四鼓。时人谓之"天

卷起帘幕，皇上让他们不要下拜，直接上殿入坐。皇上的御座设在宴席的东面，陈尧叟的座位设在宴席的西面，就像平常人家设置的宾客和主人的位次。陈尧叟等人惶恐而不敢就坐，皇上多次命他们入坐，陈尧叟恳切陈情，说自古以来没有君主臣子并列的礼节，再三推辞。皇上生气地说："本来因为天下太平，朝廷没有急事，想与你们一起高兴高兴。若是这样讲究礼节，为何不在外面朝堂开宴？今天只是由宫中设宴，没有惊动有关官署，也没有宣召中书辅政大臣。因为你们或是机密大臣或是文馆侍臣，我们之间没有什么妨碍，姑且紧挨着坐下，便于说话谈笑，不要过分推辞。"陈尧叟等人都快步走到下位叩谢，皇上急忙阻止道："这等礼数就都免了吧。"陈尧叟等惶惶不安地端坐着，皇上谈论笑语，极为欢乐。酒过五六巡，从餐具中分别取出两个红色口袋，放在各位大臣面前，里面装的全是大珍珠。皇上说："风调雨顺，年谷丰收，天下富裕安康，朕恨不得与卿等朝夕相会。太平时节难得遇上，这些东西用来资助你们宴饮的费用。"众大臣要起身叩谢，皇上说："都坐下，还有哩。"像这样酒过三巡，每次都有赏赐，全是金银珍宝。酒宴结束，已是四更时分。当时人称这次宴会

子请客”。文忠之子述古得于文忠[8]，颇能道其详，此略记其一二耳。

为“天子请客”。陈尧叟之子陈述古从陈尧叟那儿得知此事，说得特别详细，这里只是略记一二罢了。

注释

❶陈文忠：即陈尧叟（961—1017），字唐夫，阆州（今属四川）人。端拱二年（989）状元，授光禄寺丞。累官广南东、西两路安抚使，迁工部侍郎。景德中，与王钦若并知枢密院事。大中祥符五年（1012），为检校太傅、同平章事，充枢密使。

❷丁谓（966—1037）：真宗时累官参知政事，除枢密使，拜同中书门下平章事，封晋国公。杜镐（938—1013）：字文周，无锡（今属江苏）人。南唐时，举明经，官至虞部员外郎。入宋历国子监丞、直秘阁、给事中，官至礼部侍郎。博闻强记，预修《太祖实录》《册府元龟》。

❸常人宾主之位：按礼仪，宾客坐西面东，以示尊贵；主人坐东面西，以示谦恭。

❹作色：脸上变色，生气。

❺中书辅臣：指执政大臣。

❻趋：恭敬地碎步疾行。

❼悚栗：恐惧战栗。

❽述古：指陈述古，陈尧佐子。欧阳修《太子太师致仕赠司空兼侍中文惠陈公神道碑铭》也说述古为尧佐长子，沈括误记为尧叟（文忠）子。

武臣奏事

【原 文】

庆历中，河北大水，仁宗忧形于色。有走马承受公事使臣到阙[1]，即时召对，问河北水灾何如，使臣对曰："怀山襄陵[2]。"又问百姓如何，对曰："如丧考妣[3]。"上默然。既退，即诏阁门："今后武臣上殿奏事，并须直说，不得过为文饰。"至今阁门有此条，遇有合奏事人，即预先告示。

【译 文】

庆历年间，河北遭受大水，仁宗忧形于色。有一位走马承受公事使臣赶到京城，立刻宣召上殿奏事，皇上问他河北水灾如何，使臣回答说："怀山襄陵。"皇上又问百姓情况如何，使臣回答："如丧考妣。"仁宗听后默然不语。等使臣退下后，就下诏给阁门司说："今后武官上殿奏事，一律要直接陈述，不得过于虚文掩饰。"到现在，阁门司还有这条规定，遇到要奏报政事的人，就预先提醒他们。

注 释

❶走马承受公事：宋官名。掌向皇帝报告各地情况。诸路各一员，无事岁一入奏，遇紧急事件则不时驰驿上闻。

❷怀山襄陵：语出《尚书·尧典》，意指大水包围山岳，漫过丘陵。

❸如丧考妣：语出《尚书·尧典》，意谓如同死了父母一样悲伤。

边州木图

【原 文】

予奉使按边[1]，始为木图，写其山川道路[2]。其初遍履山川，旋以面糊、木屑写其形势于木案上。未几寒冻，木屑不可为，又熔蜡为之。皆欲其轻，易赍故也[3]。至官所，则以木刻上之。上召辅臣同观，乃诏边州皆为木图，藏于内府。

【译 文】

我奉命巡察边地，才开始制作木质地形图，描摹那里的山川道路。起初是走遍那里的山脉河流，然后就用面糊、木屑将那里的地形在木桌上制成模型。不久，天气寒冷，木屑不能用了，就用熔化的蜡来制作。就是想使模型重量轻而便于携带。回到官署，再雕刻成木图，进献给皇上。皇上召集辅臣一起观看，于是下令边地州县都制作木质地形图，收藏在宫廷府库中。

注 释

❶奉使按边：沈括于熙宁七年（1074）八月为河北西路察访使，讲修边备，至次年二月还朝。

❷写：描摹。

❸赍（jī）：携带。

李顺起义

【原 文】

蜀中剧贼李顺[①]，陷剑南两川[②]，关右震动[③]，朝廷以为忧。后王师破贼，枭李顺[④]，收复两川，书功行赏，了无间言。至景祐中，有人告李顺尚在广州，巡检使臣陈文琏捕得之[⑤]，乃真李顺也，年已七十余。推验明白，囚赴阙，覆按皆实。朝廷以平蜀将士功赏已行，不欲暴其事，但斩顺，赏文琏二官[⑥]，仍阁门祇候。文琏，泉州人，康定中老归泉州，予尚识之。文琏家有《李顺案款》，本末甚详。顺本味江王小博之妻弟[⑦]。始，王小博反于蜀中，不能抚其徒众，乃共推顺为主。顺初起，悉召乡里富人大姓，令具其家所有财粟，据其生齿足用之外[⑧]，一切调发，大赈贫乏。录用材能，存抚良善，号令严明，所

【译 文】

蜀中大盗李顺，曾经攻陷剑南两川许多地方，关西一带大为震动，朝廷为此担忧。后来，朝廷大军攻破贼军，将李顺杀头示众，收复了两川，论功行赏，当时毫无异议。到景祐年间，有人密告说李顺还在广州，巡检使臣陈文琏将他捕获，果然是真的李顺，年龄已经七十多了。审讯查验清楚，押解到京，复审如实。朝廷考虑到平蜀将士已经论功行赏，不想声张此事，只是将李顺斩首，赏给陈文琏二级官阶，仍为阁门祇候。陈文琏是泉州人，康定年间告老回到泉州，我还见过他。陈文琏家中存有《李顺案款》，记录案件本末很详细。李顺原来是味江王小波的妻弟。起初，王小波在蜀中造反，不能安抚他的部众，于是大家共推李顺为首领。李顺初起事时，把乡里的富人大姓统统召集起来，命令他们各自呈报家中所有的财产粮食，除按家庭人数留下足够的口粮，其余全部征集调拨，赈济平民百姓。李顺任用有才能的人，安抚善良的人，号令严明，所到之处秋毫无犯。当时，两川

至一无所犯。时两蜀大饥，旬日之间，归之者数万人。所向州县，开门延纳，传檄所至，无复完垒。及败，人尚怀之，故顺得脱去三十余年，乃始就戮。

正遭遇大饥荒，十几天的时间，归顺他的人有几万。他攻打的州县，都开门投降，布告檄文所到之处，没有攻不下的城池。等他战败后，人们依然怀念他，因此李顺得以逃脱三十多年，才被杀掉。

注释

❶李顺：永康军青城（今四川都江堰）人。淳化四年（993），随王小波起义。王小波战死，李顺代为首领，攻占成都，号“大蜀王”。次年被镇压。

❷剑南两川：指剑南东川道、剑南西川道，包括今四川大部分地区。

❸关右：泛指函谷关以西地区。

❹枭：斩首悬挂以示众。

❺巡检使臣：宋武官，统辖禁兵、厢军以维护地方治安。陈文琏：泉州（今属福建）人。历官阁门祇候、广州巡检使臣。康宝中归老泉州。

❻二官：两级阶官。

❼王小博：指王小波（？—993），淳化四年（993）起义，宣称“吾疾贫富不均，今为汝均之”，民众纷纷响应，连克州县，十二月于蜀州江原县（今属四川崇州）激战，重伤而死。沈括言“不能抚其徒众，乃共推顺为主”，当系传闻不实之词。

❽生齿：人口中。

李氏骂敌

【原 文】

元丰中，夏戎之母梁氏遣将，引兵卒至保安军顺宁寨[1]，围之数重。时寨兵至少，人心危惧。有倡姥李氏[2]，得梁氏阴事甚详[3]，乃掀衣登陴[4]，抗声骂之，尽发其私。虏人皆掩耳，并力射之，莫能中，李氏言愈丑。虏人度李终不可得，恐且得罪，遂托以他事，中夜解去。鸡鸣狗盗皆有所用，信有之。

【译 文】

元丰年间，西夏国主的母亲梁氏派遣将官，率领士兵攻打保安军顺宁寨，将寨子围困了几重。当时守寨的士兵很少，人心惶惧不安。有老娼妇李氏，知道梁氏的很多隐私，于是撩起衣服登上寨墙，高声大骂，将梁氏的隐私全都抖露了出来。西夏人都把耳朵堵上，一起用箭射她，都不能射中，李氏骂的话更加丑陋不堪。西夏人估计最终不能捉到李氏，又害怕将要得罪太后，就借口其他事情，半夜解围而去。鸡鸣狗盗一类的人都有用处，确实是这样的。

注释

❶保安军：治所在今陕西延安志丹。顺宁寨：在今陕西延安志丹西北。

❷倡姥：老娼妇。

❸阴事：指梁氏原为没藏讹庞儿媳，后与李谅祚私通，并谋杀没藏讹庞，成为李谅祚皇后之事。

❹陴：城上女墙，借指城墙。

校书如扫尘

【原 文】

宋宣献博学[①]，喜藏异书，皆手自校雠[②]。常谓[③]："校书如扫尘，一面扫，一面生。故有一书每三四校，犹有脱谬。"

【译 文】

宋绶学识广博，喜欢收藏奇书，都亲手加以校勘。他曾说："校勘书籍如扫尘土，一面扫，一面又生。所以一本书即使校对了三四次，还有脱漏谬误之处。"

注 释

❶宋宣献：即宋绶（991—1041），字公垂，赵州平棘（今属河北）人。大中祥符元年（1008）赐同进士出身，迁大理寺丞。累迁中书舍人，改龙图阁学士，出知应天府。明道二年（1033），拜参知政事。康定元年（1040），知枢密院事，再除参知政事。卒，谥宣献。

❷校雠：校勘。

❸常：同"尝"。

卷二十六

药议

导读

《药议》一卷，记载与中医学、中药物学相关的内容。沈括于中医理论、中医学、中药学、药方均有研究，也有《苏沈良方》（与苏轼合著）传世。《笔谈》中有关中医的条目不少，散见各卷之中，而以本卷最为集中。

《人体消化系统》考察食物和药品在人体中的消化渠道，批驳有关药物入肝、入肾的荒谬说法。沈括通过精辟的分析、严谨的推理，大体勾勒出人体的消化系统，并提醒医家不可不了解这些知识。《君臣佐使》认为“君”就是“对症”下的药，它不是一成不变的，并且对《药性论》按药性区分君臣佐使的做法不以为然。“对症下药”的观点具有辩证性，是沈括对中医药学做出的贡献。《采草药不拘定月》论采草药要根据药物药性的生长情况，在质量最好的时候采摘，不能拘于固定的时限，而应区别对待。《赤箭》认为医书将天麻与赤箭分开记述是错误的，因为天麻就是赤箭，药用都是根块，而不是苗茎，如同鸢尾、牛膝都用根入药一样。其实，沈括依据书本记载进行推理，没有参照实物具体分析，而采用类比法简单作出结论，犯了经验主义的错误。这种错误在《笔谈》中并不多见，选录此条不是为了抹黑，只想说明在浩瀚的科学知识面前，犯错误容易，想不犯错误是何等艰难！《太阴玄精》叙述解州玄精石的形态特征，并以“五行说”解析其成因。又指出世人所用玄精石大多是以绛州出产的绛石冒充，楚州盐城出产的也号称太阴玄精，这些都不是正宗的玄精石，素有“医者仁心”的作者，自然不能无视这种现象的存在。

人体消化系统

【原 文】

古方言："云母粗服[①]，则著人肝肺不可去。"如枇杷、狗脊[②]毛不可食，皆云射入肝肺。世俗似此之论甚多，皆谬说也。又言人有水喉、食喉、气喉者，亦谬说也。世传《欧希范真五脏图》[③]，亦画三喉，盖当时验之不审耳。水与食同咽，岂能就口中遂分入二喉？人但有咽有喉二者而已，咽则纳饮食，喉则通气。咽则下入胃脘[④]，次入胃中，又次入广肠[⑤]，又次入大小肠。喉则下通五脏，为出入息，五脏之含气呼吸，正如冶家之鼓鞴[⑥]。人之饮食、药饵，但自咽入肠胃，何尝能至五脏？凡人之肌骨、五脏、肠胃虽各别，其入肠之物，英精之气味[⑦]，皆能洞达，但滓秽即入二肠[⑧]。凡人饮食及服药既入肠，为真气

【译 文】

古代医方说："云母直接服用，会附着在肝肺上去除不掉。"如像枇杷叶、狗脊的毛不能吃一样，都说吃了就会刺入肝肺。世上像这样的说法很多，但都是错误的。又说人有水喉、食喉、气喉，也是错误的说法。世上流传的《欧希范真五脏图》，也画有三个喉，大概那是当时观察不细致的缘故。水和食物同时下咽，怎么可能在口中分开进入二喉呢？人只是有咽有喉罢了。咽负责吞进食物，喉负责通气。食物从咽部往下进入胃腔，其次进入胃中，又其次进入广肠，最后进入大小肠。而喉则向下通达五脏，是呼气和吸气的。人的五脏含气呼吸，就像冶炼金属用的风箱。人的饮食、药物，都只能从咽喉进入肠胃，怎么可能到达五脏呢？一般人的肌骨、五脏、肠胃虽然各有不同，但是进入肠胃的食物，它们的精华之气，都可以到达肌骨、五脏，只剩残渣污秽进入大小肠。凡是人饮食和服用的药物进入肠道以后，被人的精气所转化，物

所蒸[9]，英精之气味以至金石之精者，如细研硫黄、朱砂、乳石之类，凡能飞走融结者[10]，皆随真气洞达肌骨，犹如天地之气，贯穿金石土木，曾无留碍。自余顽石草木[11]，则但气味洞达耳。及其势尽，则滓秽传入大肠，润湿渗入小肠，此皆败物，不复能变化，惟当退泄耳[12]。凡所谓某物入肝、某物入肾之类，但气味到彼耳，凡质岂能至彼哉？此医不可不知也。

品的精华之气以至于金属石粉中的精华，如研细的硫黄、朱砂、乳石之类的东西，凡是能流动消化的，都随着真气洞达肌骨，就像天地的真气贯穿金、石、土、木一样，完全没有什么阻碍。至于其余不能被吸收转化的，如同顽石草木一样，只有气味能通达全身。等到它们的精华用尽之后，残渣污秽便送入大肠，液体就渗入小肠，这些都是废物，不能再转化了，只能排泄出去。凡是所谓的某物入肝、某物入肾之类的说法，只是气味能到达那儿，一般药物本身怎么能到达那儿呢？这是医家不可以不了解的。

注释

❶云母：矿石名，俗称千层纸，薄片有弹性，半透明，有白色、黑色、绿色等，白云母可供药用，有止泻、补肾的功效。

❷枇杷：指枇杷叶，背部多毛。狗脊：草本植物，根茎去毛可入药，有清热解毒、消肿之功效。

❸《欧希范真五脏图》：庆历年间，官府镇压广西少数民族反抗首领欧希范等五十余人，对其五脏等器官进行解剖，画出五脏图，汇集而成此书。今已佚。

❹胃脘：中医指胃的内腔。

❺肠：直肠。

❻鼓鞴（bèi）：皮制的鼓风囊。

❼英精：精华。

❽滓秽：指残渣污秽，粪便。

❾真气所蒸：指被人体的精气所转化。

❿飞走融结：指流动消融。

⓫顽石草木：指不能够被人体吸收转化的药石和食物。

⓬退泄：排泄。

君臣佐使

【原　文】

旧说有“药用一君、二臣、三佐、五使”之说[①]。其意以谓药虽众，主病者专在一物，其他则节级相为用，大略相统制，如此为宜，不必尽然也。所谓君者，主此一方者，固无定物也。《药性论》乃以众药之和厚者定以为君[②]，其次为臣、为佐，有毒者多为使，此谬说也。设若欲攻坚积[③]，如巴豆辈[④]，岂得不为君哉！

【译　文】

旧说中有“药用一君、二臣、三佐、五使”的说法。大意是指药物虽然很多，但是主治疾病的只在一种药上，其他的药都按次序发挥作用，大体上相互统领制约，这样就比较适当，但也未必全都如此。所谓君药，是指这一药方中的主药，并非固定不变的东西。《药性论》却把药物中药性温和醇厚的定为君药，再次是臣药、佐药，有毒的大多为使药，这是错误的说法。假设要治疗顽固性积食症，比如巴豆之类的，难道不应该作为君药吗？

注　释

❶君：治主要病症的主药。臣：起辅助作用的配药。佐：治疗并发症的药。使：药引子。

❷《药性论》：唐初名医甄权著，旨在讨论药物性能，故详论君、臣、佐、使及禁忌。原书已佚，现存辑本。

❸坚积：指顽固的积食症。

❹巴豆：植物名，中医以果实用作泻药，有毒，须慎用。

采草药不拘定月

【原 文】

古法采草药多用二月、八月，此殊未当。但二月草已芽，八月苗未枯，采掇者易辨识耳①，在药则未为良时。大率用根者，若有宿根②，须取无茎叶时采，则津泽皆归其根③。欲验之，但取芦菔、地黄辈观④，无苗时采，则实而沈；有苗时采，则虚而浮。其无宿根者，即候苗成而未有花时采，则根生已足而又未衰。如今之紫草⑤，未花时采，则根色鲜泽，花过而采，则根色黯恶，此其效也。用叶者取叶初长足时，用芽者自从本说，用花者取花初敷时，用实者成实时采，皆不可限以时月。缘土气有早晚，天时有愆伏⑥。如平地三月花者，深山中则四

【译 文】

按古法，采草药大多在二月、八月，这是很不恰当的。只是二月时草已经发芽，八月时苗尚未枯萎，采药的人容易辨识罢了，对药来说却不是好的时节。大体上说，用根入药的，如果有宿根，必须在没有茎、叶的时候采，这时植物精华都集中在根中。要想验证的话，只需要取萝卜、地黄一类的植物观察一下就知道了。在无苗时采，根就质实而沉重；有苗时采，根就虚空而轻浮。没有宿根的草药，要等到苗长成而没有开花时采，那么它的根已经充分生长而又没有衰竭。像现今的紫草，没有开花时采，根的色泽就鲜艳而滋润，开过花再采，根的色泽就灰暗无光了，这就是明证。用叶入药的，要在叶子刚刚长成时采；用芽入药的，自然依照原来二月时采的说法；用花入药的，要在花刚刚开放时采；用果实入药的，要在子实长成时采。都不可以限制在固定的时间。因为地气有早有晚，天气也时常变

月花。白乐天《游大林寺》诗云[7]："人间四月芳菲尽[8]，山寺桃花始盛开。"盖常理也，此地势高下不同也。如筀竹笋有二月生者[9]，有三四月生者，有五月方生者，谓之晚筀；稻有七月熟者，有八九月熟者，有十月熟者，谓之晚稻。一物同一畦之间，自有早晚，此物性之不同也。岭、峤微草[10]，凌冬不凋；并、汾乔木[11]，望秋先陨。诸越则桃李冬实[12]，朔漠则桃李夏荣[13]。此地气之不同也。一亩之稼，则粪溉者先芽[14]；一丘之禾，则后种者晚实。此人力之不同也。岂可一切拘以定月哉？

化。例如在平原上三月开花的，在深山中就要四月才开花。白居易《游大林寺》诗说："人间四月芳菲尽，山寺桃花始盛开。"这是寻常的道理，是因为地势高低的不同。如筀竹笋有二月生的，有三四月生的，有在五月才生的，称为晚筀；稻子有七月成熟的，有八九月成熟的，有十月才成熟的，称为晚稻。同一种作物生长在同一畦中间，成熟也有早有晚，这是物性的不同。岭南的小草，在寒冬时节也不凋零；而并州、汾州一带的乔木，秋天还未到便开始落叶；东南的桃李在冬天结果，北方草原的桃李在夏天开花。这是地气的不同。同一块地里的庄稼，浇过水施过肥的就先发芽；同一片地里的禾苗，后种的就晚结果实，这是人力的不同。怎么可以一律限制在固定的月份呢？

注释

❶采撷：采集。

❷宿根：多年生草本植物的隔年老根。

❸津泽：津液，这里指植物的药用成分。

❹芦菔（fú）：萝卜。地黄：多年生草本，根茎可入药，有清热生津、养阴补肾的功效。

❺紫草：多年生草本，根可入药。作者将紫草放在"无宿根者"之称，误。

❻愆伏：气候失常。

❼白乐天：指白居易。

❽芳菲：香花芳草。

❾筀（guì）竹：一作“桂竹”，竹叶细长，围阔节疏。

❿岭、峤：南岭山脉，泛指今湘、赣、闽、粤交界地区。

⓫并、汾：并州（治今山西太原）与汾州（治今山西汾阳）。

⓬诸越：泛指今两广地区。

⓭朔漠：泛指北方草原。

⓮粪溉：施肥灌溉。

赤 箭

【原 文】

赤箭即今之天麻也①。后人既误出天麻一条，遂指赤箭别为一物。既无此物，不得已，又取天麻苗为之，兹为不然。《本草》明称“采根暴干”②，安得以苗为之？草药上品，除五芝之外③，赤箭为第一，此神仙补理养生上药。世人惑于天麻之说，遂止用之治风，良可惜哉！或以谓其茎如箭，既言赤箭，疑当用茎，此尤不然。至如鸢尾、牛膝之类④，皆谓茎叶有所似，则用根耳，何足疑哉？

【译 文】

赤箭就是现在的天麻。后人既已错误地列出天麻一条，于是就将赤箭说成是另外一种东西。既然没有这种东西，不得已，又把天麻苗作为赤箭，这就更不对了。《本草》中明明说“采挖它的根暴干”，怎么能用苗呢？草药中的上品，除了五芝以外，就数赤箭为第一，这是神仙滋补脉理、延年养生的上等药。世上的人迷惑于天麻的说法，就只用它来治风病，实在是可惜啊！有人说它的茎部像箭，既然称为赤箭，就怀疑应当用茎入药，这种说法更不对了。正如鸢尾、牛膝一类的药，都是因为茎、叶形似而得名的，但入药时用的是根，这有什么值得怀疑的呢？

注释

❶赤箭：天麻苗，多年生草本，茎高数尺。中医以茎入药称赤箭，以根入药称天麻，主治眩晕、头痛、小儿惊风等症。

❷《本草》：当指《补注神农本草》，宋嘉祐年间掌禹锡、林亿、苏颂、张洞等补注《开宝本草》而成。原书已佚，《证类本草》中多有引用。

❸五芝：指赤（一名丹芝）、黄（金）、白（玉）、黑（玄）、紫（木）五种灵芝。

❹鸢尾：多年生草本，叶剑形似鸢尾，花青紫色。牛膝：又称牛茎，多年生草本，其茎有节突出似牛膝，根可入药，有利尿、通经等作用。

太阴玄精

【原文】

太阴玄精[1]，生解州盐泽大卤中，沟渠土内得之。大者如杏叶，小者如鱼鳞，悉皆六角，端正如龟甲。其裙襕小堕[2]，其前则下剡[3]，其后则上剡，正如穿山甲，相掩之处全是龟甲，更无异也。色绿而莹彻。叩之则直理而折[4]，莹明如鉴，折处亦六角，如柳叶。火烧过则悉解折，薄如柳叶，片片相离，白如霜雪，平洁可爱。此乃禀积阴之气凝结，故

【译文】

太阴玄精，产生于解州盐池的卤水中，可在沟渠的土中采得。大的像杏叶，小的像鱼鳞，都呈六角形，方方正正就像龟甲一样。晶石四周边缘微微下坠，前端向下削尖，后端则向上削尖，如同穿山甲一样，重叠相掩处全是龟甲，更没有区别。玄精色绿而透明，敲击它就会沿着直的纹路裂开，晶莹透亮，像镜子一样，断裂的地方也呈六角形，如同柳树叶。用火烧过就会完全裂开，像柳叶一样薄，片片分离，白如霜雪，平整光洁，非常可爱。这是禀受长期积累的阴气凝

皆六角。今天下所用玄精，乃绛州山中所出绛石耳，非玄精也。楚州盐城古盐仓下土中，又有一物，六棱，如马牙硝[5]，清莹如水晶，润泽可爱，彼方亦名太阴玄精，然喜暴润[6]，如盐碱之类。唯解州所出者为正。

结而成，所以都是六角形。现在天下所用的玄精石，大都是绛州山中出产的绛石罢了，并不是玄精石。楚州盐城古盐仓下面的泥土中，又有另一种晶石，呈六棱状，像马牙硝，晶莹透明，如水晶一样润洁可爱，那里的人也称它为太阴玄精，然而这种玄精容易吸水溶解，像盐碱一样。只有解州出产的太阴玄精才正宗。

注释

❶太阴玄精：又名阴精石、玄英石等，即石膏。

❷裙襕（lán）：龟甲边缘的肉质部分。

❸剡（yǎn）：削尖。

❹直理而折：顺着直的纹路开裂。

❺马牙硝：芒硝，一种晶体矿物。

❻暴润：吸水溶解。

补笔谈

卷一

导读

本卷补录《故事》类10条，多记官场琐事，价值不是很高。《辩证》类12条，多针对文献记载之误，涉及文字、音韵、训诂等方面的问题，一些条目言之成理，也有一些辩证显得牵强，整体价值不如正编。《乐律》类12条，体现了沈括对音乐的研究，也反映了他崇古抑今的基调，可以说是对正编的有效补充。

《门状》记载拜帖的由来，原本是在都堂见宰相的礼节，却被拍马逢迎的人拿到宰相家门口使用，由此形成风气，以至不可变革。这种假公济私、讨好长官的事例不胜枚举，也是形成官场庸俗腐败的诱因之一，沈括想改革，也只能徒唤奈何。《梦神女辨》考证楚襄王没有梦见神女，只是替怀王和宋玉背了虚名，成了千古“冤”案。沈括采用理校法，用严谨的推理，发现了文中的错误，指出“玉”“王”二字互误，而敦煌出土《文选》残卷中有《神女赋》一篇，可证明沈括的结论完全正确。《〈史记〉非谤书》不同意王允将《史记》指为谤书的说法，也不同意班固说《史记》“是非颇谬于圣人”的观点，虽没有拿出强有力的证据进行反驳，但对秉笔直书的司马迁十分肯定，因为不曲笔回护才是史家本色。班固批评《史记》的言论，是中国史学史上的一大事件，立场不同，观点迥异，沈括的看法，无疑也是一家之言。《义海习琴》记载了宫廷琴师朱文济将“天下第一”的琴艺传给僧慧日，慧日再传给僧义海，而义海苦练琴艺，终于达到得神韵于声音之外的非凡境界。沈括谓义海老而琴艺失传，其实蔡絛《铁围山丛谈》卷六记录的僧梵如、僧则全，便是义海的传人，从而形成了北宋琴僧传承系统。《笔谈》虽仅记录了这一系统的上半段，但其珍贵的史料价值仍不容忽视。《琴弦应声》记述声音共鸣的规律，并推荐利用纸人寻找和弦的简单方法。这种方法或许是沈括的发明，小巧实用，也可从侧面证明沈括懂音乐、能弹琴。

门 状

【原 文】

今之门状称“牒，件状如前，谨牒”[①]，此唐人都堂见宰相之礼[②]。唐人都堂见宰相，或参、辞、谢□事□先具事因，申取处分[③]。有非一事，故称“件状如前”。宰相状后判“引”，方许见。后人渐施于执政私第，小说记施于私第[④]，自李德裕始[⑤]。近世谄敬者[⑥]，无高下一例用之，谓之大状。予曾见白乐天诗稿，乃是新除寿州刺史李忘其名门状，其前序住京因宜及改易差遣数十言，其末乃言“谨祗候辞，某官”[⑦]。至如稽首之礼[⑧]，唯施于人君。大夫家臣不稽首，

【译 文】

现在的门状，称“牒，件状如前，谨牒”，这是唐人在都堂拜见宰相的礼仪。唐人在都堂拜见宰相，或请求参见、告辞、谢恩等事，都要首先叙述事情的原委，请求审批。有时不止一件事，所以说“件状如前”。宰相在门状后批上“引”字，才允许进见。后人渐渐把这种礼仪用到宰相私宅之中，根据小说记载，用于私宅的做法，始自李德裕。近来阿谀奉承的人，不分高下一律用之，称为大状。我曾见过白居易诗的草稿纸，背面是新任寿州刺史李某忘其名的门状，前面几十字叙述居住京城事宜以及改任官职等事，最后写“谨祗候辞，某官”。至于像稽首的礼节，以前只对君主使用，士大夫家的私臣不行稽首礼，这是避免使

避人君也。今则虽交游皆稽首。此皆生于谄事上官者始为，流传至今，不可复革。

用对君主的礼节。现在即使朋友间也行稽首礼。这些都源于阿谀奉承长官的人，他们开始这样做并流传下来，到现在就不能再革除了。

注释

❶门状：犹“拜帖”，登门拜访时介绍自己的文书。牒：呈文。

❷都堂：唐宰相的办公场所，在尚书省中。

❸处分：审批。

❹小说：指杂记街谈巷语或道听途说之类的著作。唐李匡乂《资暇集》卷下记载，唐武宗时宰相李德裕贵盛，时人为讨好他，觉得“名刺”不够尊重，于是开始使用“门状”。

❺李德裕（787—850）：字文饶。赵郡赞皇（今属河北）人。唐武宗时宰相，封卫国公。

❻谄敬：阿谀奉承。

❼祗（zhī）候：恭候。

❽稽首：跪拜时叩头至地，是古代九拜中的最高礼节，先秦时只用于拜见君王，到后世则普通交游皆用。

梦神女辨

【原文】

自古言楚襄王梦与神女遇，以《楚辞》考之，似未然。《高唐赋》序云：“昔者先王尝游高唐[①]，怠而昼寝，梦

【译文】

自古传说楚襄王在梦中与神女相遇，根据《楚辞》考证，似乎不是这样的。《高唐赋》序说：“过去先王曾经游历高唐，因困倦而白天入睡，梦

见一妇人，曰：‘妾巫山之女也[②]，为高唐之客，朝为行云，暮为行雨。’故立庙，号为朝云。”其曰“先王尝游高唐”，则梦神女者，怀王也，非襄王也。

又，《神女赋》序曰：“楚襄王与宋玉游于云梦之浦[③]，使玉赋高唐之事。其夜王寝，梦与神女遇，王异之。明日以白玉[④]，玉曰：‘其梦若何？’对曰：‘晡夕之后[⑤]，精神恍惚，若有所喜，见一妇人，状甚奇异。’玉曰：‘状如何也？’王曰：‘茂矣美矣，诸好备矣；盛矣丽矣，难测究矣；瑰姿玮态[⑥]，不可胜赞。’王曰：‘若此盛矣，试为寡人赋之。’”

以文考之，所云“茂矣”至“不可胜赞”云云，皆王之言也，宋玉称叹之可也，不当却云：“王曰：‘若此盛矣，试为寡人赋之。’”又曰“明日以白玉”，人君与其臣语，不当称“白”。又其赋曰：“他人莫睹，玉览其状。望余帷而延

见一个女子，对他说：‘我是巫山神女，来高唐做客，早晨化为流动的云雾，晚上变作飘洒的雨水。’因此修建神庙，取名叫朝云。”序中说“先王尝游高唐”，那么梦见神女的人是怀王，而不是襄王。

另外，《神女赋》序说：“楚襄王与宋玉在云梦泽畔游览，让宋玉作赋描述高唐之事。当晚襄王入睡后，梦见和神女相遇，襄王十分惊异。第二天把这件事告诉了宋玉，宋玉说：‘那是怎样一个梦呢？’襄王回答说：‘傍晚以后，精神恍惚，就像有所喜爱一样，看见一个女人，长相特别出众。’宋玉说：‘长相如何？’楚王说：‘丰满啊，漂亮啊，各种优点都备足了；盛美啊，华丽啊，无法揣测探究了；仪态万千的美丽，简直无法形容。’襄王说：‘如此美丽至极了，请为我作赋描述下来吧。’”

依据文意来考察，所谓“茂矣”到“不可胜赞”一段，都是襄王说的话，宋玉对此表示赞叹就行了，却不该说：“王曰：‘若此盛矣，试为寡人赋之。’”文中又说“明日以白玉”，君主和他的臣下谈话，不应当说“白”。此外，赋中还说：“别人都看不到，宋玉独自观览了她的相貌。望着

视兮[7]，若流波之将澜。”若宋玉代王赋之，若王之自言者，则不当自云“他人莫睹，玉览其状”。既称“玉览其状”，则是宋玉之言也，又不知称“余”者谁也。以此考之，则“其夜王寝，梦与神女遇”者，“王”字乃“玉”字耳。“明日以白玉”者，“以白王”也。“王”与“玉”字误书之耳。

前日梦神女者，怀王也。其夜梦神女者，宋玉也。襄王无预焉，从来枉受其名耳。

我的帷帐注视良久啊，就像流动的河水即将泛起波澜。”如果是宋玉代楚王作赋，如同楚王在自言自语一般，就不应该自称“他人莫睹，玉览其状”。既然说“玉览其状”，就是宋玉在说话了，这样又不明白文中所称“余”指谁了。从这点去考证，那么“其夜王寝，梦与神女遇”一句中，“王”字应当作“玉”字。“明日以白玉”，应当是“以白王”。“王”与“玉”两字相互写错了。

因此，前些日子梦见神女的人，就是楚怀王。这一晚梦见神女的人，就是宋玉。这件事和楚襄王没有关系，原来只是背负虚名罢了。

注释

❶高唐：楚国在云梦泽修建的台馆。

❷巫山：山名，在今重庆。

❸宋玉：又名子渊，战国楚怀王、襄王时期人，相传为屈原的学生，善辞赋，有《高唐赋》《神女赋》《九辩》《风赋》《登徒子好色赋》等作品传世。

❹白：禀报。

❺晡（bū）夕：傍晚。

❻瑰姿玮态：指美丽的姿容。

❼延视：良久注视。

《史记》非谤书

【原 文】

班固论司马迁为《史记》："是非颇谬于圣人[1]，论大道则先黄老而后六经[2]，序《游侠》则退处士而进奸雄[3]，述《货殖》则崇势利而羞贫贱，此其蔽也。"予按《后汉》王允曰[4]："武帝不杀司马迁，使作谤书[5]，流于后世。"班固所论，乃所谓谤也，此正是迁之微意[6]。凡《史记》次序、说论，皆有所指，不徒为之。班固乃讥迁"是非颇谬于圣贤"，论甚不慊[7]。

【译 文】

班固评论司马迁写的《史记》："是非标准与圣人大不相同，论大道则把黄老学说放在儒家六经的前面，撰写《游侠传》则贬低隐士而突出奸雄，撰写《货殖传》则推崇势利而鄙视贫贱，这是他见事不明啊。"我查考《后汉书》记载王允的说法："汉武帝不杀司马迁，使他写下诽谤汉朝的史书，流传于后世。"班固所论列的，就是王允所谓的"诽谤"了，然而这正是司马迁寓意深远的地方。大凡《史记》中的篇目次序、述说或评论，都有所针对，不是随手乱写的。班固竟然讥讽司马迁"是非标准与圣贤大不相同"，这种评论很不恰当。

注 释

❶圣人：此指儒家思想的代表人物孔子。

❷黄老：黄帝和老子的并称，代指道家学派。六经：指《诗》《书》《礼》《乐》《易》《春秋》六部儒家经典。

❸处士：指隐居不仕的高人。

❹《后汉》：指南朝宋范晔所修《后汉书》，是记载东汉历史的纪传体史书。

引文见《后汉书·王允传》。

❺谤书：指司马迁著《史记》记载汉朝不善之事。

❻微意：指寓意深远。

❼不慊（qiè）：不恰当。

义海习琴

【原 文】

兴国中，琴待诏朱文济鼓琴为天下第一[①]。京师僧慧日大师夷中尽得其法，以授越僧义海[②]。海尽夷中之艺，乃入越州法华山习之，谢绝过从，积十年不下山，昼夜手不释弦，遂穷其妙。天下从海学琴者辐辏[③]，无有臻其奥。海今老矣，指法于此遂绝。海读书，能为文，士大夫多与之游，然独以能琴知名。海之艺不在于声，其意韵萧然，得于声外，此众人所不及也。

【译 文】

太平兴国年间，琴待诏朱文济的琴艺为天下第一。京城僧人慧日大师夷中尽得朱文济的真传，并把琴艺传授给吴越僧人义海。义海学完夷中的琴艺后，就到越州法华山去练习，谢绝客人往来，长达十年不下山，昼夜手不离弦，于是掌握了弹琴的奥妙。天下想学琴的人聚集到义海身边，却无人达到他那样精妙的境界。现在义海老了，弹琴指法就此失传。义海喜欢读书，能够写文章，很多士大夫都和他交往，不过他唯独以擅长弹琴知名。义海琴艺的妙处并不在于声音，而在于萧然悠远的神韵，得妙境于声音之外，这一点是众人不可企及的。

注 释

❶待诏：指待命供奉内廷的人。宋内侍省翰林院下设天文、书艺、图画、医

官四局，凡在局供役的技艺之人可称“待诏”或“翰林待诏”。朱文济：金陵（今江苏南京）人。以琴艺知名，不慕荣利，尝奉诏携琴至中书弹奏新声。

❷僧义海：三吴（江浙一带）人。尝学琴于京城僧慧日，后入越州法华山（在今浙江杭州）习琴十余年，号称“琴妙天下”。蔡絛《西清诗话》记载，欧阳修称韩愈《听颖师弹琴》诗为“听琵琶”，义海以琴艺评论诗句，认为“退之深得其趣，未易讥评”。

❸辐辏（còu）：聚集。

琴弦应声

【原文】

琴瑟弦皆有应声[1]：宫弦则应少宫，商弦即应少商，其余皆隔四相应[2]。今曲中有声者，须依此用之。欲知其应者，先调诸弦令声和，乃剪纸人加弦上，鼓其应弦，则纸人跃，他弦即不动。声律高下苟同，虽在他琴鼓之，应弦亦震，此之谓正声。

【译文】

琴瑟的弦都能产生互相应和的声音：宫弦和少宫应和，商弦和少商应和，其余都相隔四根弦而相应。现在的乐曲中有用应声的，也必须按照这个规律来运用。要想了解一根弦的应弦，就先要定准每根弦以使声音和谐，然后将剪纸人放在弦上，当弹到和它对应的琴弦时，纸人就会跳动，弹别的弦时就不动。只要声音高低相同，即使在另一张琴上弹奏，这张琴上的应弦也会震动，这就叫正声。

注释

❶应声：指两根弦之间相应和的声音，实际是同声共鸣或共振反应。

❷隔四相应：琴瑟都按五声音阶来定弦，所以隔四弦相应。

卷二

导读

本卷《象数》9条，内容涉及阴阳、五行、八卦、历算、天文、乐律等，既有泛泛之谈，也不乏精彩的论述，是对正编的有效补充。《官政》4条，记载了为民做主的几位好官的事迹，也是沈括不忘民生疾苦的初心。《权智》6条，是有关智慧的话题，是人类永恒主题之一，无所谓正编、补编，都值得一观。《艺术》补录5条，均谈书画，涉及理论、评论、收藏及技艺等方面，堪作正编的补充。《器用》补录3条，探讨古兵车、古鼎及立柜的沿革，有助于文化史的研究。

《潮汐成因》驳斥卢肇所谓日出日落引起潮汐的说法，分析了潮汐出现的规律，肯定了月球对潮汐的主要作用，他还发现了观测地点与潮汐发生时间的关系。因此，他通过观察分析而得出的结论，不仅符合自然规律，还远远领先于欧洲。《十二气历》针对旧历因时令与节气冲突而不得不采用闰月进行调整的问题，提出“十二气历法”，主张以十二气作为一年，直接用立春日作为每年的一月一日，惊蛰日为二月一日，大月31天，小月30天，这样不仅简便齐整，还避免了闰月的麻烦。沈括的这一历法很有创意，具有科学性和实用性，可惜在当时没有被采用。而在七八百年以后，太平天国时期推行的“阳历”和英国的“萧伯纳农历”，同沈括的“十二气历”如出一辙。《张知县菜》叙述崇阳县令张咏关爱百姓的两件事：一是教民种桑麻从而避开了沉重的茶税，二是教民种菜使民勤劳致富。百姓感激他，为他立庙，还把萝卜称作“张知县菜”。这是典型的政绩秀，同时说明只要为民办实事，推行改革就不困难。《韩信善用兵》是沈括读《史记》《汉书》的心得。《史记·淮阴侯列传》展现了韩信英雄史诗似的功绩和悲剧的结局，而《汉书·韩信传》则因一丝忌讳而写得较为简略。为此，作者就背水一战与垓下之战展开分析，认为韩信善用奇计，而班固略而不书，以至读者看不出“韩信善用兵”了。我们对此“求其意”的话，不难发现沈括究心军事，对军事谋略造诣颇深，他镇守边疆两年多的时间，虽有功劳，却受永乐城失陷连累，贬官闲居。还可发现，他的军事知识既源于对书本的用心领悟和深刻分析，也在于军事实践的锻炼，可惜不尽其用，令人叹惜。《凿澳修龙船》记载宦官黄怀信通过挖掘水池挪移龙船进行修理的事例，让我们领略了他的聪明才智。黄怀信不仅发明了疏导河道的浚川耙，还发明了修城利器飞土梯和运土车，如他这般的智慧大师，不知还有多少发明被埋没在历史长河之中了。《书法有法》是沈括的书法理论，他认为没有规矩不足以成方圆，只有通过模仿学习，并逐渐形成自己的特色，才能达到神妙的境界。沈括是强调学习和思考且具有科学思维的人，即此一说，也是“书如其人”了。《古器师法》探讨古鼎鬲、香炉的制作方法，以古鉴今，探明古代名师的深意所在，反对“弃古自用”，再次强调了在制造及艺术领域“今不如古”的观点。

潮汐成因

【原 文】

卢肇论海潮①，以谓日出没所激而成，此极无理。若因日出没，当每日有常，安得复有早晚？予尝考其行节②，每至月正临子午则潮生③，候之万万无差。此以海上候之，得潮生之时。去海远，

【译 文】

卢肇论海洋潮汐，认为潮汐是因为太阳出没激发而引起的，这是十分没有道理的。如果是太阳出没的原因，那么海潮每天发生的时间就该是固定的，怎能又有早晚呢？我曾经观察潮汐出现的规律，每当月亮运行到子午圈上，潮汐就会发生，按这一规律去观察潮汐总是万无一失。这是在

即须据地理增添时刻[4]。月正午而生者为潮，则正子而生者为汐；正子而生者为潮，则正午而生者为汐。

海上观测而得到的潮生时间。如果离海远，就应当根据观察所在位置增加时刻。如果月亮运行到午位时发生的是潮，那么运行到子位时发生的就是汐；运行到子位时发生的是潮，那么运行到午位时发生的就是汐。

注释

❶卢肇（818—882）：字子发，宜春文标乡（今属江西）人。会昌三年（843）状元，历歙州、宣州、池州、吉州刺史。其论海潮见《海潮赋序》，所谓“日激水而潮生，月离日而潮大”，《笔谈》撮述大意，非原文。海潮：海洋潮汐，指在月球和太阳的引力作用下，海水定时涨落的现象。

❷行节：指潮起潮落的规律。

❸月正临子午：月亮正好在地球的子午线上。

❹地理：指观察位置。

十二气历

【原文】

历法见于经者，唯《尧典》言“以闰月定四时成岁”[1]。置闰之法，自尧时始有，太古以前，又未知如何。置闰之法，先圣王所遗，固不当议，然事固有古人所未至而俟后世者。如岁差之类[2]，方出于近世，此

【译文】

历法见于经书记载的，只有《尧典》说“用闰月来调整四季节气，推定年历”。设置闰月的方法，从尧的时候才开始出现，在远古以前，又不知道如何了。设置闰月的方法，是古代圣王遗留下来的，固然不该妄加议论，然而事情也有古人没有做到而等待后人来做的。比如岁差之类的问题，直到近世才

固无古今之嫌也。

凡日一出没谓之一日，月一盈亏谓之一月。以日月纪天，虽定名，然月行二十九日有奇，复与日会，岁十二会而尚有余日。积三十二月，复余一会，气与朔渐相远[3]，中气不在本月[4]，名实相乖，加一月，谓之闰。闰生于不得已，犹构舍之用磹楔也[5]。自此气朔交争，岁年错乱，四时失位，算数繁猥[6]。

凡积月以为时，四时以成岁，阴阳消长、万物生杀变化之节，皆主于气而已。但记月之盈亏，都不系岁事之舒惨[7]。今乃专以朔定十二月，而气反不得主本月之政[8]。时已谓之春矣，而犹行肃杀之政[9]，则朔在气前者是也，徒谓之乙岁之春，而实甲岁之冬也；时尚谓之冬也，而已行发生之令，则朔在气后者是也。徒谓之甲岁之冬，乃实乙岁之春也。是空名之正、二，三、四反为实，而生杀之实反为寓[10]，而

出现，这本来就没有古今的区别。

凡是太阳一出一落就称作一日，月亮盈亏一次叫作一月。用日、月记载年岁，虽然有固定的名称，但是月亮运行二十九天多一点，又与太阳相会，每年交会十二次还要剩下些日子。累积到三十二个月，就多出一次交会，节气与朔日越离越远，以至中气不在当月，名实不副，于是增加一个月，称作闰月。闰月的产生出于不得已，就像建造房屋要用楔子一样。从此节气与朔日相互排斥，年岁错乱，四季错位，历法的计算繁琐复杂。

一般用月累积成季，四季为一年，阴阳二气的消长、万物生死轮换的规律，都由节气主导。如果只是记载月亮的盈亏，就和一年四季的阴阳变化没有关系。现在专以朔日来定十二月，节气反而不能主导本月的农事活动。按季节已称作春季了，但还是万物萧瑟的冬天，这是月份走在节气的前面，名义上是第二年的春季，其实还是第一年的冬季；按季节还称作冬季，却已是万物生长的春天，这是月份落在节气的后面了。名义上是第一年的冬季，实际上却是第二年的春季了。这样，名义上是正月、二月，实际上却是三月、四月了，反映万物繁衍消亡的节气反而成了附

又生闰月之赘疣[11]，此殆古人未之思也。

今为术，莫若用十二气为一年，更不用十二月。直以立春之日为孟春之一日，惊蛰为仲春之一日，大尽三十一日，小尽三十日，岁岁齐尽，永无闰余[12]。十二月常一大一小相间，纵有两小相并，一岁不过一次。如此，则四时之气常正，岁政不相陵夺[13]，日、月、五星亦自从之，不须改旧法。唯月之盈亏，事虽有系之者，如海、胎育之类，不预岁时寒暑之节，寓之历间可也。借以元祐元年为法[14]，当孟春小，一日壬寅，三日望，十九日朔；仲春大，一日壬申，三日望，十八日朔。如此，历日岂不简易端平？上符天运，无补缀之劳。予先验天百刻有余、有不足[15]，人已疑其说。又谓十二次斗建当随岁差迁徙[16]，人愈骇之。今此历论，尤当取怪怨攻骂，然异时必有用予之说者。

庸，而且又生出闰月这一累赘，这恐怕是古人没有考虑到的吧。

现在制定历法，不如用十二气来定一年，更不用十二月。直接以立春那天作为孟春的第一天，惊蛰为仲春的第一天，大月都满三十一天，小月都满三十天，年年整齐无余日，永远没有闰月。十二个月中常常是一个大月一个小月相间，纵使有两个小月相连，一年也不过一次。这样一来，四季的节气永远正常，岁时与政令不相冲突，太阳、月亮、五大行星的运行也自然适应，不需要更改旧的历法。唯有月亮的盈亏，虽然有些事与它相关联，像海水的潮汐、动物的生育之类，不与一年四季寒暑节气相关，将它们附加在历法中就可以了。假设以元祐元年为例，孟春为小月，初一日是壬寅，初三日是望，十九日是朔；第二月是大月，初一日是壬申，初三日是望，十八日是朔。这样的历法，岂不是简易整齐吗？既符合天体运行规律，又没有补缀遗漏的劳烦。我之前曾经验证每天的一百刻有时富余、有时不足，人们已经怀疑我的说法。我又说每年十二次斗建应当随着岁差而迁移，人们更加惊骇。现在我这样讨论历法，肯定会遭到怒斥和谩骂，但将来必定会有人采用我的说法。

注释

❶《尧典》:《尚书》篇目之一，记述唐尧的功德、言行。以闰月定四时成岁：用设置闰月来调整四季节气，推定年历。

❷岁差：指回归年（太阳两度经过春分点所用时间）与恒星年（地球绕太阳一周所用时间）的时间差。我国古代最早发现岁差的是晋朝的虞喜，有“五十年退一度”之说。

❸气：指节气。

❹中气：阴历每月两个节气，在月初的叫节气，月中以后的叫中气。

❺礩楔：楔子。礩，石楔。

❻繁猥：繁琐。

❼舒惨：指春夏秋冬四季的阴阳变化。

❽政：指农事、祭祀等与节气相关联的活动。

❾肃杀：指严酷萧瑟的冬天景象。

❿寓：寄居，附庸。

⓫赘疣：累赘。

⓬闰余：指闰月。

⓭陵夺：指相互冲突。

⓮元祐元年：1086 年。

⓯百刻：古人用刻漏计时，一昼夜分为一百刻。

⓰斗建：月建。古时按北斗星斗柄所指的方向（以十二地支表示）推算月份，称为斗建，故有“建子之月”“建寅之月”等。

张知县菜

【原 文】

忠定张尚书曾令鄂州崇阳县[①]。崇阳多旷土，民不务耕织，唯以植茶为业。忠定令民伐去茶园，诱之使种桑麻。自此茶园渐少，而桑麻特盛于鄂、岳之间[②]。至嘉祐中改茶法[③]，湖、湘之民，苦于茶租，独崇阳茶租最少，民监他邑[④]，思公之惠，立庙以报之。

民有入市买菜者，公召谕之曰："邑居之民，无地种植，且有他业，买菜可也。汝村民，皆有土田，何不自种而费钱买菜？"笞而遣之[⑤]。自后人家皆置圃，至今谓芦菔为张知县菜[⑥]。

【译 文】

忠定公张咏曾经担任鄂州崇阳县令。崇阳的荒地很多，百姓不从事耕织，只以种茶为生。张咏让百姓除去茶园，引导他们改种桑、麻。从此茶园渐渐减少，而桑、麻则盛产于鄂州、岳州一带。到嘉祐年间，朝廷改革茶法，湖北、湖南的百姓，苦于茶租税重，唯独崇阳的茶税钱最少，百姓看到其他县的情况，想起张咏的恩惠，就修建祠庙来报答他。

有进城买菜的百姓，张咏将他们叫来，告诉他们说："在县城中居住的人，没有土地种菜，而有别的产业，买菜吃是可以的。你们是乡村之民，都有田土，为什么不自己种菜反而花钱买呢？"鞭打他们后放走。从此以后，家家户户都开辟菜园，到现在还称萝卜为张知县菜。

注 释

❶张尚书：指张咏，字复之。鄂州崇阳县：今属湖北。

❷鄂、岳之间：鄂州、岳州（治今湖南岳阳）一带。

❸改茶法：指嘉祐四年（1059）放开茶禁，实行通商，并向茶户征收茶税钱。

❹监：观察。

❺笞：鞭打。

❻芦菔：萝卜。

韩信善用兵

【原 文】

韩信袭赵[①]，先使万人背水阵[②]，乃建大将旗鼓，出井陉口[③]，与赵人大战，佯败，弃旗鼓走水上。军背水而阵，已是危道，又弃旗鼓而趋之，此必败势也。而信用之者，陈馀老将[④]，不以必败之势邀之，不能致也。信自知才过馀，乃敢用此耳。向使馀小黠于信，信岂得不败？此所谓知彼知己，量敌为计。后之人不量敌势，袭信之迹，决败无疑。

汉五年[⑤]，楚、汉决胜于垓下[⑥]，信将三十万自当之，孔将军居左[⑦]，费将军居右[⑧]，高帝在其后[⑨]，绛侯、柴武在

【译 文】

韩信袭击赵军，先派一万士兵背对河水结成阵势，然后竖起大将的旗鼓，出井陉口，与赵国军队大战，假装失败，丢弃旗鼓，向水边逃跑。军队背水列阵，已经是很危险的战术了，又丢弃旗鼓而奔向水边，这是必败的形势。然而韩信使用这一计谋，是因为陈馀是一员老将，不用必败的形势来诱惑他，不可能将他引来。韩信知道自己的才能超过陈馀，才敢使用这一险招。如果陈馀稍稍比韩信狡猾，韩信怎么能不失败呢？这是所说的知己知彼，能针对敌方的情况制定计策。后人不分析敌情，套用韩信的计策，必败无疑。

汉高帝五年，楚、汉两军在垓下决战，韩信亲自率领三十万军队担当中军，孔将军率领军队在左边，费将军在右边，汉高帝在韩信军队后边，绛侯周勃、柴武

高帝后[10]。信先合不利，孔将军、费将军纵[11]，楚兵不利，信复乘之，大败楚师。此亦拔赵策也。信时威震天下，籍所惮者独信耳[12]。信以三十万人不利而却，真却也，然后不疑，故信与二将得以乘其隙，此建成堕马势也[13]。信兵虽却，而二将维其左右，高帝军其后，绛侯、柴武又在其后，异乎背水之危，此所以待项籍也。用破赵之迹，则歼矣。此皆信之奇策。

观古人者，当求其意，不徒视其迹。班固为《汉书》，乃削此一事，盖固不察所以得籍者，正在此一战耳。从古言韩信善用兵，书中不见信所以善者。予以谓信说高帝还用三秦，据天下根本，见其断；虏魏豹[14]，斩龙且[15]，见其智；拔赵破楚，见其应变；西向师亡虏[16]，见其有大志。此其过人者。惜乎《汉书》脱略，漫见于此。

又在高帝之后。韩信的军队先与楚军交锋，韩信失利，孔将军、费将军纵兵夹击，楚军失利，韩信又乘势出兵，楚军大败。这也是攻取赵国的计策。当时，韩信威震天下，项籍畏惧的只有韩信一人罢了。韩信率领三十万士兵，战败而退，这是真的退却，然后项羽才不怀疑，所以韩信与两位将军才得到机会夹击项羽，这是“建成堕马”的阵势。韩信的军队虽然退却，但是两个大将护卫在他的左右，高帝的军队在他后边，周勃、柴武的军队又在高帝之后，这与背水作战的危急形势不一样，这是用来对付项籍的计策。如果再用破赵军的办法来对付项籍，就要被项籍歼灭了。这些都是韩信的奇计良策。

观察古人行事，应当探求他的用意，而不能只看他的表现形式。班固撰《汉书》，却删去了这件事，大概班固不知道韩信之所以击败项籍，正是靠这一战。从古就说韩信善于用兵，但在书中见不到韩信是如何善于用兵的。我认为韩信劝说高帝回师夺取三秦，以占据天下的根本，可见他的决断；俘虏魏豹，斩杀龙且，可见他的智谋；攻克赵国，击败楚军，可见他的随机应变；面向西拜俘虏为师，可见他有大志。这就是他的过人之处。可惜《汉书》略而不载，所以我随手记在这里。

注释

❶韩信：西汉开国功臣，刘邦拜为大将军，封楚王，贬淮阴侯，为吕后所杀。著有兵法三篇，今已佚。

❷背水阵：背水立阵，造成进可生、退必死的决死战局。水，即绵蔓水，源出山西寿阳东，经平定入河北井陉，流入滹沱河。

❸井陉口：要隘名，故址在今河北井陉山上。

❹陈馀：大梁（今河南开封）人。魏地名士，拥立赵歇为赵王，都邯郸。公元前205年，韩信、张耳伐赵，斩陈馀。

❺汉五年：公元前202年。

❻楚：指西楚，项羽自称西楚霸王，建都彭城（今江苏徐州）。汉：指刘邦建立的汉朝。

❼孔将军：指韩信部将孔聚，以击项籍功封蓼侯。

❽费将军：指韩信部将陈贺，以平定会稽功封费侯。

❾高帝：汉高祖刘邦。

❿绛侯：周勃，沛县（今属江苏）人。西汉开国功臣，封绛侯，历任太尉、相国。柴武：西汉开国功臣，封棘蒲侯，后击败韩信与匈奴兵，斩杀韩信，拜大将军。

⓫纵：指发兵攻击。

⓬籍：指项羽，名籍，字羽，秦末下相（今江苏宿迁）人。曾于巨鹿之战大败秦军主力，秦亡后称西楚霸王，分封灭秦功臣及六国贵族为王。后与汉王刘邦展开楚汉战争，兵败垓下，自刎于乌江。

⓭建成堕马：指李建成佯装坠马以诱敌追击的奇计。隋大业十三年（617）八月，李渊起兵反隋，率军直逼霍邑，担心隋将宋老生固守不出，遂用轻骑诱其出战，李建成坠马后领右军佯装败逃，引诱隋军追击，而李世民则引左军断其回城之路，于是大败隋军，生擒宋老生。

⓮魏豹：秦末自立为魏王，项羽改封西魏王，继投汉王刘邦，复叛归项羽。后为韩信所俘。

⑮龙且：又作“龙苴”“龙沮”，项羽麾下猛将。后与韩信战于潍水，兵败被杀。

⑯亡虏：指亡国被俘的李左车。李左车为赵国名将李牧之孙，秦汉之际为赵王歇谋士，封广武君。赵王不听李左车计而为韩信所灭，韩信以师礼待李左车，后用其计设十面埋伏，逼项羽自刎乌江。

凿澳修龙船

【原文】

国初，两浙献龙船①，长二十余丈，上为宫室层楼，设御榻，以备游幸。岁久腹败，欲修治，而水中不可施工。熙宁中，宦官黄怀信献计②，于金明池北凿大澳③，可容龙船，其下置柱，以大木梁其上，乃决水入澳，引船当梁上，即车出澳中水④，船乃笐于空中⑤。完补讫，复以水浮船，撤去梁柱，以大屋蒙之，遂为藏船之室，永无暴露之患。

【译文】

本朝初年，两浙路进献龙船，长达二十多丈，上面修建了宫室楼阁，并设置了御榻，以备皇上出游。年久失修，船体腹部朽坏了，想要修理，但在水中无法施工。熙宁年间，宦官黄怀信想出一个办法，在金明池北挖掘一个大深水池，可以容纳龙船，在池底安置木柱，将大木横在木柱上为梁。于是挖开金明池水流入水池中，将龙船牵引到横梁上，再用水车汲干池中的水，龙船便架在空中了。修补完毕，再引水使龙船浮起来，撤走梁柱，建大屋覆盖在池上，就成了藏龙船的屋子，从此再也没有暴露在外日晒雨淋的危害了。

注释

❶两浙：指两浙路，又曾分为两浙西路和两浙东路，辖境相当于今浙江、上

海及江苏部分地区。龙船：天子所乘的船。

❷黄怀信：熙宁间为入内供奉官，曾制造浚川耙以疏浚河道，又造修城飞土梯、运土车等，多有巧思。

❸金明池：在今开封城西。澳：深水湾。

❹车：用水车汲水。

❺笐（gāng）：竹子的行列。引申为竹木架子的通称。

书法有法

【原 文】

世之论书者，多自谓书不必有法，各自成一家。此语得其一偏。譬如西施、毛嫱[①]，容貌虽不同，而皆为丽人，然手须是手，足须是足，此不可移者。作字亦然，虽形气不同，掠须是掠[②]，磔须是磔[③]，千变万化，此不可移也。若掠不成掠、磔不成磔，纵其精神筋骨犹西施、毛嫱，而手足乖戾，终不为完人；杨朱、墨翟[④]，贤辩过人，而卒不入圣域。尽得师法，律度备全，犹是奴书[⑤]，然须自此入。过此一路，乃涉妙境，无迹可窥，然后入神。

【译 文】

世上讨论书法的人，大多自称书法不必有规则，各自成一家即可。这话只说对了一个方面。譬如西施、毛嫱，容貌虽然不同，但都是美女，然而手必须是手，脚必须是脚，这是不可更换的。写字也是这样，虽然形体气韵不同，但撇必须是撇，捺必须是捺，即使千变万化，这点也不可改变。如果撇不成撇、捺不成捺，即使其精神筋骨犹如西施、毛嫱，但手足错位，终究不是完人；即使像杨朱、墨翟那样智慧口才超过他人，最终也达不到圣人的境界。完全学会了老师的书法，一笔一画都惟妙惟肖，仍然还是奴书，但必须从此入门。走过这一步，才能涉足妙境，无迹可寻，然后可以出神入化。

注释

❶毛嫱：与西施同时期的越国美女，西施是柔弱的病态美，毛嫱是清新素雅的自然美。

❷掠：书法术语，指长撇。

❸磔：书法术语，指捺笔。

❹杨朱：字子居，战国魏人。道家杨朱学派的创始人，主张“贵己”“重生”等。墨翟：墨子，战国初期宋国人。曾任宋国大夫。墨家学派的创始人，其主张以“兼爱”为核心，以“节用”“尚贤”为根基。其学说集中于《墨子》一书。

❺奴书：仅工于模仿，没有自己特色的书法。

古器师法

【原文】

古鼎中有三足皆空[①]，中可容物者，所谓鬲也[②]。煎和之法[③]，常欲湆在下[④]、体在上[⑤]，则易熟而不偏烂。及升鼎[⑥]，则浊滓皆归足中。《鼎》卦初六：“鼎颠趾，利出否。”[⑦]谓浊恶下，须先泻而虚之；九二阳爻，方为鼎实[⑧]。今京师大屠善熟彘者[⑨]，钩悬而煮，不使著釜底，亦古人遗意也。

【译文】

古鼎中有三足都是空心且可装东西进去的，就是所谓的鬲。烹调的方法，常常要使汤汁在下面，肉块在上面，这样就容易整体煮熟而不会部分煮烂。等到从鼎中取出肉块时，肉渣滓都沉到鼎足中了。《易经·鼎卦》初六爻辞说：“把鼎足颠倒过来，有利于除去秽物。”就是说污物沉在下面，必须将它倒出来而使鼎空虚；到九二阳爻，爻辞才说“鼎中又装进了烹煮的食物”。现在京城的屠夫善于烹煮猪肉的，都用铁钩悬着煮肉，不让肉挨着锅底，这也有古人用又，古铜香罏多镂其底[10]，先入火于罏中，乃以灰覆其上，火盛则难灭而持久。又防罏热灼席，则为盘荐水[11]，以渐其趾[12]，且以承灰炧之坠者。其他古器，率有曲意，而形制文画，大概多同。盖有所传授，各守师法，后人莫敢辄改。今之众学，人人皆出己意，奇邪浅陋，弃古自用，不止器械而已。

鼎烹煮的意味。

另外，古代的铜香罏大多在底部镂孔，先将火炭装入罏中，再用灰覆盖在上面，火燃旺了就不容易熄灭而且燃烧得久。为了防止香罏过热烫坏垫席，就在底部设置盛水的盘子，用来浸泡罏足，并且承接坠落的灰渣。其他的古器，大抵都能曲尽其妙，而造型与纹饰，也大多相同。大概是都有所传承，各自遵守师法，后人不敢随意更改。现在的各种学问，人人各出己意，离奇不正而又浅陋，抛弃古法、自以为是，这种陋习不止于制作器物而已。

注释

❶鼎：上古炊具，也用作盛放食物的容器。后发展成宗庙礼器和墓葬冥器。

❷鬲：古代炊具，似鼎，三足中空而弯曲。

❸煎和：煎煮调味。

❹湆：肉汤。

❺体：指动物的躯体或其切块。

❻升鼎：指取出煮好的食物。

❼引文见《易经·鼎卦》初六阴爻，意谓把鼎足倒过来，以便倒出渣滓污物。

❽鼎实：意思是鼎中装有食物。

❾彘：猪，此指猪肉。

❿香罏：古人在室内焚香的器具，可用作熏衣、驱虫或敬神供佛之用。

⓫为盘荐水：指在罏底部设置盛水的盘子，有盛灰及冷却罏足之用。

⓬渐：浸泡。

卷三

导读

本卷《异事》补录2条，宣扬宿命论，体现了作者的局限性。《杂志》所补11条，内容涉及文人佚事、文献考证、绘画技术、辽夏野史、虚文缛礼、军营阵法、礼仪、地理、炼丹等，虽然杂乱，但有不少是可以归类的，大概是受限于写作与编书时间，没来得及归入各门吧。《药议》15条，以辨识草药为主，也有关于药石、用水、用毒、用药的条目，大多言之成理，也是对正编的有效补充。

《守令图》记载沈括编制《天下州县图》的方法及其特色，他继承晋裴秀"制图六体"的方法，并有所发扬和改进，采用飞鸟取直线的方法取代传统的步测法，绘出了在当时最准确的地图，无论在日常生活还是军事活动中，均具有划时代的意义。《九军营阵法》记载北宋修改唐李靖八阵法为九阵法的过程，最终在熙宁八年前后完成，沈括在其中起了重要作用。但《宋史》《会要》《长编》都没有记载他的功劳，所以他这条记载，在不没己功的同时，也为宋代军事史的研究提供了一条线索。《流水与止水》讲述的仍然是"物竞天择，适者生存"的道理，泥鳅和黄鳝能在泥水里生长，也能在田土里存活，却不能在河水中生存，沈括通过这样的观察，发现了活水和死水的不同，虽然不能科学地解析造成水质差异的元素，但能发现这些并记录下来，就很了不起了。《药用根茎》强调用药必须了解药性、明辨药理，不能因为是同一种植物，就不管是根是茎，任意使用。这个道理说起来简单，但在实际用药中，仍不免有人犯错。所以沈括列举了好几组根、茎、叶药性相反的极端例子，意在警醒世人，正是"医者仁心"的真实表现。

《守令图》

【原 文】

地理之书，古人有《飞鸟图》[1]，不知何人所为。所谓飞鸟者，谓虽有四至里数[2]，皆是循路步之[3]，道路迂直而不常，既列为图，则里步无缘相应。故按图别量径直四至，如空中鸟飞直达，更无山川回屈之差。予尝为《守令图》[4]，虽以二寸折百里为分率[5]，又立准望、互融、傍验、高下、方斜、迂直七法[6]，以取鸟飞之数。图成，得方隅远近之实[7]，始可施此法。分四至八到为二十四至，以十二支、甲乙丙丁庚辛壬癸八干、乾坤艮巽四卦名之。使后世图虽亡，得予此书，按二十四至以布郡县[8]，立可成图，毫发无差矣。

【译 文】

地理类书籍中，古人有《飞鸟图》，不知道是何人所作。所谓飞鸟，是说以前的地理书虽然有到四边的方位与距离，但都是沿着道路步测出来的，由于道路的曲直并不固定，画成图以后，里数和步测就无法吻合。所以要按地图另外计算四至的直线距离，如同空中鸟飞直达目标，再没有山川曲折引起的误差了。我曾经修订了《守令图》，以二寸折合一百里为比例，又通过准望、互融、傍验、高下、方斜、迂直等七种方法，计算鸟飞一样的直线距离。图绘成后，求得各个方位远近的实际里数，就可运用这一方法。划分四至八到为二十四至，用十二地支、甲乙丙丁庚辛壬癸八个天干和乾坤艮巽四个卦名来代表方位。即使后世地图亡佚了，有我这本书在，按二十四至来分布州县，立刻就可成图，丝毫不会有差错。

注释

❶《飞鸟图》：是模仿鸟飞直线而绘制的地图。元祐二年（1087）八月，沈括所献《天下州县图》（即《守令图》），即采用“飞鸟法”绘制，是当时最精确的地图。

❷四至：指所在州县至东南西北四正相邻州县的距离。古代地理书使用“四至”（东、西、南、北四正）或“八到”（合东南、西南、东北、西北四隅）表示州县方位距离，合称“四至八到”。

❸步：以“步”为单位进行测量。

❹《守令图》：又名《天下州县图》，沈括编修，始作于熙宁九年（1076），完成于元祐二年（1087），计有大图一轴，高一丈二尺，广一丈；小图一轴，诸路图一十八轴，又有副本二十轴。

❺分率：比例尺。

❻准望：方位。互融：距离。傍验：校验。高下：地势起伏。方斜：倾斜角度。迂直：河流、道路的曲直。七法：指上述七种绘图方法。这是继承了魏晋时期裴秀的“制图六体”（分率、准望、道里、高下、方邪、迂直）而有所改进。

❼方隅：本指四方和四隅，这里指各个方位。

❽二十四至：二十四个方位之间的距离。

九军营阵法

【原文】

熙宁中，使六宅使郭固等讨论九军阵法①，著之为书，颁下诸帅府，副藏秘阁。固之法，九军共为一营阵，行则为阵，

【译文】

熙宁年间，派六宅使郭固等讨论九军阵法，写成书，颁布给各路帅府，副本藏入秘阁。按郭固提出的阵法，九军共同组成一个营阵，行进为阵，驻

住则为营。以驻队绕之[②]。若依古法，人占地二步、马四步，军中容军、队中容队，则十万人之阵，占地方十里余。天下岂有方十里之地无丘阜、沟涧、林木之碍者？兼九军共以一驻队为篱落[③]，则兵不复可分，如九人共一皮，分之则死。此正孙武所谓“縻军”也[④]。

又，古阵法有“面面相向，背背相承”之文，固不能解，乃使阵间士卒皆侧立，每两行为一巷，令面相向而立。虽文应古说，不知士卒侧立，如何应敌？上疑其说，使予再加详定[⑤]。予以谓九军当使别自为阵，虽分列左右前后，而各占地利，以驻队外向自绕，纵越沟涧、林薄[⑥]，不妨各自成营；金鼓一作，则卷舒合散，浑浑沦沦而不可乱[⑦]。九军合为一大阵，则中分四衢，如井田法；九军皆背背相承、面面相向，四头八尾，触处为首。上以为然，亲举手曰：

扎就为营。派警戒部队环绕在营阵之外。如果按照古法，一人占地见方二步，一马占地四步，军中有军，队中有队，那么十万人的营阵，就要占地十里多。天下哪里有方圆十里的土地，中间没有山丘、沟涧、树林障碍的呢？况且，九支军队共同以一支驻队作为屏障来护卫，军队就不可以分开了，如像九个人共用一张皮，一旦分开就死了。这正是孙武所说的“縻军”。

另外，过去的阵法有“面面相向，背背相承”的条文，郭固不能理解，就让阵营间士兵们都侧立，每两行排成一巷，使他们面对面地站立。虽表面上照应了老阵法的条文，却不知道士兵侧身站立，如何迎战敌人？皇上也怀疑他的说法，让我再加详细考察。我认为九军应当各自为阵，虽说分列于左右前后，但是各自占据有利地势，各自派警戒部队环绕阵外形成约束，即使穿越沟涧密林，也不影响各自阵形；鸣金或战鼓一响，队形收缩展开，浑然一体而不会混乱。九军合拢为一个大阵，就在中间形成四条大道，如古代井田的布置；九军之间形成背背相承、面面相向的局势，四面八方，与敌人接战的阵营就成为头阵。皇上认为这样好，亲自举起手说：“譬如这五根手指，如果共用一张皮包

"譬如此五指，若共为一皮包之，则何以施用?"遂著为令，今营阵法是也。

起来，该如何使用呢?"于是写成正式条令，就是现在的营阵法。

注释

❶六宅使：官名，负责管理皇子所居诸宅院事务。郭固：庆历间新授宁州军事推官，以熟知边事为韩琦差充泾原路参谋，随行教习军阵。

❷驻队：负责维持阵形的警戒部队。

❸篱落：屏障。

❹孙武：字长卿，春秋末期齐国人。著名军事家，尊称兵圣或孙子，所著《孙子兵法》，被奉为"兵学圣典"。縻（mí）军：指受牵制而缺乏机动的军队。

❺再加详定：沈括参与详定营阵法，当在熙宁八年（1075）初。

❻林薄：指草木丛生的地方。

❼浑浑沦沦：浑然一体。

流水与止水

【原文】

孙思邈《千金方》人参汤[①]，言须用流水煮，用止水则不验。人多疑流水、止水无异。予尝见丞相荆公喜放生[②]，每日就市买活鱼，纵之江中，莫不洋然[③]；唯鳅鳝入江中辄死，乃知鳅鳝但可居止水。则

【译文】

孙思邈《千金方》中的人参汤，说必须用活水煮，用死水煮就无效。人们大多怀疑活水、死水没有区别。我曾经见到丞相王安石喜欢放生，每天都到市上买活鱼，放到江中，每一条都游得舒适自在；只有泥鳅、鳝鱼放入江中就死去了，因此才知道泥鳅、鳝鱼只能生活在死水中。可见活水与

流水与止水果不同，不可不知。又鲫鱼生流水中，则背鳞白而味美；生止水中则背鳞黑而味恶，此亦一验。《诗》所谓："岂其食鱼，必河之鲂？"④，盖流水之鱼，品流自异。

死水果然不同，这点不可不知啊。此外，鲫鱼生长在活水中，它背部的鳞就呈白色而且味道鲜美；生长在死水中，它背部的鳞就呈黑色而且味道很差，这也是一个证明。《诗经》中说："岂其食鱼，必河之鲂？"大概活水中的鱼，品质自然不同。

注释

❶孙思邈（541—682）：唐代医药学家，人称药王，著有《千金要方》《千金翼方》等。《千金方》：又名《备急千金要方》或《千金要方》，共30卷，集唐以前诊治经验之大成，对后世影响很大。

❷荆公：指王安石。

❸洋然：舒缓自在的样子。

❹"岂其食鱼"二句：见《诗经·陈风·衡门》，意思是说吃鱼就吃黄河里的鲂鱼。鲂（fáng），指鳊鱼，体扁而肥，细鳞，青白色，味极鲜美。

药用根茎

【原文】

药有用根，或用茎、叶，虽是一物，性或不同，苟未深达其理，未可妄用。如仙灵脾①，《本草》用叶，南人却用根；赤箭②，《本草》用根，今

【译文】

药有用根部，或用茎、叶的，虽然是同一种药物，药性或许不同，如果没有深刻领会各自的药理，不可乱用。比如仙灵脾，《本草》中用叶入药，南方人却用根；赤箭，《本草》中用根入药，现在的人却用苗。这样使

人反用苗。如此未知性果同否。如古人远志用根[③]，则其苗谓之小草，泽漆之根乃是大戟[④]，马兜零之根乃是独行[⑤]，其主疗各别。推此而言，其根、苗盖有不可通者。如巴豆能利人[⑥]，唯其壳能止之；甜瓜蒂能吐人[⑦]，唯其肉能解之；坐拏能懵人[⑧]，食其心则醒；楝根皮泻人[⑨]，枝皮则吐人；邕州所贡蓝药[⑩]，即蓝蛇之首[⑪]，能杀人，蓝蛇之尾能解药。鸟兽之肉皆补血，其毛角鳞鬣[⑫]，皆破血[⑬]；鹰鹯食鸟兽之肉[⑭]，虽筋骨皆化，而独不能化毛。如此之类甚多，悉是一物，而性理相反如此。山茱萸能补骨髓者[⑮]，取其核温涩，能秘精气，精气不泄，乃所以补骨髓。今人或削取肉用而弃其核，大非古人之意。如此皆近穿凿。若用《本草》中主疗[⑯]，只当依本说。或别有主疗改用根、茎者，自从别方。

用却不知药性是否相同。又如古人用远志的根入药，而它的苗称作小草，泽漆的根部就是大戟，马兜零的根部就是独行，它们主治的疾病各有区别。由此推论开来，药物的根与苗都有不能通用的情况。比如巴豆能使人腹泻，但是它的壳却能止泻；甜瓜的瓜蒂能使人呕吐，但它的瓜肉却能止吐；坐拏能使人昏迷，但吃它的茎髓却能使人苏醒；楝树的根皮能使人腹泻，枝皮却能使人呕吐；邕州进贡的蓝药，就是蓝蛇的头，能够毒杀人，而蓝蛇尾却能作解药。鸟兽的肉都滋补血，它们的毛、角、鳞、鬣却能化解淤血；鹰鹯吃下鸟兽的肉，即使筋骨也能消化，唯独不能消化毛。像这样的例子很多，同是一种东西，而各个部位的性理却如此相反。山茱萸能补骨髓，是取它的核温涩能够收敛精气，精气不泄，这样就能够滋补骨髓了。现在的人有时削取它的肉作药用，而丢掉它的核，完全不是古人的用意。像这样用药都近似于牵强附会。如果采用《本草》中记载的主治药物，就应当依照原本的配方。或者将主治药物改用根、茎的，自然应该遵照别的药方。

注释

❶仙灵脾：又名淫羊藿，多年生草本，根、叶可入药，补肾壮阳，祛风除湿。

❷赤箭：天麻苗，以茎入药。

❸远志：多年生草本，其苗称小草，根称远志，根入药，有安神、化痰的功效。

❹泽漆：二年生草本，茎叶入药，可消肿、止咳、解毒。大戟：多年生草本，根部入药，治水肿、通经。与泽漆并非同种。

❺马兜零：又名马兜铃，多年生缠绕草本，蒴果球形，可镇咳祛痰；根茎细长，入药名独行、土青木香，能解暑、降压、消炎、止痛。

❻利人：使人腹泻。利，通“痢”。

❼甜瓜：香瓜，圆形，味香甜，可食。吐人：使人呕吐。

❽坐拏（ná）：一种毒草，苗可入药，主治风痹、壮精骨。懵人：使人昏迷。

❾楝（liàn）：俗名苦楝子，落叶乔木，果实为球形或长圆形，根皮、树皮、果实入药，可止痛、杀虫。泻人：使人腹泻。

❿邕州：治今广西南宁。

⓫蓝蛇：古时传说广西苍梧一带出蓝蛇，蛇头有剧毒，蛇尾可解毒。

⓬鳞鬣（liè）：指鱼的鳞片和鱼鳍。

⓭破血：化解瘀血。

⓮鹯（zhān）：名晨风，似鹞，食肉猛禽。

⓯山茱萸：落叶小乔木，以果肉入药，可补肾壮阳。

⓰主疗：主治药。

续笔谈

导读

本卷收录笔记11则，诗话居多，论文或人物逸事也有几条，总体质量不错，值得一读。

《鲁宗道大度》这则笔记，如同一篇微小说，鲁宗道的刚正、曹利用的孤傲跃然纸上。贯穿天圣间议茶法、曹利用侄子谋反两大事件，加上张昷之与医者的穿针引线，情节跌宕，叙事严谨，丝丝入扣。我们注意到他所述事件的时间节点，都十分精确，曹利用的冤案也在后世昭雪，他对鲁、曹均称谥号，而独对李谘称名，字里行间已爱憎分明。他对李谘着笔不少，篇末还引出两句诗，是否有所暗示呢?《道理最大》则以极简易的笔墨，勾勒出了开国丞相赵普与开国皇帝赵匡胤的智慧形象。《王安石改诗》记述王安石戏改韩愈诗句为新体集句诗一事，其所改二句因黄庭坚也曾有所改，故并没有传扬开来。沈括记此，意义非凡：一是王所改意境浑融，俨然自创；二是自创一字题集句诗，值得留意；三是此诗王集不收，可备辑佚之用。

鲁宗道大度

【原 文】

鲁肃简公劲正不徇[①]，爱憎出于天性，素与曹襄悼不

【译 文】

鲁宗道刚正不阿，爱憎出于天性，向来与曹利用关系不好。天圣年间，因

协[2]。天圣中，因议茶法，曹力挤肃简，因得罪去，赖上察其情，寝前命，止从罚俸。独三司使李谘夺职[3]，谪洪州。及肃简病，有人密报肃简，但云“今日有佳事”。鲁闻之，顾婿张昷之曰[4]：“此必曹利用去也。”试往侦之，果襄悼谪随州。肃简曰：“得上殿乎？”张曰：“已差人押出门矣。”鲁大惊曰：“诸公误也！利用何罪至此？进退大臣岂宜如此之遽？利用在枢密院，尽忠于朝廷，但素不学问，倔强不识好恶耳，此外无大过也。”嗟惋久之，遽觉气塞。急召医视之，曰：“此必有大不如意事动其气。脉已绝，不可复治。”是夕，肃简薨。李谘在洪州，闻肃简薨，有诗曰：“空令抱恨归黄壤，不见崇山谪去时。”[5]盖未知肃简临终之言也。

为讨论茶法一事，曹利用全力排挤鲁宗道，他因此获罪而罢官，幸亏皇上察觉了实情，取消了罢官的命令，只从轻罚俸了事。只有三司使李谘被免去枢密直学士官职，贬谪到洪州。等到鲁宗道病重时，有人悄悄向他传送消息，只说“今天有好事”。鲁宗道听到后，回头对女婿张昷之说：“这一定是曹利用被贬出京城了，不妨去看看。”果然是曹利用被贬到了随州。鲁宗道问：“他上殿辞行了吗？”张昷之回答说：“已经派人押出京城门了。”鲁宗道大惊说：“执政大臣处置不当啊！曹利用有什么大罪要受到这种处罚呢？进退大臣哪能如此急迫呢？曹利用在枢密院，一心效忠于朝廷，只是一向不勤学好问，性格倔强而不知好歹罢了，此外并没有大的过错啊。”叹息了好久，突然觉得胸闷气塞。急忙请医生诊视，医生说：“一定是有很不如意的事惹他发怒了。气脉已断，无法救治了。”当天夜里，鲁宗道去世。李谘在洪州，听说鲁宗道去世，有诗道：“空令抱恨归黄壤，不见崇山谪去时。”大概他不知道鲁宗道临终时的话吧。

注释

❶鲁肃简：鲁宗道（966—1029），字贯之，亳州（今属安徽）人。官至参知

政事。谥肃简。劲正不徇：刚正不阿。徇，顺从。

❷曹襄悼：曹利用，字用之，赵州宁晋（今属河北）人。景德元年（1004）为阁门使、忠州刺史，至辽国兵营议和，于次年初达成“澶渊之盟”。累官枢密使、同中书门下平章事、尚书右仆射，封韩国公。谥襄悼。

❸李谘（982—1036）：乾兴初权三司使，奏请变茶法。天圣三年（1025），除枢密直学士、知洪州（治今江西南昌）。次年追究茶法事，落枢密直学士，谪知洪州。谥宪成。

❹张昷（wēn）之：字景山。进士及第，补乐清尉。历润州观察推官、集贤校理、河北路转运使。庆历三年（1043）为盐铁副使，庆历八年（1048）夺三官监鄂州税。后起知汉阳军、湖州、扬州。

❺“空令”二句：系袭用唐杜牧《见宋拾遗题名处，感而成诗》“怜君更抱重泉恨，不见崇山谪去时”。崇山，相传舜流放讙兜于此。

道理最大

【原 文】

太祖皇帝尝问赵普曰①：“天下何物最大？”普熟思未答间，再问如前，普对曰：“道理最大。”上屡称善。

【译 文】

宋太祖曾经问赵普说：“天下什么东西最大？”赵普认真思考还没有回答，宋太祖又问了一次，赵普回答说：“道理最大。”宋太祖不断称好。

注 释

❶太祖：宋太祖赵匡胤。赵普：字则平，宋初名臣。多智谋，读书少，有“半部《论语》治天下”之说。历事太祖、太宗两朝，三度为相，封魏国公，追封韩王，谥忠献。

王安石改诗

【原 文】

韩退之诗句有“断送一生唯有酒”[1]，又曰“破除万事无过酒[2]”。王荆公戏改此两句为“一字题”四句曰[3]：“酒，酒，破除万事无过，断送一生唯有。”不损一字，而意韵如自为之。

【译 文】

韩愈的诗句有“断送一生唯有酒”，又有“破除万事无过酒”。王安石戏改这两句诗为“一字题”四句：“酒，酒，破除万事无过，断送一生唯有。”没有减少一个字，而诗意韵味就像自己写的一样。

注 释

❶“断送”句：出自韩愈《遣兴》。原诗云：“断送一生唯有酒，寻思百计不如闲。莫忧世事兼身事，须著人间比梦间。”

❷“破除”句：出自韩愈《赠郑兵曹》。原为七古诗，末二句云：“杯行到君莫停手，破除万事无过酒。”

❸一字题：指题目为一字的诗，此题当为“酒”字。宋人喜为集句游戏，王安石更是发起人，此一字题集句，很可能也创自王安石。